Erdfeuer

Von R. M. Amerein

Erdfeuer

von R. M. Amerein

Science Fiction

Impressum:
Raphaela Meyeroltmanns, Berliner Str. 13, 50859 Köln
Webseite: https://tintenfass.info
Instagram: _tintenfass

Covergestaltung: Marie Graßhoff
Kapitelüberschriften und Absatztrenner mit lizenzierten
Schriftarten: The Space Font von © Salt & Pepper Designs und
Scandinavian Font Family von © Favete Art
Lektorat und Korrektorat: Melina Coniglio
Herstellung und Verlag: BoD – Books on Demand, Norderstedt
ISBN: 9783755791836

*Für mein Bruderherz,
der nicht Superheld genannt werden will,
aber einer ist.*

SAM

Offenes Feuer verboten – Waldbrandgefahr!

Sam zog einen Mundwinkel nach oben und zündete sich dem Verbotsschild zum Trotz eine Zigarette an. Die Welt verbrannte, und der morsche, trockene Holzhaufen hier würde garantiert ebenfalls an die Reihe kommen. Was machte seine Kippe also für einen Unterschied? Ehrlich, dieser Ort stank bereits nach Tod und Verderben.

Es war März. Frühling. Unter Sams Stiefeln raschelte jedoch das Laub, als sei es Herbst. Der Gestank des Sees wehte zu ihm herüber. Brackwasser. Faulende Fische. Es war gut, dass Sam hier war, dass es einen Auftrag zu diesem Gebiet gab. Ein Stück tote Natur würde weichen, um der Zukunft Platz zu schaffen. Zumindest seiner Zukunft, denn es winkte ein Batzen Geld. Um diesen Fleck Erde war es nicht schade.

Sams Handy vibrierte. Er blies Rauch in die Luft, während er es aus der Hosentasche friemelte, und warf einen kurzen Blick auf das Display. *Bin in zehn Minuten da. Liv,* las er. Gut. Von den anderen hatte er noch nichts gehört, aber sie würden schon auftauchen.

Liv war neben Castus die Einzige, die sich auch außerhalb ihrer Aufträge bei ihm meldete. Sie sahen sich oft gemeinsam alte Motorradrennen an und philosophierten darüber, was für ein mieser Ersatz die Solarbikes waren. Sie brachten einfach nicht genug

Speed auf, um bei den Rennen wirklich mithalten zu können, außerdem fehlte der Sound. Ihn hatte das vorher nie sonderlich interessiert, bis Liv ihm die früheren Vids gezeigt hatte. Seitdem waren die Rennen ihr gemeinsames Hobby.

Er nahm einen letzten Zug von der Zigarette, deren Qualm hinauf zu den Wipfeln der Bäume zog. Den Stummel drückte Sam am Verbotsschild aus und schnippte ihn achtlos fort. Kurz tauchte das Gesicht seiner Schwester vor seinem inneren Auge auf, wie sie ihn tadelnd ansah. Er schüttelte den Kopf. Scheiß drauf! Nichts von dem, was er tat, gefiel ihr. Er könnte sich auch eine Wackelkopffigur von ihr auf das Armaturenbrett seines Autos kleben – hätte denselben Effekt. Mit dem Unterschied, dass er die Figur wahrscheinlich irgendwann zertrümmern würde. Das gedankliche Abbild von Ruby konnte er zum Glück mit weniger Gewalt, sondern mit Ablenkung beiseite wischen.

Genau da bog ein Fahrzeug um die Ecke. Perfektes Timing. Während es auf den alten Wanderparkplatz einbog, steckte Sam die Hände in die Taschen seiner Lederjacke und schlenderte los. Die andächtige Stille wurde mit dem Wummern neumodischer Synthwave-Mucke gefüllt. War nicht unbedingt Sams Geschmack, obwohl er die Mucke mit Castus auf einigen Konzerten abgerockt hatte.

Sein Kumpel wuchtete sich aus dem Auto und gab der Fahrertür einen leichten Schubs. Trotzdem donnerte sie so laut zu wie die Luke eines Panzers.

»Alles klar, Bruder?« Er blickte ihn mit solch einem breiten Grinsen an, dass Sam es automatisch erwiderte. Castus war ein Muskelberg und gleichzeitig der Sonnenschein der Söldnertruppe. Mehr als einmal hatte sich Sam gefragt, warum er überhaupt bei ihnen gelandet war. Schließlich war ihre Arbeit ein Sinnbild der sich überall auf der Welt ausbreitenden Hoffnungslosigkeit. Manche mochten es auch als Egoismus bezeichnen, immerhin waren die Söldner nur auf ihren eigenen Vorteil bedacht. Jeder war sich selbst der Nächste. Sie funktionierten als Gruppe perfekt, doch alle von ihnen wussten, dass man nicht auf den anderen bauen konnte, sobald man sie bei einer ihrer Taten erwischte. Ein winziger Teil in Sam glaubte, dass Liv und Castus ihn nicht so einfach zurücklassen würden, aber herausfinden wollte er das lieber nicht.

»Sicher«, erwiderte Sam knapp und lehnte sich neben Castus an das Auto. Die Sonne spiegelte sich in den Solarplatten auf dem Gehäuse und sorgte dafür, dass genug Energie für die Rückfahrt gespeichert wurde. »Hast du was von den anderen gehört? Wir brauchen heute die komplette Mannschaft.«

Castus zuckte mit den Schultern. »Sie werden schon kommen.«

Ein Optimist sondergleichen. Sam schnaubte belustigt.

In stiller Eintracht warteten sie, bis ein Solarbike um die Kurve schoss. Rotes Haar flatterte im Wind und kündete von Livs Ankunft. Sie parkte dicht neben Sams Auto und stieg mit einer geschmeidigen Bewegung von ihrem Bike. *Wie eine Katze* – das dachte Sam jedes Mal, wenn er sie beobachtete. Ihre Aura war eine einzige Herausforderung. Sie war die Risikofreude in Person und Sam damit enorm ähnlich. Vielleicht verstanden sie sich deshalb so gut.

»Mensch, Livvi, wo ist denn der Helm, den ich dir das letzte Mal mitgebracht habe?«, fragte Castus bestürzt.

Liv verdrehte die Augen. »Ich habe dir doch schon gesagt, dass ich den nicht brauche.« Sie zückte ihr Handy und zeigte ihnen ein Foto von dem guten Stück. Es war dunkelgrün angesprüht und mit einigen futuristischen Mustern verziert. »Zumindest nicht zum Fahren. Hat aber ein cooles Kunstprojekt abgegeben.«

Castus sah aus, als könne er sich nicht entscheiden, ob er sich enttäuscht oder geehrt fühlen sollte. Schlussendlich entschied er sich für die Schweigsamkeit.

»Übrigens, von dir habe ich auch ein Bild gemalt«, meinte Liv und wischte ein Foto weiter. Dort kam eine Zeichnung zum Vorschein. Es war seltsam, ein Abbild von sich selbst zu sehen, aber Sam musste zugeben, dass sie ihn gut getroffen hatte. Sein ständig schlecht gelaunter Blick, der dichte Bart und die braunen Augen. Das dunkle Haar stand struppig vom Kopf ab, und Liv hatte sogar seine geliebte Lederjacke gezeichnet, darunter trug er ein graues Hemd.

»Sam, wie er leibt und lebt«, kommentierte Castus und lachte.

Der grunzte nur und zündete sich eine neue Zigarette an. Er brauchte Liv keine anzubieten – sie nahm sich schon, was sie wollte.

Niemand sprach ein weiteres Wort, während sie auf den Rest warteten.

Endlich kamen nacheinander Fiet, Diego und Sally, alle mit ihren eigenen Autos. Es wurden keine Fahrgemeinschaften gebildet, schließlich plante jeder instinktiv, allein abhauen zu müssen.

Sam reichte seine Zigarette an Liv weiter, die sie für ihn aufrauchte. Er rieb die Handflächen aneinander und sah in die Runde. »Okay, Leute. Unsere Aufgabe kommt von MiltForge.«

»Echt jetzt? Machen wir nur noch Aufträge für die?«, beschwerte sich Sally.

»Was ist dein Problem? Die lassen 'ne Menge springen, und wenn wir so 'ne Art Haussöldner von denen werden, ist das doch cool.« Liv fixierte Sam mit ihren smaragdgrünen Augen. *Katze,* dachte er schon wieder.

»Und was sollen wir tun?«, wollte Diego wissen.

»MiltForge will diesen Wald roden und die Reste an Wasser aus Loch Lomond abpumpen, sie aufbereiten und verkaufen. Das Problem sind wie so oft die Gaia-Aktivisten, die dort kampieren. Wir sollen sie vertreiben.« Wieder stahl sich Ruby vor sein inneres Auge. Er blinzelte sie weg. Wenn sie hier wäre, hätte er sie längst gewarnt, aber das durfte er niemals laut aussprechen.

Die anderen nickten. Solche Aufträge hatten sie schon oft ausgeführt, und in der Regel gestalteten sie sich einfach. Die Aktivisten waren an friedlichen Lösungen interessiert und klappten zusammen, sobald man mit der Waffe vor ihren Gesichtern herumwedelte. Trotzdem eskalierte es gelegentlich, was jedoch eher den kurzen Geduldsfäden der Söldner geschuldet war.

Castus war der Einzige, der betreten zu Boden schaute, was auch Sally bemerkte. »Scheiße, Mann. Wenn du die so toll findest, warum schließt du dich ihnen nicht an?«

»Sally«, zischte Sam und funkelte sie zornig an. Danach sah er zu Castus. Es gelang ihm nicht ganz, die Besorgnis aus seiner Stimme zu verbannen. »Bist du dabei oder nicht?«

»Hört mal. Eigentlich wollte ich es euch erst nach dem Auftrag sagen, aber hiernach ist Schluss für mich. Ich kann das einfach nicht mehr. Das Geld ist ja schön und gut, aber ... Sam ... wir helfen dabei, die Erde zu ermorden.«

»Das fällt dir ja früh ein«, schnaubte Liv.

Castus ließ sich davon nicht beirren. »Es ist mir egal, was ihr darüber denkt. Ich will einen anderen Weg einschlagen.«

Sam sah zu Boden und wusste nicht, was er sagen sollte. Es war nur eine Frage der Zeit gewesen, bis das passieren würde, und doch traf es ihn unvorbereitet. Seine Truppe existierte seit rund fünf Jahren. Die Vorstellung, dass sie auseinanderbrach, gefiel ihm nicht. Dennoch blieb ihm nichts anderes übrig, als Castus' Entscheidung zu akzeptieren. Darüber, ob er seinem Freund genug vertraute, dass er sie nicht an die Regierung verkaufte, würde er sich später in Ruhe Gedanken machen.

»Okay.« Mehr sagte er dazu nicht, doch er signalisierte Castus mit einem Blick, dass sie nach getaner Arbeit darüber sprechen mussten. »Nun zurück zum Plan. Ich habe das Camp schon ausgekundschaftet. Scheint keine große Gruppe zu sein, vielleicht zwanzig Leute. Wir gehen so vor wie immer. Zunächst versuchen wir es auf die nette Art, und wenn sie nicht hören wollen, machen wir kurzen Prozess.« Er zwinkerte. »Sobald sie klein beigeben, rufen wir MiltForge an. Sie halten sich mit Transportern bereit, um die Aktivisten in der nächsten Stadt abzusetzen.«

Im Grunde erledigten sie die Drecksarbeit, bevor MiltForge übernehmen würde. Aber darauf stützte sich das Söldnerdasein. Es gab immer Dinge, an denen sich andere nicht die Hände schmutzig machen wollten, und genau deswegen zahlten Dritte bereitwillig Unmengen an Kohle für solche Aufträge. In den letzten Jahren waren die Söldnergruppierungen immens gewachsen und mit ihnen die Profitgier. Das Leben bestand fast nur noch aus Nehmen, weniger aus Geben. Der Überlebensinstinkt trieb die Menschen bis zum Äußersten, und Firmen wie MiltForge und Söldner wie Sam nutzten diesen chaotischen Zustand zu ihren Gunsten.

»Seid ihr mit dem Plan einverstanden oder habt ihr Verbesserungsvorschläge?«

Fünf Daumen streckten sich in die Höhe und damit war es an der Zeit, sich auszurüsten: kugelsichere Westen, Waffen, Verbandszeug und Rucksäcke mit Proviant. Sie waren gern auf alles vorbereitet, auch bei Routineeinsätzen.

Schließlich standen sie einsatzfähig am Waldrand und warteten darauf, dass Sam den Marschbefehl gab.

Sie schlichen durch die sterbende Natur. Sam versuchte, sich vorzustellen, wie es hier früher ausgesehen haben musste. Sattes Grün an den Zweigen der Bäume. Ein Farbenmeer aus Blumen zu ihren Füßen. Büsche, an denen mehr hing als nur ein paar vertrocknete Beeren. Artenvielfalt in jedem Winkel, Tiere, die sich gegenseitig jagten oder ihren naturgegebenen Tages- und Nachtabläufen folgten. Nicht zuletzt der Geruch: Blattwerk, Erde, eine frische Brise von dem See.

Sam war sich sicher, wenn er die Augen für einen Moment schließen und sich diesem Tagtraum hingeben würde, dann wäre auch Ruby wieder da. Ruby, die ihn anstarrte, vorwurfsvoll. Weil er dabei half, dass sich die Natur niemals mehr erholte. Unwillig schüttelte er den Kopf und sah sich nach seinen Kameraden um, die links und rechts neben ihm durch die Wildnis streiften. Sie bewegten sich vorsichtig, doch das Laub auf dem Boden verriet jeden ihrer Schritte. Die Gaia-Aktivisten würden hören, dass sie kamen. Mit einem Überraschungsmoment konnten sie nicht aufwarten. Aber das brauchten sie auch nicht.

Rund eine halbe Stunde später kam zwischen den Baumstämmen Loch Lomond in Sicht. Eine überschaubare Zeltstadt säumte das Ufer. Es stank unerträglich nach Verwesung. Einige Aktivisten hatten begonnen, die Fischleichen aufzusammeln und in große Bottiche zu füllen. In der Ferne glitzerte das wenige Wasser, das noch übrig war, in der untergehenden Sonne. Die Szenerie war ein krasser Gegensatz zu dem, was an der Küste los war. Dort jagte eine

Flut die nächste, während hier ein ganzer See das Zeitliche segnete.

Gemeinsam traten Sam und seine Truppe aus dem Wald und sammelten sich neben dem Zelt, das ihnen am nächsten war. Einige der Umweltaktivisten hatten sie bereits bemerkt und stoben schutzsuchend auseinander. Nur einer blieb draußen und stellte sich ihnen entgegen. Er war mindestens so riesig wie Castus und trug nichts weiter als einen hellgrauen Rock. Um seinen Hals schmiegte sich ein Medaillon, und die Haare hatte er zu einem Dutt zusammengeknotet.

»Schade, dass er auf der falschen Seite steht«, murmelte Liv.

Klar, eindeutig ihr Beuteschema. Sam bemerkte einen Stich in seinem Herzen und berührte wie zufällig das Tattoo an seinem Hals. Besser, er konzentrierte sich voll auf diesen Umweltguru.

»So, Leute, der Spaß ist vorbei. Zeit, eure Sachen zu packen«, rief er.

Sally und Fiet klatschten in die Hände, um die Gaianer in den Zelten zur Eile anzutreiben. »Los, los!«

Allgemeines Chaos breitete sich aus, nur der Rockträger stand wie eine Statue mitten im Camp und betrachtete die Söldner interessiert.

»Das gilt auch für dich«, sagte Sam und nickte dem Riesen zu.

»Lasst uns doch mal drüber reden!«

Sam grinste. Dreckig. »Falsche Antwort.«

Ein kurzes Nicken zu Liv und sie zog ihre Waffe, richtete ihren Lauf auf den Gaianer. »Wär zu schade um dein hübsches Gesicht. Ehrlich, du solltest so schlau sein wie deine Freunde, deine Sachen packen und dich da drüben sammeln. Ihr werdet abgeholt. Wenn das alles friedlich ablaufen soll, hörst du am besten auf zu mucken.«

Der Rockträger fixierte weiter Sam und ließ sich von dem Rotschopf der Truppe nicht aus dem Konzept bringen. »Cool, dass ich mal ein paar Söldner zu Gesicht bekomme. Wollte euch schon immer mal fragen, warum ihr den Konzernen helft. Geht doch lieber zur Regierung, die kann viel mehr ausrichten. Wisst ihr nicht, wie fatal es ist, dass wir alle auseinanderdriften? Wir sind Menschen, Kinder der Erde. Wir sollten zusammenhalten und ...«

Peng! Ein kreisrundes Loch zierte die Stirn des Gaianers, seine Augen wurden ausdruckslos und er fiel wie ein Baumstamm nach hinten um.

Sam tätschelte seine Waffe und sah zu Liv. »Damit hat er nicht gerechnet.«

Sie zog eine Schnute. »Er war so hübsch.«

Sam zuckte mit den Schultern und blickte zu Castus, der aschfahl hinter ihm stand. »Kannst du den anderen vielleicht mal Beine machen?«

Zwei Gaianer hatten sich schreiend neben den Riesen in den Schlamm geworfen. »Sibbi!«, riefen sie und rüttelten sinnloserweise an ihm.

Sam hatte nur ein Nasenrümpfen dafür übrig und überlegte, ob er sie ebenfalls abknallen sollte. Allerdings zupfte immer noch Ruby an seinem Verstand, auch wenn er alles tat, um die Gedanken an sie zu verdrängen.

»Okay, das wird mir zu bunt. Plan B!« Liv stürzte zurück zwischen die Bäume, bevor Sam sie aufzuhalten vermochte.

»Plan B?«, wiederholte Castus besorgt.

Sam hatte keine Ahnung, was hier los war. Fluchend folgte er seiner Kameradin und rief den restlichen Söldnern zu, dass sie warten sollten.

Es war nicht schwer, Liv zu folgen. Das Aufblitzen von feurigem Haar war die einzige Spur, die er brauchte. Trotzdem lief er am Ende fast in sie hinein. Sie hatte sich mit vor der Brust verschränkten Armen an einen Baum gelehnt und sah ihm entgegen.

»Verdammte Scheiße, was hast du denn vor?«, bellte Sam.

Liv zuckte mit den Schultern und hielt ihm einen trockenen Ast mitsamt Feuerzeug hin. »Alles niederbrennen. Macht MiltForge eh. Das Holz ist zu nix mehr zu gebrauchen, die wollen garantiert nur die freie Fläche. Tun wir denen doch gleich einen Gefallen, verjagen die Penner da hinten und kassieren vielleicht sogar doppelte Kohle.«

Klang gar nicht so verkehrt. Allerdings würde so ein Waldbrand auch die Söldner in Gefahr bringen. »Bist du verrückt? Wie sollen wir dann noch sicher zu unseren Autos kommen?«

Wieder ein Achselzucken. »Jeder ist sich selbst der Nächste, oder? Steht im Kleingedruckten. Ist mir auch egal, Skipper. Um dich wär's schade, aber du warst als Einziger so schlau, mir zu folgen. Das nenne ich mal natürliche Auslese!«

Sam schüttelte den Kopf. Der Wald war ihm scheißegal. Die Aktivisten ebenfalls, doch nur, weil Ruby nicht unter ihnen war. Es waren seine Leute, um die er sich sorgte. Vor allem um Castus. Auch wenn er wusste, wie dämlich das war. Und wie unprofessionell. Es gab nie die Garantie, dass sie heil von einem

Auftrag zurückkehrten. Doch da spielten immer äußere Einflüsse eine Rolle, nie hatte sich einer aus der Truppe gegen die anderen gestellt und alles gefährdet. Bis jetzt. Warum machte Liv das?

»Wenn du denkst, ich warte auf deine Erlaubnis, liegst du falsch.« Liv sah ihn noch einen Augenblick an, doch er sagte nichts, so gern er auch würde. Er war wie gelähmt.

Das Feuerzeug schnippte, und der vertrocknete Ast fing sofort Feuer. Nach und nach setzte Liv damit Äste, Stämme und Blätter in Brand, bevor sie die Fackel in hohem Bogen davonschleuderte. »Ich verpisse mich jetzt. Solltest du auch tun.« Damit war sie fort.

Sams Augen tränten, und der Qualm suchte sich den Weg in seine Lunge. Hustend stolperte er einige Schritte zurück. Das Feuer breitete sich wegen der herrschenden Trockenheit rasend schnell aus. Was für ein selbstverstärkender Prozess so ein Waldbrand war, hatte die Vergangenheit oft genug gezeigt. Die Flammen gingen mit dem Wind, und somit gab es keine Chance, zum Ufer zurückzukehren. Der Parkplatz war der einzige Ort, den Sam jetzt ansteuern konnte.

Mit der Hand vor Nase und Mund taumelte er davon. Ein Teil von ihm dachte, dass Liv dem Wald den Gnadenstoß versetzt hatte. Er musste nicht weiter leiden und langsam vor sich hin sterben. Es ging mit einem Inferno zu Ende, und Sam wurde Zeuge davon. Das traf ihn mehr als er zugeben wollte, obwohl man das Sterben seit Jahrzehnten an jeder Ecke sah.

Er brach durch das Unterholz und fand sich am Wanderparkplatz wieder – dort, wo er vorhin gestanden und den Zigarettenstummel ins Laub geworfen hatte. Livs Solarbike war schon weg, natürlich. Bestimmt hatte sie keinen einzigen Blick zurückgeworfen. Morgen würde sie sich melden und nach einem gemeinsamen Filmabend fragen. Und wenn er nicht antwortete, weil er als verkohlte Leiche im Wald lag, würde sie unbeeindruckt mit ihrem Leben fortfahren. So war Liv, schon immer, und er hatte die Augen davor verschlossen. Warum wunderte ihn das eigentlich? Immerhin war er ebenfalls ein Egoist sondergleichen. Waren ihm der Ruhm und die vielen erfolgreich abgeschlossenen Aufträge zu Kopf gestiegen? Hatte ihn das in seiner Menschenkenntnis und eigenen Vorsicht beschränkt?

Egal! Rasch sah sich Sam um. Alle Autos waren noch da. Ein schneller Blick zurück. Die Feuersbrunst hatte eine Schneise durch den Wald gebrannt, es rauchte und qualmte überall. Das Plätschern von vorhin war fort und wurde von dem Tosen der Flammen und entfernten Rufen ersetzt. Sollte er doch einen Vorstoß wagen und versuchen, zum Ufer zu kommen? Hektisch sah er zu seinem Fahrzeug, da knackte es hinter ihm. Ein Husten folgte. »Sam?«

Er wirbelte herum. »Castus! Haben es die anderen auch geschafft?«

»Was soll das mit dem Feuer? Verdammte Scheiße, Sam ... ich habe keine Ahnung, wer es aus dem Wald geschafft hat. Die Gaianer sind einfach davongerannt, in alle Richtungen. Sally und die anderen habe ich nicht mehr gesehen und bin dir nach.«

»Liv hat ... die Dinge selbst in die Hand genommen«, erwiderte Sam und seufzte. »Wir sollten verschwinden.« Er marschierte zu seinem Auto und öffnete die Fahrertür. »Kommst du?«

Castus schüttelte den Kopf. »Ich bleibe noch. Muss sichergehen, dass die anderen auch wegkommen.«

Sam verharrte mitten in der Bewegung. »Dir ist klar, dass die Regierungstruppen jeden Moment auftauchen könnten? Bei Waldbränden stehen die doch gleich auf der Matte.«

Castus wischte sich über die tränenden Augen. »Wird vielleicht Zeit, Verantwortung zu übernehmen.«

Sam schloss die Tür, ohne einzusteigen, und kehrte zu seinem Freund zurück. »Hör mal. Wir waren uns doch einig. Wenn etwas schiefläuft, hauen wir ab, jeder für sich. Es gibt keine Garantie, dass die anderen hierherkommen. Vielleicht haben sie anderweitige Rückzugspläne. Du solltest abhauen.«

Castus sah traurig zu ihm hinunter, dann hob er die Schultern.

»Wie du meinst. Viel Glück!« Sam setzte sich ins Auto. Er lenkte es auf die Straße, wobei der Lichtkegel der Scheinwerfer Castus kurz streifte. Im Rückspiegel beobachtete Sam, wie sein Freund immer kleiner wurde, bis der Wagen um die Kurve bog. Was für ein beschissener Tag. Extrem beschissen.

Er fuhr gerade mal zehn Minuten, dann musste er anhalten, weil eine Straßenblockade das Weiterkommen verhinderte. Außerdem Regierungstruppen, und zwar einige. Scheiße!

Sam sah sein verrußtes Gesicht im Rückspiegel. Keine Chance, den Soldaten glaubhaft vorzuspielen, er wäre unbeteiligt. Man hatte ihn bereits bemerkt, zwei Männer und eine Frau kamen näher und winkten auffordernd. Einer hatte die Waffe im Anschlag. Ein offenes Gefecht wäre Selbstmord. Das war's dann wohl.

SAM

Man hatte schon an der Barrikade versucht, Sam zu vernehmen, aber er hatte sofort nach einem Anwalt verlangt. MiltForge hatte einen gestellt, und der saß gerade neben ihm. Was die Situation nicht besserte. Die Regierung war nicht mehr so mühelos zu schmieren, und doch war es das Einzige, worauf Sam hoffen konnte.

Als Richter fungierte eine Frau in seinem Alter, mit zurückgegeltem, kurzem Haar und einem Stock im Arsch. Den hatten genau genommen alle in diesem Raum. Sein Verteidiger James Fynn inbegriffen.

»Sie sind Sam Casey und wohnhaft in der Bryson Road in Edinburgh. Geboren sind Sie am 23.01.2021 in Dublin und demnach jetzt neununddreißig Jahre alt. Sie besitzen die altirische Staatsangehörigkeit, welche mit dem Untergang der Insel zur zentralschottischen umgewandelt wurde. Derzeit sind Sie arbeitslos und außerdem verwitwet. Sind diese Angaben korrekt, Mister Casey?«

Die Richterin durchbohrte Sam mit ihrem Blick. Er nickte mechanisch und presste die Lippen aufeinander.

Die Hammerschwingerin bedeutete der Staatsanwältin, die Anklageschrift vorzulesen. In einer so monotonen Stimmlage, dass sich Sam mehr als einmal dabei ertappte, fast einzuschlafen. War ja auch nichts Neues, was die Alte da erzählte. Brandstiftung.

Verletzte. Tote. Anschlag auf das Allgemeinwohl. Klimasünder. Blablabla.

Irgendwann hatte es ja so weit kommen müssen. Es war zu lange alles gut gegangen. Er war sentimental geworden. Zu menschlich. Dabei hatte Menschlichkeit in der Welt keinen Platz mehr. Nicht, wenn man bereit war, der Wahrheit ins Auge zu sehen. Eigentlich war er dazu in der Lage, Ruby hin oder her. Was war nur in ihn gefahren? Eine seltsame Müdigkeit ergriff von ihm Besitz. Er fühlte sich ausgebrannt. Wie die Erde. Warum ging er nicht einfach mit ihr gemeinsam unter? Es wäre so viel bequemer.

Wieder spürte Sam die Aufmerksamkeit der Richterin auf sich. »Möchten Sie sich dazu äußern? Sie müssen nicht, das Schweigen wird Ihnen auch nicht nachteilig ausgelegt.«

Ja klar! Sam unterdrückte ein abfälliges Schnauben.

»Ein Geständnis hingegen wirkt sich strafmildernd aus«, beendete die Hammerschwingerin ihre Standardfloskel und rückte ihr Tablet zurecht – bereit, etwas zu notieren.

Sam zuckte mit den Schultern. »Ist doch egal, was ich sage. Sie haben sich Ihre Meinung schon gebildet.«

Sein Anwalt zischte tadelnd und erhob sich, trat vor den Richterstuhl.

Sam grinste. Fassade. Die war wichtig.

»Mein Mandant hat mir die Stellungnahme übertragen«, sagte Fynn und räusperte sich anschließend.

Sam nickte. Gleich würde er als Opfer dargestellt werden. Er hatte bei MiltForge mehr als nur einen

Stein im Brett. Fynn würde schon dafür sorgen, dass er bald wieder draußen war.

»Er stimmt allen Punkten der Anklage zu und nimmt die volle Schuld auf sich.«

»Was?!« Sam rammte seine Faust auf den Tisch und wollte aufstehen, doch zwei Hände drückten ihn auf den Stuhl zurück und hielten ihn dort. »Lasst mich los, ihr Wichser! Ich habe nie ein Geständnis abgelegt. Was wird hier gespielt?«

Fynn drehte sich zu ihm um und schüttelte leicht den Kopf. Er rief auf seinem Tablet ein Dokument auf und beförderte es mit einem Fingerwisch auf den Monitor des Saals sowie auf die Pads der Staatsanwaltschaft und der Richterin. »Ich habe hier das unterschriebene Geständnis. Auch wenn mein Mandant es sich gerade anders überlegt hat, sollten wir das wohlwollend einfließen lassen.«

»Sie verstehen sicher, dass ich das Geständnis nicht akzeptieren kann, nachdem Mister Casey es gerade so vehement abgewehrt hat? Wir sollten zum nächsten Punkt übergehen und uns die Zeugenaussagen und Gutachten anhören.«

Die Richterin war auf seiner Seite? Sam war beeindruckt. Viel wichtiger war allerdings, dass es Zeugen geben sollte. Wen? Vielleicht jemanden aus seinem Team? Würde er es seinen Kollegen vorwerfen, wenn sie gegen ihn aussagten? Würde er sich zu einer Aussage nötigen lassen, wenn Castus oder Liv hier säßen? Schwierige Fragen.

Als sich Fynn wieder neben ihn setzte, konnte sich Sam immer noch nicht bewegen. Die beiden Bodyguards hinter ihm verließen ihre Posten nicht, und nach wie vor ruhten ihre Hände auf seinen Schultern. Das hinderte ihn trotzdem nicht daran, seinen sogenannten Anwalt mit vor Zorn sprühenden Augen anzublicken.

Fynn gab sich unbeeindruckt und flüsterte etwas, das klang wie: »Ich erklär's später.«

Später, pfft! Vielleicht gab es gar kein Später für ihn. Zumindest nicht hier. Je nachdem, wie erdrückend die Zeugenaussagen waren, konnte es schnell ungemütlich werden.

Als Zeugen traten ausschließlich Gaia-Aktivisten auf, die Verluste betrauerten und bezeugten, dass sich Sam vor Ort befunden, einen der ihren erschossen und das Camp bedroht hatte. Außerdem, dass er in die Wälder gerannt war und es danach angefangen hatte, zu brennen. Liv und die anderen erwähnte niemand. Natürlich nicht. Scheinbar ging es nur darum, einen Sündenbock zu finden, und er kam da wie gerufen.

Zu guter Letzt gab es Aufnahmen einer Drohne. Das Logo von MiltForge prangte am unteren linken Rand des Bildschirms. Man sah Sam, wie er die Zigarette fortwarf, danach wurden Bilder vom Brand eingeblendet. Es war ein willkürlich zusammengeschnittener Film, welcher ihm jegliche Schuld zuschob. Ihm blieb die Spucke weg. Was hatte MiltForge davon? Was sollte dieses Theater? Ein Blick zu seinem Anwalt nützte nichts, der starrte nur stumm auf den Bildschirm. Für den Moment konnte Sam lediglich die Zähne zusammenbeißen und hoffen, dass er später aufgeklärt wurde.

Das Gericht zog sich zurück, um das Urteil zu fällen. Warum spuckten sie es ihm nicht gleich entgegen? Die Beweislast war dermaßen erdrückend, dass selbst ihm langsam klar wurde, wie unwahrscheinlich seine Freilassung war. Doch Sam versuchte, die anwachsende Panik zu unterdrücken und so zu wirken wie immer. Als wäre es ihm egal.

Eine gefühlte Ewigkeit verging, bis die Richterin endlich wieder hinter dem Richterpult erschien. Sie nickte allen Anwesenden zu, woraufhin sie sich erhoben, dann begann sie mit der Verlesung. »Das Urteil ist einstimmig und hat folgenden Schluss: Sam Casey, geboren am 23.01.2021, wird nach ...«

Sam war versucht, sich die Ohren zuzuhalten. Musste sie wirklich jeden noch so unwichtigen Paragrafen aufzählen? Die Regierung war ohnehin dabei, sich zu ändern. Warum schafften sie nicht gleich die Bürokratie ab, die eh nichts nutzte, wie man an dieser Farce hier erkennen konnte?

»... verurteilt wegen Mordes, Körperverletzung, Brandstiftung und Klimakriminalität zu lebenslanger Sicherheitsverwahrung und Sozialdienst auf der Luna-Werft für einen Zeitraum von fünf Jahren und acht Monaten.«

Sam schloss die Augen, während die Richterin noch den ganzen Quatsch zur Berufung vorlas. Lebenslanges Gefängnis. Luna-Werft. Schöne Scheiße.

Missmutig sah Sam an sich herunter. Man hatte ihm seine Kleidung abgenommen und Sträflingsklamotten bereitgestellt. Orange stand ihm überhaupt nicht. Er lehnte sich rücklings gegen die Wand und ließ sich daran langsam zu Boden sinken.

»Fuck, Fuck, Fuck ...«, murmelte er und vergrub das Gesicht in den Händen.

Fynn hatte den Gerichtssaal sofort verlassen und seinen Mandanten den Ordnungshütern überlassen, die ihn ins Gefängnis von Glasgow verfrachtet hatten. Hier sollte er jetzt für ein paar Tage bleiben, bis alles in die Wege geleitet worden war. Auf die Erklärung seines Anwalts würde er wohl noch warten müssen, wenn er sie denn überhaupt bekam.

Ein winziger Teil in ihm glaubte nach wie vor daran, dass er hier rauskam, dass MiltForge etwas tun würde, um ihm zu helfen. Was zur Hölle war nur in seine Auftraggeber gefahren? Hatten sie Angst, dass Sam auspackte? Bis jetzt hatte er das nicht vorgehabt, immerhin hatte der Konzern ihn immer rausgehauen. Dass Liv durchgedreht war, war doch nicht Sams Schuld. Bisher hatte MiltForge nie Probleme damit gehabt, wenn Aufträge auf kontroverse Arten abgeschlossen worden waren. Irgendetwas war im Busch, und Sam fuchste es enorm, dass er nicht wusste, was.

Am schlimmsten war die Aussicht auf das, was nun kommen würde. Falls ihm wirklich keiner half, er den Rest seines Lebens hinter Gittern sitzen musste, und er zuvor zur Luna-Werft verfrachtet wurde. Bisher hatte er das Projekt von XFrontier belächelt. Die Firma beauftragte keine Söldner, dafür arbeitete sie eng mit der Regierung zusammen. Was kein Wunder war, immerhin fokussierten sie sich auf Zukunftstechnik, hatten die Solartechnologie optimiert und eine emissionsarme Mobilität auf der Erde gesichert. Sehr zum Zähneknirschen der Klimaleugner. Die Sonne, der man die Schuld an allem zuschob, wurde langsam, aber sicher zur Retterin der Menschheit.

XFrontier hatte außerdem auf Nanotechnologie gesetzt und den Weltraumlift gebaut. Der führte hoch zu einer Raumstation, von wo Shuttleflüge zur Luna-Werft stattfanden. Das, was die da oben trieben, war ein letzter Akt der Verzweiflung. Wie so vieles, das die Regierung unterstützte, um verräterische Hoffnung in den Reihen der Menschen zu schüren, war auch dieses Projekt zum Scheitern verurteilt. Davon war Sam überzeugt. Eigentlich glaubte er sogar, dass das Archenprojekt eine große Lüge war, damit die Bevölkerung friedlich auf ihr Ende wartete.

Verbrecher zu Arbeiten auf der Luna-Werft zu verurteilen, war seit einigen Jahren gang und gäbe. Angeblich sollte dort eine Art Gehirnwäsche vollzogen werden. Konnten die Hirnis da oben ja gern mal bei ihm probieren. Sam schnaubte und lehnte den Hinterkopf an die kühlende Wand.

Besser, er konzentrierte sich auf etwas anderes. Immerhin konnte er nicht sang- und klanglos verschwinden. Oder? Vielleicht war es leichter, wenn er es tat? Seufzend stand er auf und stellte sich unschlüssig an die Tür. Ruby und er hatten nicht mehr viel Kontakt. Und doch war sie die einzige Familie, die er noch hatte. Die Bande unter den Geschwistern war nach wie vor solide, auch wenn sie unterschiedliche Wege gegangen waren – jeder aus verständlichen Gründen. Umso wichtiger war es, dass sie Abstand hielten. Trotzdem musste sich Sam diese Schwäche

erlauben. Er wollte nicht den Planeten verlassen, ohne
mit seiner Schwester gesprochen zu haben.

RUBY

Sie folgten der Blutspur bis zu einer Felsnische. Ruby spürte Pans Hand auf ihrer Schulter, der Zeigefinger seiner anderen zeigte vage auf einen Punkt vor ihnen. Doch sie hatte das kleine Fellknäuel bereits erblickt. »O nein«, flüsterte sie und ging in die Hocke.

Dort lag ein erschreckend dürrer Fuchs und hatte sich eingerollt. Eine winzige Blutlache hatte sich unter einer seiner Pfoten gesammelt, die Zunge hing seitlich aus seinem Maul. Dass sich sein Brustkorb noch leicht hob und senkte, erkannte Ruby nur, weil sie genau hinsah.

Pan kniete sich neben sie und umfasste das plüschige Wesen vorsichtig mit den Händen. Der Fuchs fiepte leise, ließ es aber geschehen. »Ich glaube, er hat etwas Scharfes abbekommen. Es steckt noch drin . Sieht aus wie ein Stück ... Glas?« Pan schüttelte wütend den Kopf und schnaubte. »Wir müssen echt wieder öfter auf Müllpatrouille gehen.«

Ruby rückte näher und löste den Futterbeutel von ihrem Gürtel. Als sie sich vorbeugte und den Fuchs vorsichtig streichelte, fiel ihr die Lockenmähne ins Gesicht. Sie legte ein paar Beeren und Apfelstückchen vor seine Nase. Er schnupperte, träge bewegte sich seine Zunge und schleckte an dem Obst herum.

»Seinen Appetit hat er jedenfalls nicht verloren«, meinte Ruby erleichtert.

Pan nickte und strich dem Tier sanft über das Fell. »Wir sollten noch etwas warten, bis wir ihn ins Camp bringen.«

Daraufhin machten es sich die beiden bequem und beobachteten den Fuchs weiter. So gingen sie immer vor, wenn sie ein verletztes oder halb verhungertes Tier fanden, zumindest wenn es erwachsen war. Scheinbar verloren gegangene Jungtiere observierten sie von weiter weg und griffen nur ein, sobald Gefahr in Verzug war, wie beispielsweise bei einer gravierenden Verletzung. Aber oft tauchte das Muttertier auf oder die Jungtiere fanden selbst zurück in ihr Heim. Man musste nicht immer helfen, doch das hatte Ruby erst mal lernen müssen.

Dieser Fuchs war erwachsen und vor Hunger und Blutverlust so schwach, dass sie ihn am besten im Lager aufpäppeln würden. Ein paar Gaia-Aktivisten waren gelernte Tierärzte und wussten, was zu tun war. Dort würden sie alles zum Verarzten der Wunden haben und genug Nahrung, um den Fuchs wieder auf die Beine zu bringen. Das hatten sie schon oft bewerkstelligt.

»Sollen wir ihm einen Namen geben?«, fragte Pan und schaute mit einem Lächeln zu, wie das Tier auf den Beeren kaute und sich dabei langsam, aber mit zitternden Beinen aufsetzte.

Ruby lachte. »Das fragst du jedes Mal. Wenn wir beabsichtigen, ihn auszuwildern, sollten wir das lieber lassen.« Namen erzeugten eine Bindung, und dann wurde es nur schwerer, ein Tier wieder ziehen zu lassen.

»Vielleicht bleibt er ja bei uns«, gab Pan zurück.

»So wie Lee?«, fragte Ruby mit einem Kichern. Das war ein äußerst hartnäckiger Vogel. Seit sie ihn in die Wildnis entlassen hatten, kam er immer wieder mit lautem Gekrächze zu ihnen zurück. Manchmal brachte er ein paar Würmer mit und verbuddelte sie in der Nähe der Kochstätte. Zum Schein freuten sich die Gaianer jedes Mal darüber, aber essen taten sie sie natürlich nie.

»Genau«, meinte Pan und zog die Stirn kraus. »Sein Fell ... es hat eine interessante Farbe, oder?«

Ruby sah zum Fuchs, der sich jetzt den Apfelstückchen widmete. »Ist ein ziemlich dunkles Rot.«

»Purpur. Sehr königshaft«, kommentierte Pan und lachte.

»Na ja ... so wie er da sitzt. Oder vielmehr thront.«

»Wie wäre es dann mit Crimson?«

Ruby beugte sich vor und kraulte den Fuchs zwischen den Ohren. »Gefällt dir der Name, mein Kleiner?«

Ein heiseres Japsen war die Antwort.

»Du kannst dir jetzt aussuchen, was das heißt«, sagte sie und schmunzelte.

»Das war doch ein eindeutiges Ja«, meinte Pan voller Überzeugung und legte einen Arm um sie.

Ruby grinste ihn an, bevor sie ihm einen Kuss auf die Wange gab. »Okay, wie du meinst.«

So saßen sie noch eine Weile da. Sie gaben Crimson etwas Wasser, was dieser gierig schlürfte. Als er schließlich auf seinen Pfoten stand – außer der verletzten –, erhob sich das Paar und hüllte ihn in eine

Decke. Pan nahm den Fuchs auf die Arme, und gemeinsam machten sie sich auf den Weg zurück ins Lager.

⁂

Hottie kam ihnen schon entgegen, bevor sie das Camp betraten. Seine blonde Surfermähne wippte beim Laufschritt, und seine Wangen waren rot. Er war sehr sportlich, an der Anstrengung konnte es nicht liegen.

Mit einem besorgten »Was ist los?« begrüßte Ruby ihn.

»MiltForge war da«, gab er zurück. Dann war das wohl Zornesröte in seinem Gesicht.

»Shit, die haben uns gefunden?«, erwiderte Pan und drückte Crimson ein wenig fester an sich.

»Sie wollen, dass wir verschwinden. Behaupten, der Nationalpark gehöre jetzt ihnen«, wetterte Hottie und streckte die Arme nach dem Fuchs aus. Er war einer der besagten Tierärzte. »Wen habt ihr denn da?«

»Crimson«, antwortete Ruby mit einem leichten Lächeln auf den Lippen, obwohl ihr gar nicht danach zumute war.

»Okay, ich schaue ihn mir mal an. Kann die Ablenkung gebrauchen, im Lager schieben gerade alle Panik.« Mit Crimson im Schlepptau verschwand Hottie wieder.

Ruby sah zu ihrem Freund hoch und drückte schwer seufzend seine Hand.

Das panische Gemurmel war überall zu hören. Während sich Pan unter das Volk mischte, lief sie zum ehemaligen Ufer des Sees. Sie zog es für den Moment vor, zuzuhören und sich ihre Meinung zu bilden.

Ruby setzte sich auf einen der Felsen, die im Matsch lagen. Um ihre Mitte in all dem Chaos zu finden, besah sie sich zum gefühlt tausendsten Mal die Formation, in der die Findlinge angeordnet waren. Sie beschrieben einen Halbkreis, tief in das ehemalige Seebecken hinein und wieder hinaus. Wie eine Straße für Wasserwesen. Ein Überbleibsel der einst wilden Natur des Cairngorms Nationalparks. Wobei es hier wesentlich besser aussah als an anderen Orten Schottlands, weswegen sich die meisten Gaia-Aktivisten auch hierher zurückgezogen hatten. Der Park war riesig, viele verschiedene Landschaftsstrukturen gingen ineinander über und man verschmolz leicht mit der Natur. Sie würden diesen Fleck Land so lange schützen, wie es ihnen möglich war. Aber der Fall, vor dem sie sich die ganze Zeit gefürchtet hatten, war nun offenbar eingetreten. Die Großkonzerne der Welt, allen voran MiltForge, erhoben Anspruch auf die Ressourcen, die hier lagerten, um ihre wahnwitzigen Ideen zu verwirklichen.

Immerhin liefen solche Übernahmen in Schottland noch halbwegs zivilisiert ab. Es gab Länder, in denen die Aktivisten ohne Vorwarnung erschossen wurden und es keine Strafverfolgung deswegen gab – Weltregierung hin oder her. Bürgerkriege tobten und forderten Opfer in allen Bevölkerungsschichten. Die Armee vermochte es nicht, sie überall einzudämmen. Nicht nur in Irland hatten Sam und sie das mitbekommen. Im Gegensatz zu dort herrschten hier allerdings friedliche Zustände. Fragte sich nur, wie lange noch. Genau wie Irland würden auch Schottland und der Rest der britischen Insel untergehen, wenn sie nichts dagegen unternahmen. Außer den Gaia-Aktivisten schien das aber niemand zu begreifen. Manchmal fragte sich Ruby, was noch alles geschehen musste, damit die Menschen endlich aufwachten. Wenigstens gab es dank des Umdenkens der Regierung und Firmen wie XFrontier etwas Hoffnung. Aber solche Konzerne waren in dramatischer Unterzahl. Immer noch dominierten Kriegstreiber wie MiltForge den Markt.

Ruby schüttelte ihren Lockenkopf und seufzte. Sie hatte genug gehört, rutschte vom Felsen und ging zu Pan herüber, der inzwischen lässig gegen einen Baumstamm lehnte.

»Die eine Hälfte will abhauen, die andere bleiben«, fasste sie zusammen.

Ihr Freund zuckte mit den Schultern. »Was erwartest du? Die Lage wird für uns immer prekärer. Dass einige zweifeln und aufgeben wollen, ist nicht verwunderlich. Das gilt vor allem für die Neuzugänge. Da hält das Aufbäumen oft nicht lange an. Sobald sie merken, dass unser Vorhaben harte Arbeit darstellt, und die Illusion von Freiheit verpufft, fallen sie in ein Loch. Sie bekommen Angst. Und das sollten sie auch.«

Ruby hob eine Augenbraue. »Wow. Seit wann bist du denn so pessimistisch? Ursprünglich habe ich mich in dich verliebt, weil du ein positiver Energiebolzen bist. Der tägliche Newsfeed ist schon schwarzmalerisch genug.«

Ein entschuldigendes Lächeln war die Antwort. Sie

kam nicht mehr dazu, etwas zu erwidern, denn da lösten sich Jim und Kate aus der Versammlung und traten auf sie zu.

»Hör mal ... Ruby ...«, druckste Kate herum.

Jim verdrehte die Augen und schnitt seiner Freundin das Wort ab. »Wann hast du das letzte Mal von deinem Bruder gehört?«

Nicht schon wieder ... Ruby pustete sich eine rebellische Locke aus dem Gesicht und überlegte, ob es klug war, die Wahrheit zu sagen. »Ist eine Weile her. Wieso?«

»Na, ist doch klar. Dass er auf der falschen Seite steht, weiß hier jeder. Es ist nichts gegen dich, aber ... du musst verstehen, dass wir uns fragen, weshalb er dich nicht vorwarnt. Vielleicht hat er das hier ja auch zu verantworten. Wir sind schon so lange hier, wieso finden sie uns ausgerechnet jetzt?«

Jim atmete durch, und Kate nutzte die Gelegenheit, das Wort zu ergreifen: »Was wollen die überhaupt von uns? Warum machen sie sich die Mühe, nach uns zu suchen?«

»Meint ihr nicht, dass das eine positive Entwicklung ist?«, fragte Pan. »Sie töten nicht einfach die Natur und uns gleich mit. Wir sind ihnen so sehr ein Dorn im Auge, dass sie unsere Kapitulation begehren. Fürs Geschäft. Frei nach dem Motto: Gaia gibt auf, also können wir tun und lassen, was wir wollen. Es gibt den Klimawandel nicht. Wir brauchen die Natur nicht. Wir brauchen nur Geld und Ressourcen und dann bekommt jeder seinen ach so wundervollen Lebensabend.« Er spuckte auf den Boden.

Jim sah mit funkensprühenden Augen zu ihm. »Ach

ja? Du kannst dich anscheinend gut in deren Köpfe hineinversetzen. Vielleicht bist du ja die undichte Stelle.«

Pan stieß sich mit einem Grollen von dem Baumstamm ab, doch Ruby stellte sich zwischen die beiden Streithähne. Ihrem Freund legte sie beschwichtigend eine Hand auf die Brust, bevor sie sich wieder Kate und Jim zuwandte. »Wir sind nicht der Feind. Pan hat wie wir alle oft genug seine Loyalität bewiesen. Ich kann nichts für den Weg, den Sam eingeschlagen hat. Wenn er hier wäre, wüsste ich das, glaubt mir. Er hat sich aber nicht gemeldet.« Kurz sah sie zu ihrem Freund und nickte leicht. »Pan hat recht. Dass sie uns nicht einfach verjagen, ist ein gutes Zeichen. Wir sollten das nutzen und mit ihnen verhandeln. Vielleicht können wir ein positives Statement setzen.«

»Die wollen morgen Nachmittag wiederkommen. Wir brauchen einen Plan, oder?«, überlegte Kate.

Ruby nickte. »Wir sollten uns morgen früh noch einmal beraten. Bis dahin kann jeder überlegen und sich eine Mütze Schlaf gönnen. Seid so gut und tragt das weiter, in Ordnung?«

Jim und Kate nickten sichtlich beruhigt. Als sie sich wieder unter das Volk gemischt hatten, legte Pan einen Arm um Ruby und küsste ihren Lockenschopf. »Womit habe ich so viel Glück verdient? Ich bewundere deine Kunst, Streitereien zu schlichten, immer wieder.«

Mit einem Lächeln sah sie zu ihm auf und ließ das Kompliment so stehen.

Pan zog sie mit sich in sein Zelt. Sie hatten jeweils ein eigenes, was vor allem der Platzsituation geschuldet war. Jeder hatte Krempel, den er irgendwie unterbringen musste. Und jeder brauchte einen Rückzugsort, was bei einem so engen Zusammenleben enorm wichtig war.

Sie machten es sich zwischen Schlafpritsche und Sitzkiste bequem, Ruby streckte die Beine aus und lehnte sich an Pan. »Eigentlich will ich gar nicht über MiltForge nachdenken.«

»So, wie ich dich kenne, hast du eh schon Ideen. Du musst gar nicht mehr nachdenken«, erwiderte Pan und lachte. Sein Körper vibrierte dabei, und Ruby ließ sich noch tiefer in seine Umarmung sinken.

»Erwischt. Was hältst du davon: Ich könnte wirklich meinen Bruder anrufen. Wir hatten zwar ausgemacht, dass wir das nur in absoluten Notfällen tun, aber vielleicht hat er eine Ahnung, was los ist. Außerdem habe ich dir doch von dem Treffen mit Tevin erzählt ...«

Pan stöhnte auf. »Bitte nicht wieder der Typ. Der ist doch aalglatt. Bist du da nicht misstrauisch?«

»Er arbeitet bei der Regierung und hat uns schon geholfen. Wir brauchen ihn als Fürsprecher. Ich stoße ihn doch nicht vor den Kopf, nur weil du eifersüchtig bist.«

Keine Antwort. Auch gut.

»Jedenfalls hat er versprochen, dass er herkommen würde, wenn die Lage brenzlig wird. Um zu vermitteln, notfalls mit der Armee. Dann traut sich MiltForge nichts mehr. Oder was meinst du?«

»Ja ... ja, vermutlich hast du recht. Vielleicht solltest du beides tun. Aber nicht, ohne es mit den anderen abzusprechen. Sonst werden sie dir gegenüber noch misstrauischer. Momentan ist die Stimmung schon aufgeheizt genug.«

»Okay, wir wollen ja morgen eh Ideen sammeln.«

Beide schwiegen daraufhin. Ruby hatte Angst, ihm die Laune verdorben zu haben, weil sie von Tevin angefangen hatte. Warum glaubte eigentlich kaum jemand daran, dass Mann und Frau einfach nur gute Freunde sein konnten?

Sie drehte sich in Pans Armen. »Hey, sollen wir mal nach Crimson sehen?«

🌲🌲

Hottie winkte den beiden bereits von weitem zu. »Damit ihr gleich beruhigt seid: Ich habe die Wunde genäht und verbunden. Der kleine Fuchs ruht sich jetzt aus.«

»Hast du ihm noch etwas Futter hingelegt?«, frage Ruby.

»Aber sicher doch, und Wasser. Der wird schon wieder, keine Sorge.«

Erleichtert atmete sie durch und sah zu Pan, der gerade durch den Newsfeed auf seinem Handy scrollte und gar nicht begeistert aussah. »Was ist los?«

Er seufzte. »Das Feuer bei Loch Lomond wütet immer noch.«

»Was?«, riefen Ruby und Hottie wie aus einem Mund.

Pan hielt ihnen das Display hin. »Ist so gut wie nicht einzudämmen, aber das sollte uns nicht überraschen.«

Ruby schüttelte den Kopf. Von dem alten Nationalpark Loch Lomond waren naturmäßig nur ein paar
struppige Stellen Wald und Forst übrig. Wenn das
alles in Flammen unterging, dann hatten sie ein weiteres Camp und ein weiteres Stück Hoffnung
verloren. Es wäre jedoch nicht das erste Mal.

Ihr eigenes Handy vibrierte. Eine unbekannte
Nummer rief an. Stirnrunzelnd entschuldigte sie sich
bei Hottie und Pan.

»Hey, hier ist Sam.«

Ruby hatte es geschafft, mit dem Handy am Ohr
einige Schritte zu laufen, aber diese Worte lösten eine
Schockstarre in ihr aus. Sie war nicht zu einer Antwort fähig. Viel zu unvorbereitet trafen sie dieser
Anruf und die damit zusammenhängende Erkenntnis,
dass etwas passiert sein musste. Sie riefen einander
nie an, um nur zu plaudern. Es gab immer einen
Grund. Einen triftigen.

»Ruby?«, riss Sam sie aus ihrer Paralyse.

»Ja ... ja, ich bin dran. Sorry, ich habe nicht damit
gerechnet, deine Stimme zu hören. Ist ... ist alles in
Ordnung?« Was für eine selten dämliche Frage.

»Nein. Nein, ist es nicht. Scheiße, Ruby ... ich sitze
im Gefängnis.«

Fast fiel ihr das Handy aus der Hand.

»Was?«, hauchte sie und stützte sich an einem
Baum ab. Die zerklüftete Rinde unter ihren Fingern
gab ihr eine bizarre Sicherheit. Das hier war kein
Traum. Oder Albtraum.

»Hast du von dem Waldbrand bei Loch Lomond
gehört? Ich war zufällig in der Nähe und bin zwischen
die Fronten geraten ... jetzt schieben sie es mir in die

Schuhe. Ma hat ja gesagt, dass das mal passieren würde.«

Sam klang verärgert, doch Ruby wusste, dass man bei ihrem Bruder nicht jedes Wort glauben durfte. Manchmal konnte er nicht offen reden. Genauso wenig wie sie. Deshalb hatten sie schon vor Jahren Codewörter und -sätze ausgetüftelt. Das mit ihrer Ma war so etwas. Es war ein Schuldgeständnis, von dem niemand wissen durfte. Er war zu Recht verknackt worden. Ruby wunderte das nicht einmal, obwohl es ihr einen Stich versetzte.

»Ja, habe ich. Ich kenne einige der dortigen Aktivisten. Sie wollten sich bald auf den Weg zu uns machen. Hättest du einfach ein paar Tage gewartet ...« Ruby rieb sich über die Stirn. Es tat ihr im Herzen weh, was ihr großer Bruder anstellte, um an Geld zu kommen. Mehr als einmal kam es ihr so vor, als würde er damit ihre Seele zerschneiden und das mit voller Absicht. Aber er hatte seine Gründe, und das wusste sie. Sie hatte sich geschworen, ihn nie dafür zu verurteilen.

»Ist jetzt auch egal. Ich habe gehört, dass niemand ernsthaft verletzt ist.«

Ruby lächelte. Er wollte sie beruhigen und schaffte es, ganz gleich, ob es eine Lüge war oder nicht. »Was passiert nun mit dir?«

Eine kurze Pause entstand. Dann hörte sie Sam seufzen. »Ich hab' lebenslänglich bekommen. Und ich wurde zu einem Aufenthalt auf der Luna-Werft verdonnert. Mehr als fünf Jahre. Werde erst mal 'ne Weile weg sein, Sis ... Bin nicht begeistert. Keine Ahnung, ob ich mich von dort melden kann, deswegen tu ich's jetzt.«

Eine einzelne Träne lief über Rubys Wange, und sie schüttelte den Kopf. »Scheiße! Ich würde dir so gern helfen.«

Wieder eine Pause. »Ich weiß.« Stimmen im Hintergrund. »Ruby? Ich muss jetzt aufhören. Wenn ich kann, melde ich mich.«

»O-okay.«

Sie hörte ihn einatmen. »Bí cúramach!*« Ihre Muttersprache. Vernahm sie nicht mehr so oft. Aber dass ausgerechnet ihr Bruder zu Irisch wechselte, bedeutete ihr enorm viel.

Ruby schniefte leise und wollte etwas erwidern, doch da ertönte schon das Besetztzeichen.

Shit! Konnte sie denn wirklich gar nichts tun? Vielleicht ... wenn die anderen einverstanden waren, dass sie Tevin anrief? Der war zwar nicht befugt, Urteile aufzuheben, aber sicher konnte er seine Kontakte spielen lassen, damit Ruby hin und wieder von Sam hören durfte.

Sie steckte ihr Handy zurück in die Tasche. Kurz überlegte sie, ob sie zu Pan, Hottie und Crimson zurückgehen sollte, entschied sich aber dagegen. Gerade konnte sie noch nicht darüber reden, was mit Sam passiert war. Sie musste das erst noch mit sich selbst ausmachen. Die Stille der Natur war perfekt dafür, auch wenn es sie immer wieder gruselte, wie ruhig es wirklich war. Vor allem im Vergleich zu früher.

*Pass auf dich auf

SAM

Sam atmete tief durch. Neben ihm kramte einer der beiden Bullen den Schlüssel heraus. *Seinen* Schlüssel. Für *seine* Wohnung. Ex-Wohnung. Das war doch alles ein Riesenhaufen Scheiße.

»Kann ich wenigstens selbst aufschließen?«

»Tut mir leid, aber das geht nicht.«

Sam trat zur Seite und rollte mit den Augen. »Was denn? Haben Sie Schiss, dass ich Ihnen den Schlüssel ins Gesicht ramme?« Er hob seine Hände, die in Handschellen steckten. »Wenn man die richtig einsetzt, können die auch eine Waffe sein. Was bringt man euch Polizisten in der Ausbildung eigentlich bei?«

Batman – Sam nannte ihn jetzt einfach mal so, Größe und Statur stimmten – beäugte ihn misstrauisch, bevor er sich dem Schloss widmete. Ein wenig Rumgefummel und ein vernehmliches Klacken später schwang die Tür auf. Sie gingen hinein, wobei der zweite Polizist draußen blieb, wohl für den Fall, dass Sam einen Fluchtversuch startete.

Sams Bude war immer top aufgeräumt, was daran lag, dass er nur selten zu Hause war. Und daran, dass die Wohnung nicht viel zu bieten hatte. Ein Bett, eine Kommode, einen Schreibtisch mit Stuhl, eine Couch und einen Fernseher. Die Küche bestand im Grunde nur aus dem Herd und einem winzigen Kühlschrank. In das Badezimmer passte gerade mal das Nötigste, was auch das Geschirrspülen zu einem wahren Abenteuer machte. Nichts deutete hier auf Sams Tätigkeit oder seine Verbindungen hin. Zumindest nicht auf den ersten Blick. Da war er ziemlich penibel.

Batman stellte die Reisetasche auf das Bett und vollführte eine auffordernde Bewegung. »Dann fangen Sie mal an zu packen.«

»Na, aber sicher doch. Eine Reise zu den Sternen. Wollen Sie nicht mit mir tauschen? Ist bestimmt hübsch da oben. Mal 'ne Pause von dem ganzen Scheiß hier unten. Ist eigentlich mehr eine Belohnung und keine Bestrafung, meinen Sie nicht?« Sam foppte die Ordnungshüter wirklich gern, weswegen er auch betont langsam die Schubladen seiner Kommode aufzog.

Batman straffte die Schultern. »Es geht nicht zum Spaß da hoch. Sie haben schon verstanden, dass Sie arbeiten müssen?«

»Ja, aber mit einem tollen Ausblick.« Auf den Sam getrost verzichten konnte und würde. Schon der Gedanke an die Reise ins Vakuum des Alls sorgte bei ihm für Atemaussetzer. Der Fakt, dass er die nächsten Jahre da oben verbringen würde, schnürte ihm die Luft ab. Aber das sagte er nicht. Er grinste und imitierte Gleichgültigkeit. Wenn er sich diese lange genug einredete, übernahm sie ihn vielleicht irgendwann. Zumindest hoffte er darauf.

Batman sah Sam undurchdringlich an. Wurmte es ihn dermaßen, dass ein Sträfling die Gelegenheit bekam, die Sterne zu sehen?

»Möchten Sie echt mit mir tauschen?«, fragte Sam.

»Kennen Sie die Bilder? Wie die Erde von da oben aussieht? Klein und zerbrechlich ... und wunderschön. Die Unendlichkeit des Weltalls spannt sich um sie und macht einem deutlich, wie winzig und unbedeutend die eigenen Probleme sind. Der Ausblick ist ein Geschenk. Zumindest darin stimme ich Ihnen zu, auch wenn Sie es wohl nicht ernst gemeint haben. Das Schlimme ist, dass Straftäter wie Sie, in diesen Genuss kommen, während ehrliche Leute ihr letztes Hemd dafür geben würden. Um zu sehen, wofür sie da kämpfen. Wofür sie sich selbst und ihre Leben aufs Spiel setzen. Das würde die Moral deutlich heben.« Bruce presste die Lippen aufeinander und schüttelte den Kopf. »Aber wem erzähle ich das? Ihnen ist das egal und das machen Sie mehr als deutlich. Ich hoffe wirklich, dass die Zeit auf der Luna-Werft Sie positiv beeinflussen wird.«

Sam schwieg. Er hatte weder gedacht, dass Batman so eine Rede schwingen würde, noch hatte er Lust, sich auf eine Diskussion einzulassen. Nachdem er einige Klamotten in die Reisetasche gestopft hatte – was dank der Handschellen sehr umständlich war – suchte er noch mal den Blick des Polizisten. »Ich muss mal. Sicher darf ich kurz mein eigenes Bad benutzen, oder? Ohne Gesellschaft.«

Batman nickte knapp. »Ich werfe aber vorher mal einen Blick rein.«

Sam zuckte mit den Schultern und beobachtete, wie der Mann Dusche und WC inspizierte, an die Lampe klopfte und das Waschbecken abtastete. War ihm ganz recht. Worum es wirklich ging, war soeben aus der Kommodenschublade in die Brusttasche seines Hemds gewandert.

»Darf ich endlich?«, fragte er genervt, als Batman wieder ins Wohnzimmer trat. Ohne seine Antwort abzuwarten, lief Sam an ihm vorbei und zog die Badezimmertür hinter sich zu. Es war gar nicht so leicht, die Fliese über dem Spülkasten abzumontieren, wenn man die Hände nicht ordentlich bewegen konnte. Aber irgendwie schaffte er es, ohne zu viel Lärm zu verursachen. Nebenbei prustete er durch die geschlossenen Lippen, um die Illusion eines Toilettengangs aufrechtzuerhalten. Vielleicht freute er sich auch ein bisschen dabei, weil er sich vorstellte, wie angeekelt Batman bei der Geräuschkulisse dreinschaute.

Sam hangelte den Daten-Stick aus seiner Hemdtasche und beförderte ihn mit zwei Fingern in den kleinen Hohlraum. Dann wieder rauf mit der Fliese. Und die Klospülung betätigen. Fertig. Ach ja, Hände waschen.

Freudestrahlend kam er aus dem Bad und seufzte erleichtert. »Schon besser!«

»Können wir dann endlich gehen?« Batman sah wirklich angewidert aus.

»Klar. Lassen Sie mir nur einen Moment, damit ich mich verabschieden kann.« Sam seufzte noch mal, theatralischer als vorher.

Wenige Sekunden später öffnete Batman mit einem Ruck die Tür und schob Sam nach draußen. »Los jetzt!«

»Wie lange dauert es denn, bis die Wohnung neu vermietet wird? Damit ich mich moralisch darauf einstellen kann und genau weiß, wann ich offiziell obdachlos bin«, fragte Sam mit einem Augenaufschlag.

Der zweite Polizist folgte ihnen auf dem Fuß.

Batman seufzte. »Meistens dauert es ein paar

Wochen. Da müssen ja erst mal einige Dinge geklärt werden.«

»Klar. Bürokratie.« Sam schmunzelte. Die wichtigste Information hatte er bekommen.

Die Rückfahrt verbrachten die Männer schweigend. Einmal nahm Batman einen Anruf an, sprach allerdings so leise, dass Sam auf der Rückbank nichts verstehen konnte. Wohl bemerkte Sam aber seinen Blick, den er ihm durch den Rückspiegel zuwarf. Obwohl er neugierig war, biss er sich auf die Zunge und fragte nicht nach. Den Gefallen würde er Batman nicht tun.

Am Ziel angekommen, stieg Sam mit der Hilfe des Bullen aus und wurde von ihm durch die Sicherheitsschleusen geführt. Dann übernahm ein anderer und sah Sam für einen Moment an.

»Was'n los?«, fragte der, jetzt schon leicht genervt.

»Sie haben Besuch«, war die Antwort.

Das konnte gut oder schlecht sein. »Wer ist es?«

Der Ordnungshüter schwieg und bedeutete Sam mit einer Geste, ihm zu folgen.

Wurde er jetzt endlich hier rausgeholt? Hatte Milt-Forge ihn vor Gericht nur so leiden lassen, um das Image zu verbessern? Bekam er nun eine Erklärung für das seltsame Verhalten des Anwalts? Den hatte er seit der Verhandlung nicht mehr gesehen. Er musste sich bemühen, nicht zu rennen und dabei seinen Begleiter beiseitezustoßen. *Tief durchatmen. Langsam einen Schritt vor den anderen setzen. Die Scheißegalhaltung bewahren.*

Die Tür öffnete sich vor ihm, und er wurde, weiterhin in Handschellen, auf einen Stuhl bugsiert.

»Wenn man vom Teufel spricht«, knurrte Sam und sah sich seinem Anwalt gegenüber.

Bis sich der Gefängniswärter auf den Mindestabstand entfernt hatte, schwiegen sie noch. Schließlich beugte sich Fynn vor. »Ich ...«

Sam schnitt ihm mit einer wirschen Geste das Wort ab. »Spar dir das Vorgeplänkel. Entweder erklärst du mir sofort, warum ich im Knast sitze, oder du holst mich hier raus.«

Jetzt, da endlich jemand da war, der ihm seine Fragen beantworten konnte, brach die unterdrückte Wut schneller aus ihm heraus als gedacht. Er hätte ja die Arme vor der Brust verschränkt, um diesem Gefühl mehr Ausdruck zu verleihen, doch das war aufgrund der verdammten Fesseln unmöglich.

Fynn hob beschwichtigend die Hände. »Ich weiß, ich muss dir als Anwalt wie ein ziemlicher Versager vorkommen. Aber ich befolge nur Befehle und jetzt gerade bin ich lediglich der Bote.«

Das klang gar nicht gut. Als würde Sam hierbleiben müssen. »Dann fang endlich an zu reden.«

Der Mann beugte sich vor und sprach leiser als vorher: »Milton Forge hat einen neuen Auftrag für dich. Es ging nicht anders. Wir mussten dich irgendwie zur Luna-Werft schleusen.«

Sam blinzelte und lächelte sein gefährlichstes Lächeln. Das, wo das Zornesfunkeln in seinen Augen einen krassen Kontrast zur aufgesetzten Fröhlichkeit seines restlichen Gesichts bildete. Wenn er könnte, würde er Fynn jetzt eine reinhauen. Ging aber nicht. Langsames, bedrohliches Vorbeugen dafür schon.

»Was soll das heißen?«, fragte er zuckersüß.

»Liv sollte den Brand legen. MiltForge hat der Armee den Tipp gegeben und die Drohnenaufnahme manipuliert. Aber das hat alles einen guten Grund. Du bekommst den Auftrag deines Lebens. Mit der Kohle, die winkt, hast du ausgesorgt.«

Sam zwang sich zum Nachdenken. Liv hatte ihn verraten. Das wunderte ihn nicht mal sonderlich, auch wenn es seinem Herzen einen Stoß verpasste. Hatte er wirklich geglaubt, sie wären befreundet? Befreundet und ... möglicherweise noch mehr? Sein Tattoo schmerzte. Oder auch nicht. Vielleicht nur die Erinnerung an die Person, der es gewidmet war.

Besser, er lenkte seine Gedanken woandershin.

»Was für ein Auftrag?«, presste er hervor.

Fynn sah kurz zu dem Wachmann, bevor er antwortete. Wieder so leise, dass sich Sam bemühen musste, die einzelnen Worte zu verstehen. »Max Peith. Der organisiert das ganze Archenprojekt. Ohne den sind die aufgeschmissen. MiltForge will die Luna-Werft übernehmen, dafür muss der Typ aber weg. Wie du das anstellst, ist dir überlassen. Am besten lässt du es wie einen Unfall aussehen, damit du fein raus bist. Verstanden?«

Die Tatsache, dass ein Mord von ihm verlangt wurde, schockte Sam nicht. Er hatte bereits oft Leben genommen. Das war keine große Sache für ihn, nicht mehr. Vermutlich hatte er einfach schon zu oft abgedrückt. »Warum diese ganze Farce? Eine kleine

Vorwarnung hätte genügt, dann hätte ich mich festnehmen lassen und fertig. Und ich hätte mich vorbereiten können.«

Sein Anwalt schüttelte den Kopf. »Mister Forge meinte, dass alles so glaubhaft wie möglich sein soll. Also auch deine Reaktion bei der Festnahme, vor Gericht und so weiter.«

Hatte Sam eine andere Wahl? Wenn er sich weigerte, konnte er auf keine Hilfe mehr hoffen. Die Entscheidung sollte also leichter sein, doch er konnte nicht leugnen, wie sehr ihn die Machenschaften von MiltForge gerade ärgerten. Er fühlte sich verraten.

»Fuck! Okay. Ich mache es.« Damit stand er auf und drehte Fynn den Rücken zu, ohne sich zu verabschieden.

Der Wachmann sah ihm griesgrämig entgegen, doch Sam stellte seine Bitte trotzdem.

»Ich muss dringend telefonieren.«

»Du hast Glück, dass du mich unter der Nummer noch erreichst.«

»Ja ... ja, ich weiß. Du wolltest ein neues Leben und so. Haben es die anderen auch geschafft?« Sam hatte sich bisher verboten, über sein Team nachzudenken.

Castus räusperte sich. »Keine Ahnung, sie sind nicht aufgetaucht.«

»Wie bist du denn an der Regierung vorbeigekommen?«

»Zu Fuß, durch die Ebenen. Bis zum nächsten Ort, da habe ich mir eine Mitfahrgelegenheit gesucht.«

Sam schnaubte. Auf die Idee hätte er auch kommen können. »Cool. Hör mal, warum ich eigentlich anrufe ... kannst du mir einen Gefallen tun?«

Castus seufzte. »Okay. Aber nur, weil du es bist.«

»Keine Sorge, du bist mich bald los, dann gehe ich dir nicht mehr auf die Nerven.«

»Moment Mal ... von welcher Nummer rufst du da eigentlich an?«

»Sie haben mich geschnappt, Castus.«

»Was?! Fuck ... Scheiße, Sam. Wie ist das denn passiert?« Sein Freund klang ehrlich betroffen.

Sam erklärte kurz und knapp, was er von Fynn erfahren hatte.

»Ey, wenn ich Liv in die Finger kriege ... die kann was erleben!«, schnaufte sein Kumpel, nachdem er eine Schimpftirade losgelassen hatte, von der selbst Sam die Ohren klingelten.

»Lass mal gut sein. Ändern kann man nichts mehr. Da muss ich jetzt durch.«

»Du willst den Typ doch nicht wirklich umbringen, oder?«

»Wenn ich da oben wieder wegwill, bleibt mir nichts anderes übrig. Ich verbringe auf dieser beschissenen Werft bestimmt nicht mehr Tage als nötig«, sagte Sam und lehnte sich rücklings an die Wand. Zum Glück durfte er diesmal aus der Zelle telefonieren. Der Wachmann stand zwar in der Nähe, aber wenn Sam leise genug sprach, bekam der kein Wort mit.

»Du könntest das auch als Chance sehen.« Castus' Stimme hatte einen warmen Klang, der Sam überhaupt nicht gefiel.

»Ich führe den Auftrag aus, und damit hat sich die Sache«, schoss er zurück.

»Bist du dir sicher? Ich meine ... diese Werft ist für viele so unerreichbar. Ich stelle es mir dort unglaublich vor. Vielleicht verändert es dich. Zum Positiven.«

Sam spuckte aus. »Nicht du auch noch. Sag mal, warst du schon da oben? Haben sie dir ebenfalls eine Gehirnwäsche verpasst?«

»Ich stelle es mir einfach schön vor. Aber ich will auch was ändern. Du kommst wahrscheinlich nie aus der Söldnersache raus.« Castus sprach ohne Wertung in der Stimme, trotzdem schmerzten seine Worte.

Sam mochte die Richtung nicht, die dieses Gespräch nahm. Besser, sie konzentrierten sich wieder auf das Wesentliche. »Ist mir egal. Was ist jetzt mit meinem Gefallen?«

»Wenigstens habe ich es versucht ...«, seufzte sein Kumpel. »Was soll ich tun?«

»Ich habe in meiner Wohnung einen Daten-Stick versteckt. Hinter der Fliese über dem Spülkasten. Kommt man mit ein wenig Fingerspitzengefühl leicht dran. Hab's sogar mit Handschellen geschafft. Der Stick muss zu Ruby. Da sind wichtige Infos drauf, die sie gut gebrauchen kann«, erklärte Sam.

»Okay. Und wo ist Ruby?«

»Cairngorms National Park.«

»Wo genau?«

»Keine Ahnung, Castus. Frag dich durch. Du hast doch Kontakte«, gab Sam genervt zurück.

Kurzes Schweigen. Dann ein »Okay!« und »Soll ich ihr noch etwas dazu ausrichten?«.

Darüber hatte Sam gar nicht nachgedacht. Er hatte Ruby am Telefon schon alles gesagt. Das mit dem Stick hatte er sich danach überlegt. Aber die Infos darauf waren selbsterklärend. »Nur, dass sie aufpassen soll. Auf sich und ... na ja, die Daten.«

»Okay.«

»Das Wichtigste kommt jetzt noch. Gib ihr den Stick erst, wenn ich erwischt werde oder da oben verrecke.« Er bereitete sich auf ein Gewitter vor.

»Was soll die Scheiße, Sam?«, knurrte Castus wie erwartet.

»Ich rechne lieber mit dem Schlimmsten, auch wenn ich daran arbeite, dass alles gut geht. Trotzdem ... dieser Stick ist irgendwie mein Vermächtnis. Wenn ich das hier vergeige, soll es zumindest MiltForge an den Kragen gehen.«

»Echt, Kumpel ... das kann nicht dein Ernst sein. Jetzt weiß ich erst recht nicht, was ich Ruby sagen soll. Keine Chance, dir das auszureden?«

»Nein.« Er holte Luft und erzwang eine Pause, um sich unter Kontrolle zu bringen. »Castus ... ich habe keine andere Wahl. Entweder ich führe den Auftrag durch und komme nach Hause oder ich vermassele es und dann kümmern sich die Leute auf der Werft oder gleich MiltForge um mich. Womöglich gibt's da oben Spitzel. Ich würde es nicht ausschließen.«

»Verstehe.« Alles in Castus' Stimme deutete darauf hin, dass dies eigentlich nicht der Fall war.

»Danke! Dann ... mach's mal gut, Kumpel.« Sam bekam einen Kloß im Hals. Kein positives Zeichen.

»Pass auf dich auf, okay? Wir sehen uns bestimmt

mal wieder!« Auch Castus' Stimme war heiser geworden.

Sam trennte die Verbindung, bevor einer von ihnen
noch zu heulen anfing. Das wäre ja wirklich die
Krönung dieser ganzen Scheiße.

RUBY

»Ruby, wach auf!«

Sie stöhnte unwillig und verdeckte die Augen mit ihrem Arm. Etwas rüttelte an ihrer Schulter und knusperte an ihren Haaren.

»Crimson, hör auf ...«, nuschelte sie.

»Komm schon! Dieser Typ von MiltForge ist da.«

Mit einem Mal war Ruby hellwach und setzte sich auf. Sehr zu Crimsons Verdruss, denn der versuchte gerade, auf ihre Brust zu klettern. Er fiepte ungehalten und humpelte vor Pans Füße.

»Der Typ wollte doch viel später kommen!«, sagte sie und bedachte den Fuchs mit einem entschuldigenden Blick.

»Ist er aber nicht. Er ist jetzt da. Dabei ist es nicht einmal richtig hell.«

Shit! Ruby rückte ihre Klamotten zurecht, bevor sie die Decke zur Seite schob und auf die Beine kam. »Wer ist denn gerade bei ihm?«

Pan seufzte. Seine karamellfarbenen Augen suchten ihren Blick. »Alle sind da und reden wirr durcheinander. Ich glaube, es sieht nicht gut aus.«

»Pfft«, machte Ruby und band sich die Locken zu einem Pferdeschwanz. »Für uns sieht es nie gut aus. Aber was sollen sie schon tun? Uns mit ihren Bulldozern überfahren?«

Sie trat nach Pan aus dem Zelt. Die Morgenwäsche musste warten, und dass sie nur ihr Nachthemd trug, war ihr ziemlich egal. Diese Angelegenheit bedurfte sofortige Aufmerksamkeit. Gemeinsam liefen sie und Pan zügig auf die Menschenmenge zu, die sich um einen Mittdreißiger scharte. Er wollte mit seinem geschniegelten Auftritt vermutlich seriös und wichtig aussehen. In Wahrheit wirkte er inmitten der kunterbunt gekleideten Gaia-Aktivisten vollkommen deplatziert.

Ruby drängte sich durch die Menge, während alle durcheinander plapperten und kein wirklicher Gesprächsfaden erkennbar war. Das hatte MiltForge super hinbekommen. Sie hatten keine Strategie, keinen Plan, nur einen Haufen eigener Meinungen, die auf die Schnelle kaum kombinierbar waren.

Ruby arbeitete sich bis zu dem Unterhändler vor und blieb direkt vor ihm stehen, den Impuls unterdrückend, ihn zu schubsen. »Sie sind zu früh!«

Obwohl das Stimmengewirr um sie herum nicht gänzlich abgeschwollen war, hatte der Kerl sie verstanden. Steif rückte er seine Krawatte zurecht und verzog die Lippen zu einem süffisanten Lächeln. »Endlich jemand, der die Dinge in die Hand nimmt.« Es fehlte nur noch ein aufdringliches Augenbrauenwackeln.

Pan trat neben sie und legte ihr die flache Hand auf den Rücken, wie um sie zu beruhigen. »Sie wollten erst später kommen. Wir hatten keine Zeit, uns vorzubereiten.«

»Was gibt es denn da vorzubereiten? MiltForge hat das Eigentum an diesen Ländereien erworben. Sie müssen verschwinden, und zwar sofort.«

»Können wir die Papiere sehen? Die Regierung verkauft nicht so einfach die wenige Natur, die noch intakt ist.« Ruby verschränkte die Arme vor der Brust, obwohl *intakt* nicht ganz korrekt war, denn auch der Cairngorms Nationalpark hatte unter den Strapazen des Klimawandels gelitten.

»Ich muss Ihnen die Papiere nicht zeigen, oder gehören Sie etwa zur Regierung?« Der Mann lachte nasal.

»Tragen Sie Ihre Kriege woanders aus. Am besten verlassen Sie Schottland und marschieren dorthin, wo eh schon alles den Bach runtergegangen ist«, keifte Pan. Seine Hand auf Rubys Rücken hatte sich zur Faust geballt.

»Dort gibt es nichts mehr für uns zu holen. Zwar profitieren wir von den Bürgerkriegen, denn es treibt unsere Zahlen im Waffengeschäft nach oben, aber genau deswegen brauchen wir ja Nachschub an Ressourcen. Die sind hier zuhauf zu finden. Wir haben den Behörden einen famosen Preis genannt. Am Ende dreht es sich nur ums Geld, davon kann sich keiner freisprechen.« Wieder dieses süffisante Lächeln.

»Verschwinden Sie«, knurrte Pan.

Ruby trat vor. »Warum?«

Der Unterhändler hob eine Augenbraue. »Warum? Ist das eine dieser philosophischen Fragen, die ihr Hippies so liebt? Ich sage Ihnen, warum. Die Welt ist am Arsch. Da gibt es nichts mehr zu retten. Jeder muss sehen, wo er bleibt.« Er hob die Schultern. »Und MiltForge hält zumindest den Handel am Leben. Die

Leute kommen zu uns, weil sie das erkannt haben und sich schützen wollen. Oder weil sie zu denen gehören, die das alles infrage stellen, was hier passiert. Der Planet hat schon immer mal schlechte Zeiten erlebt. Wer sagt denn, dass dies hier das Ende ist? In ein paar Jahren kann alles wieder ganz anders aussehen. Manche wollen ihren Lebensabend in Ruhe verbringen. Wie Sie sehen, haben wir für jeden was dabei, so fahren wir den größtmöglichen Umsatz ein. Wir müssen akzeptieren, was passiert, das Beste hoffen und unsere Existenz auskosten. Mit möglichst viel Luxus. Niemand muss so verrotten wie Sie.« Angeekelt ließ der Mann den Blick durch das Camp schweifen.

»Ach nein?«, fragte Ruby und hätte dem Kerl gern vor die Füße gekotzt. »Und was ist mit den Tausenden Menschen, die gezwungen sind, ihre Heimat zu verlassen? Den Verlierern in Ihrer tollen Story?«

Ein Schulterzucken war die Antwort. »Was soll mit denen sein? Jeder hat eine Chance. Der Klimawandel ist seit über fünfzig Jahren im Gespräch. Keiner hat gehandelt, alle haben weggesehen.«

»Raus aus unserem Camp, bevor ich mich vergesse«, zischte Pan und trat einen Schritt näher.

»Sie haben zwei Tage Zeit, bis die Arbeiten beginnen. Anschließend kann ich für nichts mehr garantieren.« Damit wandte sich der Handlanger von MiltForge um und zog von dannen.

Ruby zitterte am ganzen Leib. Wenn Pan nicht da gewesen wäre, wäre sie dem Mann hinterhergejagt und hätte ihm den Kinnhaken seines Lebens verpasst. Jetzt aber stand sie hier und drehte sich gemeinsam mit ihrem Freund zu den anderen Aktivisten um, die inzwischen still waren und sie erwartungsvoll anschauten.

»Was hat er gesagt?«, fragte Jim.

Ruby sah zu Boden, bevor sich der gesamte Zorn auf MiltForge katalysierte und den Falschen traf. »Wir haben zwei Tage.«

Aufgeregtes Gemurmel. Ungläubigkeit. Kampfeslust.

»Wir gehen hier nicht weg!« Wieder Jim.

Ruby nickte ihm zu. »Wir können aber auch nicht unvorbereitet hierbleiben. Hat denn gestern jeder nachgedacht, wie wir mit der Situation umgehen wollen?« Es gab hier keinen Anführer, sie entschieden alles gemeinsam.

»Wir könnten uns Waffen besorgen und kämpfen«, warf Trudy ein, die weiter hinten im Pulk stand und ihre dicke Hornbrille zurechtrückte.

Pan schüttelte entschieden den Kopf. »Auf keinen Fall. Damit wären wir nicht besser als die. Wir haben geschworen, friedlich zu agieren.«

»Wir haben uns bisher von überall verjagen lassen. Das kann doch nicht so weitergehen«, erwiderte Trudy.

»Was ist mit Bestechung?«, warf Hottie ein.

»Womit denn? Sollen wir etwa unsere Körper verkaufen?«, fragte Kate schockiert.

Hottie zuckte nur mit den Schultern.

»Leute, bleibt ruhig. Wir haben heute einen ganz anderen Standpunkt als noch vor ein oder zwei Jahren, denn wir sind eine ernstzunehmende Gruppe geworden und haben Kontakte geknüpft. Warum nutzen wir die nicht endlich mal für uns?«, fragte Ruby und leitete das ein, was sie eigentlich vor der Unterredung mit MiltForge hatte loswerden wollen.

»Als ob die Regierung uns helfen würde. Die hat doch genug am Arsch kleben«, hielt Trudy dagegen.

»Na, hör mal. Sie hat sich genau wie wir der Rettung der Erde verschrieben. Wenn sie helfen wollen, lassen wir sie. Dass sie die ganzen Verbote zum CO_2-Verbrauch eingeführt haben, Verbrecher zur Luna-Werft schicken und grüne Projekte wie die FTL bezuschussen, sind wichtige Schritte. Jetzt können sie uns an vorderster Front unterstützen. Es ist doch einen Versuch wert, oder?« Ruby lächelte ermutigend.

»Ich finde schon«, meinte Pan und erwiderte das Lächeln.

»War ja klar …«, raunte Jim, aber Ruby hörte es trotzdem.

»Und wen willst du da anrufen?«, fragte Hottie, wofür Ruby ihm sehr dankbar war. Sie hatte überhaupt keine Lust, innerhalb der Aktivisten eine Kluft entstehen zu lassen und sich mit Jim zu streiten.

»Ich habe mich neulich wieder mit Tevin Shaw getroffen. Er hat weiterhin großes Interesse daran, uns zu unterstützen. Wenn wir jemals Probleme bekommen, soll ich mich bei ihm melden. Das wäre der richtige Zeitpunkt, oder nicht?«

Zustimmendes Gemurmel. Damit war das wohl beschlossen.

»Und was ist mit Sam?«, fragte Kate schüchtern.

»Sam ist indisponiert. Keine Chance, dass er zu unseren Gunsten agieren kann.« Mal abgesehen davon, dass Ruby das nie verlangen und er das nie tun würde. Je seltener Kontakt sie miteinander hatten, desto besser. »Gibt es weitere Ideen?«

Sie tüftelten noch ein wenig herum, aber der Plan stand schnell. Ruby würde sofort Tevin anrufen, während die anderen das Gaia-Netzwerk darüber informierten, dass es im Nationalpark nicht mehr sicher war. So würden sie wenigstens niemanden sonst in diesen Konflikt mithineinziehen. Es bedeutete allerdings gleichzeitig, dass es kaum noch Rückzugsorte für die Bewegung gab. Mit Loch Lomond war ein weiterer wichtiger Teil ihrer Gemeinschaft ausgelöscht worden.

Mit ihrem Handy in der Hand und immer noch im Nachthemd saß Ruby auf ihrer Matratze und hatte nun doch etwas Scheu, Tevin anzurufen. Crimson hatte sich ihr gegenüber zusammengerollt und die Augen geschlossen.

Die Weltregierung war vergleichsweise jung. Alle Länder hatten sich zusammengeschlossen, da sie endlich begriffen hatten, dass man auf derselben Seite stehen sollte. Die meisten Probleme waren inzwischen so allumfassend geworden, dass nicht jedes Land eigene Brötchen backen durfte. Es funktionierte gut, immerhin wurde seitdem fast nur noch in Solartechnik investiert, und mit den Subventionen hatten XFrontier und andere kleinere Firmen die FTL, die Luna-Werft und den SkyTransit gebaut. Aber jetzt, da die Regierungen zusammenarbeiteten, taten sich große Klüfte innerhalb der Bevölkerungen auf. Die

Skeptiker rebellierten. Was Nahrungsknappheit und anderes anging, waren auch der Staatsmacht die Hände gebunden, denn niemand konnte die alte Artenvielfalt wieder herzaubern. Es lag in der Natur des Menschen, für das zu kämpfen, was dieser dachte, das ihm zustand. Die ganze Welt war von Bürgerkriegen und Territorialkämpfen aufgrund von Ressourcen betroffen.

In all dem Chaos hatten sich Tevin und Ruby kennengelernt. Die Gaia-Aktivisten hatten der Regierung schon früh ihre Hilfe angeboten. Sie brauchten Geld und die Erlaubnis, ihre Lager aufzuschlagen und Gutes zu tun. An Kämpfen waren sie nicht interessiert, wollten nur die noch vorhandene Natur bewahren und wieder aufleben lassen. Ruby hatte in Edinburgh vorgesprochen, und ihr war ein persönlicher Kontakt gegeben worden. Der von Tevin. Sie hatten sich seitdem öfters getroffen und die Lage besprochen. Manchmal brachte er auch Spenden vorbei, von denen sie wiederum neue Setzlinge und Nahrung besorgen konnten. Ruby fühlte Freundschaft zu dem Beamten und eine Dankbarkeit, die sich nicht in Worte fassen ließ. Trotzdem war sie nervös, sobald sie ihn traf oder anrief. Vielleicht lag es an Pans Sorgen. Sie hatte sich von ihm ein schlechtes Gewissen einreden lassen, obwohl das gar nicht nötig war.

Entschlossen tätigte Ruby den Anruf.

Es klingelte nur dreimal, bis Tevin abhob. »Shaw?«

»Hey, hier ist Ruby. Ruby Casey.«

»Wie schön, von dir zu hören. Wobei die Umstände vermutlich nicht die Besten sind. Was ist denn los?«

»Es gibt Probleme mit MiltForge. Sie behaupten, den Cairngorms Nationalpark von der Regierung gekauft zu haben.« Sich auf das Wesentliche zu konzentrieren, war die beste Methode, um sich von der Nervosität abzulenken.

»Hmm, das ist mir nicht bekannt. Von so einem bedeutenden Verkauf hätte ich gehört.«

Seine warme Stimme beruhigte Ruby sofort. »Der Mann eben wollte uns die Papiere nicht zeigen.«

»Das ist äußerst verdächtig«, stimmte Tevin zu.

»Aber ... ihr verkauft doch nicht einfach Grundstücke, für die es noch Hoffnung gibt, oder?«

»Nein. Sowieso nicht, wenn wir wissen, dass ihr euch dort aufhaltet. Ich hatte dir ja schon erzählt, dass wir uns momentan Gedanken über die Ausweitung unserer Allianzen machen. Auch mit XFrontier sind wir in Gesprächen.«

Ruby fühlte wieder so etwas wie Hoffnung in sich aufkeimen. »Und was tun wir jetzt? Wir sollen innerhalb der nächsten zwei Tage abhauen.«

»Pass auf, ich höre mich hier mal um. Irgendjemand muss ja von dem Verkauf wissen, wenn es den tatsächlich gegeben hat. Ich bin momentan in Perth, also gar nicht so weit weg. Sobald ich kann, mache ich mich auf den Weg zu euch. Seid ihr noch am selben Ort wie bei meinem letzten Besuch?«

»Ja. Bitte lass dir nicht zu lange Zeit, okay?«

»Natürlich nicht. Pass auf dich auf.«

Ein Klicken ertönte, dann war die Verbindung unterbrochen. Ruby sah zu Crimson, der den Kopf gehoben hatte und sie forschend ansah. Sie streckte die Hand aus und kraulte ihn zwischen den Ohren.

Ihr Herz klopfte wie wild, und sie konnte gar nicht genau einordnen, ob das an der Angst, der Nervosität oder doch anderen Gefühlen lag. Gerade kam so viel zusammen. Das Leben als Gaia-Aktivistin war ohnehin kein leichtes, aber derzeit schienen sich die Ereignisse zu überschlagen. Erst die Feuersbrunst bei Loch Lomond, dann wurde ihr Bruder verurteilt und ins All verschifft. Jetzt diese Bedrohung im Nationalpark, obwohl sie hier schon so viel auf die Beine gestellt und der Natur geholfen hatten, sich zu erholen. Alles, was sie erreicht hatten, drohte nun, vernichtet zu werden.

Es störte sie, dass sie ihre ganze Hoffnung in die Regierung stecken musste, doch bei dem Umbruch, der seit ein paar Jahren stattfand, wollte sie gern helfen. Es war ja zu ihren Gunsten. Dass das nicht allen gefiel, war klar. Trotzdem hatte sich Ruby größeren Zusammenhalt gewünscht. Jetzt war doch nicht mehr von der Hand zu weisen, was für Auswirkungen der Klimawandel hatte. Das meiste wäre zu vermeiden gewesen, wenn die richtigen Stellen rechtzeitig gehandelt hätten. Die Menschen waren zu spät aufgewacht. Jetzt ging es nur noch um Schadensbegrenzung und die Hoffnung, dass eine Lebensgrundlage für alle bewahrt wurde.

Ruby seufzte und erhob sich. Crimson tat es ihr nach und schaute mit seinen bernsteinfarbenen Augen zu ihr auf.

»Du willst wohl auf meinen Arm, hm?«, fragte sie und grinste.

Als Antwort wackelte der Fuchs mit den Ohren und gab einen entzückenden Laut von sich.

»Na gut!« Ruby bückte sich und nahm das rote Fellknäuel hoch. Kurz drückte sie den Fuchs an ihr Gesicht und lächelte. Ihr war nicht mehr nach Einsamkeit. »Sollen wir uns auf den Weg zu Pan machen?«

Natürlich nickte Crimson nicht, aber er hechelte kurz und es schien, als verzögen sich seine Lefzen zu einem Lächeln. Das genügte Ruby als Antwort, also zog sie die Zeltplane zur Seite und trat ins Freie.

⁂

»Hey, mein Kleiner. Du glaubst gar nicht, wie froh ich bin, dass es dir besser geht.«

Lächelnd beobachtete Ruby, wie Pan den Fuchs begrüßte. »Wird noch was dauern, bis wir ihn endgültig aufgepäppelt haben. Ich hoffe nur, dass seine Pfote ordentlich heilt.«

Pan nickte und klopfte mit der freien Hand auf den Platz neben sich. »Hast du mit Tevin gesprochen?«

Sie setzte sich auf eines der Kissen und sog den Duft ihres Freundes ein. Kurz fasste sie das Besprochene zusammen.

»Ist ja schon mal ein gutes Zeichen, dass er den Verkauf anzweifelt. Was anderes hätte mich auch schwer gewundert«, meinte Pan.

»Ich wünsche mir nur, dass er etwas ausrichten kann.«

»Er soll die MiltForge-Futzis einfach im hohen Bogen von unserem Land werfen. Die haben hier nichts verloren.«

Ruby hob eine Augenbraue. »Unserem Land?«

»Klar! Denen gehört es nicht. Uns schon. Also, der Regierung, aber die sorgt ja dafür, dass wir hierbleiben können. Niemand tut mehr für die Natur als die Gaia-Bewegung.«

»Außer XFrontier«, warf sie ein.

»Na ja, die haben auch mehr Kohle. Trotzdem ist das nicht mit uns vergleichbar. Wir sind hier draußen an vorderster Front. Wir kämpfen für die Erde und mit ihr.« Pan lächelte grimmig und verschränkte die Arme vor der Brust.

Ruby schmunzelte ebenfalls und hielt ihren Unterarm vor sich, damit Pan ihn sehen konnte. Dort prangte das Symbol, welches sie immer wieder mit Henna nachzeichnete. Jeder Gaianer trug es, immerhin waren sie eine Gemeinschaft und das war ihr Erkennungszeichen. Es war ein Kreis, der für die Erde stand. In der Mitte war ein Viereck zu sehen, das ein Schild darstellen sollte. Sie waren der Schild der Erde, der Schutz und die Armee. Ob die Erde jemals damit gerechnet hatte, gegen ihre eigenen Kinder kämpfen zu müssen? Ob es ihr wehtat? Ihr vermutlich mehr als den Menschen.

Pan streckte die Hand aus und fuhr mit seinem Zeigefinger sanft über die Konturen des Symbols. Seine Berührung löste einen wohligen Schauer in ihr aus. Entzückt lächelte sie und zog nur zögerlich ihren Arm weg.

Ihr Freund fing ihren Blick ein, und die Grimmigkeit in seinem Lächeln wurde durch Zuneigung ersetzt. »Wie geht es dir?«

Ruby zog das Haarband aus ihrem Zopf, wodurch sich die Locken wie eine Löwenmähne um ihr Gesicht verteilten. Löwen. Selbst die Savannenjäger waren vor einigen Jahren auf die Liste ausgestorbener Tierarten gewandert. Die Artenvielfalt war immens geschrumpft, egal, wie sehr sie sich bemüht hatten, das zu verhindern. Ihr Blick fiel auf Crimson. Auch Füchse sah man nur noch selten.

»Hey, ich sehe doch, dass dich was beschäftigt. Was ist denn los?« Pans Lächeln war verschwunden, stattdessen trat echte Sorge auf seine Züge.

»An Tagen wie diesen frage ich mich, ob unsere Bemühungen überhaupt etwas bringen. Vielleicht machen wir ja auch alles schlimmer?«

Pan beugte sich vor. »Schlimmer? Wie soll das denn gehen? Laufen wir etwa draußen mit Waffen rum und erschießen unseresgleichen? Kippen wir immer mehr Schadstoffe in die Atmosphäre, indem wir diese Waffen bauen? Nutzen wir die Not der Flüchtlinge aus und boykottieren alles, was unserem Lebensraum guttun würde? Ich glaube nicht. Wir können uns etliche Erfolge zuschreiben. Immerhin hat die Regierung eingelenkt. Das ist ein wichtiger Meilenstein.«

»Das stimmt, aber ... vielleicht ist es nicht genug.« Ruby flüsterte fast. »Vielleicht ... sollten wir Menschen einfach verschwinden.« Den Gedanken trug sie immer mit sich herum. Bei den Gaianern lag der Hauptfokus nicht darauf, nur den Homo sapiens zu erhalten. Es ging vor allem darum, dass die Erde ein bewohnbarer Ort blieb – für sie, für Flora und Fauna. Doch ihr Bestreben war womöglich mit dem Egoismus vergiftet, der Menschen eben innewohnte. Nicht nur ein Wissenschaftler hatte Ruby erklärt, dass das Aussterben der Arten den Weg freimachte für andere. Nach den Dinosauriern hatten die Säugetiere und mit diesen die Menschen die Macht erlangt. Was würde nach ihnen kommen? Durften sie überhaupt Gott spielen? Hatten sie es nicht schon getan?

Pan nahm ihre Hände in seine. »Verlier dich nicht in diesen Gedankenströmen, okay? Das, was wir tun, ist gut für die Erde. Und darum geht es doch, oder? Um etwas anderes kann es nicht gehen.«

»Mag sein. Aber sie spricht nicht mit uns. Wir glauben, wir fühlen sie und ihren Schmerz. Was, wenn das alles nur Einbildung ist?«

»Glaubst du das wirklich? Komm schon, Löckchen. Zweifel sind ja durchaus mal erlaubt, aber das bist nicht du. Ich kenne niemanden, der so für unsere Sache kämpft wie du. Du hast den Kontakt zur Regierung hergestellt. Du hast diesen Platz hier gefunden. Du hältst uns alle zusammen, egal, was du denkst. Es ist sogar egal, dass Sam das komplette Gegenteil von uns tut. Du beweist so oft, an was du glaubst. Und das ist es, was ich so an dir liebe.«

Ruby boxte ihm leicht gegen den Arm. »Halt die Klappe, Süßholzraspler!« Über seine Worte dachte sie trotzdem nach. Wann hatten die Zweifel angefangen? Lag es daran, dass sie so wenig Lob für ihre Taten ernteten? Dennoch war es das schönste Gefühl, wenn sich die Pflanzen durch ihre Pflege erholten, Baumsetzlinge trotz der brennenden Sonne aufgingen und es ihnen gelang, Tiere zu betreuen und auszuwildern. Aber genauso niederschmetternd war es, wenn ein Sturm über Schottland zog und tapfere Bäume entwurzelte, riesige Wellen auf die Küsten trafen, die alles Lebendige mit sich rissen, oder Firmen wie Milt-Forge die Natur abfackelten und abholzten, weil sie diese für ihre schreckliche Waffenindustrie brauchten. Jedes bisschen, das sie erreichten, konnte so schnell vernichtet werden, und dieser Verlust sorgte zu oft dafür, dass Ruby es nicht mehr ertrug und aufgeben wollte, so wie jetzt.

Aber Pan hatte recht. Sie war niemand, der einfach alles von sich warf und so tat, als würde das Wohl der Erde ihn nichts angehen. »Danke! Manchmal brauche ich solche wachrüttelnden Worte von dir.«

Ihr Freund grinste breit. »Ich weiß. Perfekt, dass ich dich so gut kenne. Ich lese dich wie ein Buch.«

Und das machte Ruby noch nicht einmal etwas aus, ganz im Gegenteil.

SAM

»Oh, Batman! Hätte nicht gedacht, dass wir uns noch mal sehen«, rief Sam mit einem breiten Grinsen im Gesicht.

»Wie bitte?«, fragte der Polizist und sah aus, als hätte er in eine Imitat-Zitrone gebissen.

»Ach, nur der Name, den ich Ihnen gegeben habe. Sie waren ja nicht sehr freundlich und haben sich nicht vorgestellt.«

Der Bulle verdrehte die Augen, öffnete die hintere Beifahrertür und ließ Sam einsteigen. »Sie benehmen sich besser«, warnte er ihn. Dann nahm er die Reisetasche und warf sie unsanft neben Sam. Der zweite Polizist, den er Robin getauft hatte, saß schon am Steuer.

Die Fahrt von Glasgow bis Edinburgh dauerte nicht lang. Sie schlängelten sich durch die uralten Straßen bis zum Hafen durch, wo der Wagen zum Stehen kam. Schiffsverkehr gab es hier schon lange nicht mehr. Dazu war es wegen der Hurrikane und Wasserhosen auf See zu gefährlich. Außerdem war jegliches Fortbewegungsmittel – bis auf eines – für längere Strecken verboten, wenn man die Landesgrenzen überqueren wollte.

Zuerst hatte die Weltregierung darüber nachgedacht, überhaupt keine länderübergreifenden Reisen mehr zu erlauben, was allerdings einen riesigen Aufschrei bei der Bevölkerung ausgelöst hatte. Milt-Forge hatte angeboten, die Motoren und Antriebe zu bearbeiten, damit der Abgasausstoß nicht mehr so hoch war. Aber da war XFrontier schon in die Bresche gesprungen und hatte die Pläne für den FTL präsentiert. Viele assoziierten mit dieser Abkürzung ›faster than light‹, und genau damit spielte XFrontier. Wobei das Erreichen von Lichtgeschwindigkeit wohl immer nur ein Traum der Menschheit bleiben würde. FTL stand in diesem Fall für ›Fast Train Line‹, also einen Hochgeschwindigkeitszug. Er jagte durch Röhren, erreichte nahezu Überschall und wurde durch ein Teilvakuum, Magnete und Solarenergie betrieben. Als Sam und Ruby noch Kleinkinder gewesen waren, hatten die Testfahrten begonnen. Nun war ein Leben ohne dieses Transportmittel undenkbar.

Sam war erst einmal mit der FTL gefahren und verband furchtbare Erinnerungen damit. Er, Ruby und viele andere waren damals von Irland nach Schottland übergesiedelt worden. Die einst grüne Insel war im wahrsten Sinne des Wortes untergegangen, und die Häuser auf den wenigen Landstrichen, die noch als bewohnbar galten, waren restlos zerstört. Niemand hatte das Geld oder die Ressourcen für einen Wiederaufbau. Irland war das passiert, was die Menschen auf den südlichen Inseln der Erde schon vor Jahrzehnten durchgemacht hatten. Irgendwann hatten sogar die gebauten Dämme gegen die Wut des Meeres kapituliert.

An der Vergangenheit konnte Sam nichts mehr ändern, aber er mochte es auch nicht, wenn sie aufgerüttelt und ihm wieder ins Gedächtnis gerufen wurde. Mit der bevorstehenden Fahrt in diesem Unterwasserzug kamen solche Dinge an die Oberfläche. Gut, dass Batman da war, um ihn abzulenken.

Freudig blickte Sam den Polizisten an. »Sagen Sie bloß, Sie eskortieren mich bis nach Brasilien.«

Batman brummte unwillig und wechselte einen Blick mit dem schweigsamen Robin. »Dank Ihnen müssen wir unsere Familien verlassen.«

»Ach, kommen Sie. In rund achtundvierzig Stunden sind Sie wieder zurück. Ich fühle mich total geehrt, dass Sie mich begleiten.« Sam zwinkerte.

Die beiden sagten nichts dazu. Gemeinsam stellten sie sich in die Schlange zum Einsteigen. Die FTL fuhr alle zwei Tage und hatte nur wenige Zwischenstationen auf dem Weg zum SkyTransit. Diese waren unter anderem nötig, um neue Energie und Beschleunigungen zu erhalten. Das Ding erreichte Geschwindigkeiten von über eintausendzweihundert Stundenkilometer, und dadurch war man in rund neun Stunden in Brasilien. Direkt am Äquator und somit am SkyTransit. Sehr praktisch.

Wenn man drin saß, bekam man von der ungeheuren Geschwindigkeit kaum etwas mit. Das Rohr war blickdicht gebaut, und die Fenster der Riesenkapsel beinhalteten in Wahrheit Monitore, die reich besiedelte Meere vorgaukelten. Dabei waren die Gewässer mindestens so tot wie das Festland. Es war trotzdem eine willkommene Abwechslung von der Trostlosigkeit, die man jeden Tag zu sehen bekam.

Während die Polizisten immer genervter wirkten, wurde Sam angespannter. Am liebsten wäre er davongelaufen, anstatt sich wie Rohrpost durch eine enge

Pipeline schießen zu lassen, von nichts weiter umgeben als Wasser. Wie sollte das nur im All werden? Fast sechs Jahre lang. Die Nervosität schnürte Sam die Luft ab. Sein Herz trommelte so schnell, dass er befürchtete, es würde gleich dampfend und blutig vor ihm auf dem Boden liegen, weil es ihm aus dem Hals gesprungen war. Zum Glück war das anatomisch unmöglich.

Er dachte auch zum hundertsten Mal darüber nach, einfach zu fliehen. Wenn seine Begleiter nicht zu schnell waren, könnte er durchaus eine Chance haben. Aber was würde das bringen? Er hatte keine Wohnung und keinen Zufluchtsort mehr, sein Arbeitgeber würde wegen des unerledigten Auftrags nicht erfreut sein und Sam müsste sich sein Leben lang verstecken, vor der Justiz und vor MiltForge. Nicht gerade verlockend. Seine einzige Chance auf Freiheit war die Luna-Werft, das Töten von Max Peith und MiltForges Aufstieg. Also biss er die Zähne zusammen und hielt die Füße still.

Die Kapsel stand schon an der Station. Es gab eine nahezu winzige Tür, durch die sich die Passagiere drängten. Der Bau der FTL war staatlich subventioniert worden, und die Regierung holte sich die Kosten durch die Steuern wieder rein. So wurde die Illusion von einem kostenlosen Fahrservice aufrechterhalten.

In Wahrheit fuhren ohnehin nicht viele Leute mit der Rohrpost. Sie steuerte auch nicht mehr alle Kontinente an, nur jene, die strategisch nützlich waren. Außerdem herrschten in weiten Teilen der Welt Bürgerkriege, und die Röhren der FTL waren schon an vielen Stellen zerbombt worden und somit nicht mehr befahrbar. Die Anzahl der Klimaflüchtlinge vergrößerte sich fortlaufend, weswegen es inzwischen zu gefährlich für die FTL war, diese Länder anzufahren, es sei denn, es war staatlich angeordnet – wie in Irland. Letztlich war es trotz des Bestrebens zu helfen immer eine Kostenfrage. Auch XFrontier und die Regierung besaßen nicht unendliche Ressourcen oder einen sich selbst auffüllenden Sack voller Geld. Wenngleich sie zu den Guten gehörten, wie viele Leute gern sagten.

Sam hatte dafür nichts weiter als ein müdes Lächeln übrig. Im Augenblick nicht einmal mehr das, denn nun waren er und seine Begleiter an der Reihe, einzusteigen. Es kam ihm so vor, als würde man ihn lebendig begraben.

Sam schreckte hoch. »Alter, ist ja gut!«

Batman rüttelte immer noch an ihm. »Wir sind da. Sie haben echt die ganze Fahrt verpennt.«

Was für ein Glück. Leider hatte er keinen Alkohol gehabt, um sich abzufüllen. Als die FTL-Kapsel losgeschossen war, hatte Sam einfach die Augen geschlossen, versucht, die spacige Unterwassermusik auszublenden, die beruhigend wirken sollte, und war dabei offenbar eingeschlafen. Der Nachteil daran war, dass hier Endstation war und diese viel zu schnell gekommen war. Ab hier ging es nur noch in die Höhe, runter von der Erde.

Er kam vom Sitz hoch und streckte sich, so gut es eben mit den Handschellen möglich war. Dann folgte er den Passagieren und seinen Begleitern zum Ausgang. Über eine Rampe liefen sie in einen klimatisierten Raum, wo überall Warnschilder hingen. Die Außentemperatur in Brasilien kratzte dauerhaft an der Fünfzig-Grad-Marke. Es war ein Niemandsland. Dumm nur, dass genau hier der Weltraumlift stationiert war, weil der nur am Äquator fahren konnte. Das war das Einzige, das Sam wusste. Die Gründe dafür kannte er nicht und sie waren ihm auch egal.

Sam fragte sich, warum jemand freiwillig herkam. Der Weltraumlift war nur für XFrontier und die Luna-Werft sinnig, der Rest hatte dort nichts zu suchen. Angeblich gab es trotz der Zustände immer noch Kolonien in Brasilien.

»Der SkyTransit ist direkt am Hafen. Wir werden nur wenige Meter durch die Hitze laufen müssen«, raunte Batman ihm zu und sah auf seine Uhr. »Die FTL fährt in zwei Stunden wieder zurück. Wir geben Sie ab und dann sind wir weg.«

»Zu schade«, meinte Sam. »Ich werde Sie echt vermissen. Immer noch kein Interesse an einem Urlaub im All? Sie könnten meinen Platz haben.«

»Danke, ich verzichte.«

»Ach, letztens haben Sie mir noch erzählt, wie toll Sie es da oben finden würden.«

Batman verdrehte die Augen. »Sie haben das Verbrechen begangen, Sie fahren da hoch. Fertig!« Damit öffnete er die Tür.

Ein Stoß unangenehm heißer und schwüler Luft wehte ihm entgegen. Sam war direkt schweißgebadet und wünschte sich in die Kühle des Ankunftsraumes zurück. Sie traten hinaus in die Sonne, und ein

Schwarm Mücken stürzte sich sofort auf sie. Das Summen und Sausen war an jeder Ecke zu hören. Halbherzig wedelte Sam mit beiden Händen vor sich herum, aber er wusste bereits, dass er vollkommen zerstochen und leergesaugt in das Vakuum aufsteigen würde. Wo kamen die Viecher überhaupt her? Die Umgebung war doch Ödland, zumindest hatte er das gedacht.

Eigentlich hatte er nicht vorgehabt, sich umzusehen, aber er war noch nie in Brasilien gewesen. Er hatte nur Bilder und Berichte zu dieser Region gesehen, und Ruby hatte ihm Fotos davon gezeigt, wie es früher ausgesehen hatte. Besonders vom Amazonas Regenwald hatte seine kleine Schwester oft geschwärmt. Jetzt waren von dieser Pracht lediglich erschreckend wenige Quadratmeter übrig, und die waren hart umkämpft. Sogar die Regierung hatte bisher keinen Weg gefunden, damit umzugehen, obwohl sie regelmäßig Friedenstruppen schickte. Friedenstruppen mit Waffen, das allein war ein Witz.

Nun hob Sam doch den Blick und sah sich flüchtig um. Ruby würde ihn bestimmt nach seinen Eindrücken fragen, wenn sie denn jemals wieder miteinander sprechen würden. Die FTL-Station lag hinter ihnen, und man konnte die Röhre aus dem Meer ragen sehen. Einige Hochhaus-Gerippe reckten sich dem wolkenlosen Himmel entgegen, und die früheren Anlegestellen waren zu kleinen Marktplätzen umfunktioniert worden. Außerdem gab es einen riesigen Deich und eine Mauer, welche die Fluten davon abhalten sollte, das Landesinnere zu treffen. Nur für die FTL gab es einen Durchbruch, der aber geschlossen wurde, sobald es eine Sturmwarnung gab.

Durch das Menschengewusel schwitzte Sam noch mehr, und er ruckelte an seinem Kragen, um Luft an die Haut zu lassen. Nicht vorhandene Luft. Er weigerte sich, hinauf zum Himmel zu blicken, wo garantiert schon irgendwo der Weltraumaufzug zu erblicken war.

»Was machen die ganzen Leute hier?«, fragte Sam die beiden Polizisten.

Wieder war es Batman, der antwortete. »Der SkyTransit transportiert nicht nur Menschen. Hier ist ein Umschlagplatz für allerhand Dinge, die dort oben gebraucht werden. Oder hier unten.«

Das leuchtete ein, trotzdem hatte sich Sam das alles ganz anders vorgestellt. »Ist hier immer so viel los?«

Der Bulle zuckte mit den Schultern. »Wenn ich hier bin, schon. Aber der Lift fährt nicht jeden Tag. Es werden Termine ausgemacht. Ich nehme an, es wird erst dann voll.«

Sie liefen um eine Ecke. Die Mauer rückte aus Sams Fokus, dafür hatte er jetzt direkte Sicht auf den SkyTransit. Auch hiervon hatte er Bilder gesehen. Wahrscheinlich bereitete einen nichts so richtig auf diesen Anblick vor. Zunächst sah es wie ein recht dünn geratenes Hochhaus aus oder vielleicht ein Fernsehturm. Doch je weiter der Blick wanderte, desto mehr realisierte man, dass das Konstrukt kein Ende nahm. Es reichte immer höher und höher, bis es sich letztlich im Himmel verlor. Sam wurde schwindelig, als er emporstarrte, und er blieb instinktiv stehen. Seine Füße bohrten sich tief in den Sand, und er hatte das Gefühl, als würde man ihn nicht dorthin bringen können, selbst wenn alle Menschen eine Kette bildeten und ihn anschoben. Mit viel Willenskraft löste er den Blick vom Himmel und ließ ihn nach unten schweifen, zum Boden, direkt vor sich, wo die Kabine für die Abfahrt vorbereitet wurde. Männer und Frauen schleppten Kisten hinein, drei Personen in weißen Kitteln schauten geschäftig auf die Uhr und warteten offenbar darauf, dass die Waren zu Ende eingeladen wurden und die menschlichen Passagiere eintreten durften. Die Kabine sah wirklich aus wie ein einfacher Aufzug. Viereckig und mit einigen Metallstreben verstärkt.

Erneut ließ Sam den Blick über die komplette, sichtbare Länge schweifen. Das Konstrukt war erschreckend dünn, obwohl man sich von der alten Vorstellung, ein Seil zu spannen, schon früh verabschiedet hatte. Ihm nützte auch das Wissen nicht, dass die genutzten Kohlenstoffnanoröhren robust waren und sogar extreme Wetterbedingungen aushalten sollten, denn sein Hirn wollte es trotzdem nicht glauben. Das Gebilde sah so aus, als würde es jeden Moment in sich zusammenfallen, obwohl das in all den Jahren, die der Aufzug schon fuhr, noch nie vorgekommen war.

»Hey!« Batman war mit ihm stehen geblieben und sah ihn aufmerksam an. »Ich verstehe ja, dass Sie das Ding imposant finden, trotzdem wird es Zeit.«

Robin schob sich auf der anderen Seite neben ihn.

Gemeinsam erreichten sie kurz darauf die Kabine. Jetzt, da sie so direkt davorstanden, wagte Sam es nicht mehr, den Blick zu heben. Ihm war übel, sein

Mund war staubtrocken und sein ganzer Körper juckte. Der Mückenschwarm war verschwunden. Wahrscheinlich hatte er sich satt getrunken.

Zu ihnen kam eine Frau mit einem Tablet in der Hand. »Das ist er?«, wollte sie wissen und sah abschätzig zu Sam.

Batman nickte. »Er gehört ganz Ihnen.«

Die Liftangestellte nahm ein Paar Handschellen von ihrem Gürtel. »Dann wechseln wir mal.«

»Ernsthaft?«, stöhnte Sam und verdrehte die Augen. Fassungslos beobachtete er, wie Batman ihm die Fesseln abnahm. Kurz zuckten seine Gedanken noch mal in Richtung Flucht, aber hier wäre es wohl wirklich vergeblich. Innerhalb weniger Stunden würde er ohne Hilfe in der Hitze verrecken.

Also ließ er sich von der Frau neue Handschellen anlegen. Dort, wo der kühle Stahl seine Haut berührte, breitete sich eine willkommene Gänsehaut aus. Nicht nur wegen der Hitze war es eine Wohltat, sondern auch weil sich dort eine Straße aus Mückenstichen befand.

»Vielen Dank. Schöne Heimreise!«, meinte die Frau und gab etwas auf ihrem Tablet ein.

Batman und Robin winkten nur und wandten sich ab. Kurz darauf waren sie in der Menge verschwunden und Sam blieb mit einem seltsamen Gefühl der Einsamkeit zurück.

»Mein Name ist Lorena. Ich bin die Pilotin«, stellte sich die Frau vor.

Sam wandte sich zu ihr um und nahm sich die Zeit, sie etwas genauer zu betrachten. Sie war kleiner als er und hatte einen sportlichen Körper. Auf ihren Wangen waren einige Sommersprossen zu erkennen, und das Gesicht wurde von dunklen Locken eingerahmt. Sam fühlte sich sofort an seine Schwester erinnert. Gleiche Statur, gleiche Haare. Aber trotzdem viele Unterschiede. Natürlich, Menschen waren Individuen. Dennoch war er kurz davor, die Frau in die Arme zu schließen, weil sie Ruby so ähnlich sah und er seine Schwester schon ewig nicht mehr gesehen hatte. Seit … na ja, seit langer Zeit eben.

»Ich dachte, der Lift braucht keinen Piloten.«

Sie schmunzelte. »Ich meinte das Shuttle. Sie müssen ja irgendwie zur Werft kommen, oder?«

Sam zuckte mit den Schultern und öffnete noch einen Knopf vom Overall. Es war so unglaublich heiß, und dieses Jucken machte ihn wahnsinnig.

Lorenas Blick huschte dabei zu seinem Hals. »Interessantes Tattoo.«

Sam ignorierte die ungestellte Frage und deutete auf die Reisetasche, die Batman zu seinen Füßen abgestellt hatte. »Ist dafür auch noch Platz?«

RUBY

Baumstümpfe ragten vertrockneten Gerippen gleich aus dem Boden. Fein säuberlich waren die Stämme abgesägt worden. Nur die Fülle an Jahresringen zeugte noch davon, was für uralte Bäume hier ihr Leben gelassen hatten. Bäume, die sich stolz gegen die Klimawende gewehrt hatten. Bäume, die sich geweigert hatten, aufzugeben. Freunde. Ja, Ruby bezeichnete die Pflanzen als Freunde, denn sie waren Lebewesen und nur, weil sie keine Stimme besaßen, bedeutete das nicht, dass sie nicht fühlten. Klebriger Harz rann wie Blut an einigen Stämmen herunter. Es war ein Friedhof. Ein Massaker.

Sie war mit den anderen durch das Geknatter der Maschinen erwacht. Hatte die Decke von sich geworfen, war nur in Slip und BH bekleidet nach draußen gekrabbelt und hatte sich dem Unglück direkt gegenübergesehen. All die Bäume, die hier am See gestanden hatten, waren bereits gewichen. Übrig blieb nur das, was sie gerade sah. Ruby fühlte sich, als hätte man ihr das Herz herausgerissen, zweimal durch einen Fleischwolf gedreht und in ein stinkendes Loch geworfen. Weder sie noch ihre Freunde rührten sich, der Schock saß bei allen tief. Sogar Crimson hatte sich flach auf den Boden gelegt, den buschigen Schwanz eng an den Körper gepresst. Seine Augen waren weit aufgerissen und stierten in Richtung Massenmord.

Ruby war die Erste, die aus ihrer Starre erwachte. Ungeachtet dessen, dass sie immer noch halbnackt war, stapfte sie über Stock und Stein auf einen der Bauarbeiter zu, der gerade seine Säge wegpackte und sich den Schweiß von der Stirn wischte.

»Sie!«, brüllte Ruby und schubste den Typ von sich weg. »Verpissen Sie sich und nehmen Sie Ihre Kollegen gleich mit. Sie haben hier nichts zu suchen. Was fällt Ihnen überhaupt ein?« Die Locken waren ihr vor das Gesicht gefallen und behinderten ihre Sicht. Egal. Sie wusste ungefähr, wohin sie zielen musste.

Ihre Faust wurde in der Luft gestoppt. Ruby blickte sich um und sah geradewegs in Pans steinerne Miene.

»Nicht«, flüsterte er mit einem angedeuteten Kopfschütteln.

»Lass mich!«, fauchte sie und riss sich los.

»I-ich wollte das gar nicht!«, faselte der Arbeiter und zog die Tasche mit der Säge aus Rubys Wirkungskreis.

Sie lachte auf. »Ach ja? Warum sind Sie dann hier?«

»Ich mache doch nur meine Arbeit. Von irgendwas muss ich mich und meine Familie ja ernähren.«

Ruby fasste sich an den Kopf. Sie hatte das Gefühl, gerade nur brüllen zu können.

Glücklicherweise reagierte Pan besonnener. »Sie haben sich in den Dienst der Firma gestellt, die die Erde weiter ausbeutet? Was glauben Sie denn, wie lange Sie Ihre Familie noch durchkriegen? Sie sollten das Ganze boykottieren.«

Der Bauarbeiter zuckte mit den Schultern. »Ist doch egal, oder? Ich will, dass es uns möglichst lange gut geht, und wenn ich dafür Wälder abholzen muss und Schlimmeres, dann ist es eben so. Wir können doch nichts mehr tun.«

»Wir tun etwas!«, begehrte Ruby auf und trat einen Schritt vor. Sie erhielt keine Antwort. Inzwischen hatten sich die Kollegen des Mannes um sie geschart, und sie standen sich wie zwei Armeen gegenüber.

»Was soll das überhaupt? Warum fangen Sie einfach mit den Arbeiten an? Wir befanden uns doch noch in Gesprächen«, fragte Pan.

»Nun, wir wissen nur von dem Arbeitsauftrag und dass wir hier am See anfangen sollten. Wir arbeiten uns sozusagen von innen nach außen.«

Ruby ließ die Baumschlächter stehen und marschierte zu ihrem Zelt zurück. Hinter ihr schwoll ein Stimmengewirr an. Jetzt waren die anderen ebenfalls angestachelt und wollten sich einmischen. *Was soll's.* Genau das hatte der Mann gesagt: *Ist doch egal.* Es war wirklich ein Kampf gegen Windmühlen. Was sollten sie da noch ausrichten?

Crimson hatte sich auf ihrem Schoß eingerollt. Draußen war das Röhren und Surren der Maschinen zwar leiser geworden, dennoch hatte Ruby es die ganze Zeit im Ohr – wie eine Drohung, eine Warnung. Am liebsten wollte sie ihr Zelt nicht mehr verlassen, für immer hier drin bleiben. Nicht die Schneise sehen, die MiltForge in ihr Zuhause schnitt. Vier Tage war es her, dass der Krawattentyp da gewesen war. Sie hatten sich nicht einschüchtern lassen und waren geblieben. Tevin war nicht aufgetaucht. War jetzt doch alles zum Scheitern verurteilt?

Ein leises Rascheln am Zelteingang kündete von einem Besucher. »Ruby?«

»Komm rein, Pan«, seufzte sie und kraulte Crimson zwischen den Ohren. Sie hatte sich nicht angezogen. Seit sie davongestürmt war, saß sie hier und hatte sich nicht gerührt. Aber egal. Es war Pan, er kannte sie so. Und in einem Camp wie diesem durfte man sowieso nicht so scheu sein. Man lebte eng zusammen und bekam somit unweigerlich eine Menge zu sehen.

Er setzte sich ihr gegenüber, und eine Weile sagten sie nichts. Crimson regte sich und tapste rüber zu Pan, ließ sich von ihm streicheln und beruhigen. Es war schon verrückt, wie zutraulich das Tier war, und das nach so kurzer Zeit. Vielleicht hatten sie ja einen weiteren Seelenverwandten gefunden, und Crimson würde nach der Auswilderung genauso oft wiederkommen wie Lee, der Vogel.

Ruby nutzte die Gelegenheit und musterte ihren Freund, wie sie es oft tat, wenn sie glaubte, dass er es nicht mitbekam. Sein braunes Haar, das ihm wirr ins Gesicht fiel, die markante Nase und der Dreitagebart, der ihm so gut stand. Obwohl es oft heiß oder schwül war, trug Pan immer einen grau-schwarz-karierten Schal. Ein Erbstück, hatte er mal gemeint, auch wenn er nie mehr dazu erzählte. Auf der rechten Wange hatte er eine längliche Narbe, die von seiner Vergangenheit kündete. Seine Versuche, die Erde zu retten, waren nicht immer friedlich gewesen.

»Wo bleibt nur Tevin?«, fragte sie irgendwann, als sie das Schweigen und die Maschinengeräusche nicht mehr ertrug.

»Ruf ihn doch noch mal an«, schlug Pan vor und nahm eine von Crimsons Pfoten, um sie zu streicheln.

»Habe ich schon. Wir müssen die Angelegenheit im Zweifel selbst regeln. Ich sitze hier nicht so einfach rum, bis sich die Regierung bequemt, einzuschreiten«, meinte Ruby hoffnungslos. Sie hatte bereits am vorherigen Tag einige Nachrichten auf Tevins Mailbox hinterlassen.

»Wie?«, wollte Pan wissen.

Sie führten keine Kriege, sie nahmen keine Leben. Doch Ruby ahnte, dass die Situation, ähnlich wie in Irland, zu eskalieren drohte. Die Menschen zogen sich immer weiter in das Landesinnere zurück, weil die Küsten unbewohnbar wurden und kein Geld für den Wiederaufbau bereitstand. Es war hier noch nicht so schlimm wie an anderen Orten. Schottland war weitestgehend vom Krieg verschont geblieben, obwohl viele Flüchtlinge der umliegenden Inseln hier aufgenommen worden waren und der Platz eng wurde. Doch die unberührte Natur durfte trotzdem nicht weichen. Wie sollten sie es verhindern? Der Bauarbeiter hatte zumindest in einem recht: Jeder musste sehen, wo er blieb. Für sich sorgen. Aushalten, bis Besserung eintrat oder die Welt unterging. Es war eine Zeit des Umdenkens. Die Regierung hatte als einer der Machtträger endlich damit angefangen, auch wenn Firmen wie XFrontier erst mal hatten vormachen müssen, wie es ging.

»Ich weiß es nicht. Ohne Tevin haben wir kaum eine Chance oder müssen uns neue Verbündete suchen. Wir könnten uns auch nach einem anderen Platz umschauen. Der Nationalpark ist riesig, es gibt noch genug Orte, an denen wir uns neu sammeln können.« Vielleicht hätten sie das direkt tun sollen. Es fühlte sich allerdings wie Aufgeben an, und das war eigentlich keine Option. Jedes Mal hofften sie, dass MiltForge ihre Leben nicht einfach aufs Spiel setzen würde, und wurden doch immer enttäuscht. Sie müssten es besser wissen, doch es war schwer, von den eigenen Prinzipien abzurücken.

»Taktischer Rückzug, also? Das müssen wir mal mit den anderen besprechen.«

Sie hob die Schultern. »Es wird ihnen nicht gefallen. Rückzug bedeutet Schwäche. Aber das ist mir lieber, als dass wir mit den Bäumen niedergemäht werden. Dann nützen wir wirklich niemandem mehr etwas.«

Pan nickte traurig. Wieder legte sich Stille über sie. Nur das Maschinengeheul erklang im Hintergrund, welches wie das Wehklagen der Bäume durch den Wind zu ihnen getragen wurde. Unfähig, aufzustehen und die Zweisamkeit zu zerstören, blieben die beiden noch etwas sitzen.

Lange währte sie jedoch nicht.

»Ich halte das echt nicht aus«‹, stöhnte Ruby, und auch Crimson legte sich die Pfoten auf die Ohren. »Wir müssen auf jeden Fall nach vertriebenen und verängstigten Tieren gucken. Die siedeln wir mit um, wenn wir schon die Zelte abbrechen.«

Pan lächelte. »Das ist mein Mädchen. Schon wieder voller Eifer.«

Sie winkte ab. Ihr Freund schien noch etwas sagen zu wollen, doch da wurde die Zeltplane beiseite geschlagen.

»Hey, Ruby!«, rief Hottie. »Ich glaube, da kommt dein Kumpel.«

»Na endlich«, erwiderte sie und sprang auf.

»Willst du dir nicht was anziehen?«, fragte Pan und musterte sie kritisch.

Ruby sah an sich herunter. »Wäre wohl besser.« Tevin war schließlich von der Regierung. Dem musste sie schon so halbwegs ordentlich entgegentreten.

🌲🌲

In ein jadegrünes Sommerkleid gehüllt, aber immer noch barfuß, trat Ruby hinter Pan ins Freie. Crimson hatte sich im Zelt eingerollt. Ihn trieb es nicht nach draußen, was Ruby bestens verstand. Sie versuchte, den abgeholzten Teil des Waldes zu ignorieren. Nur funktionierte es kaum, und ihr Herz pumpte frische Wut und Trauer in ihren Körper. Pan legte ihr für einen Moment eine Hand auf die Schulter, bevor er sich entfernte und zu Kate und Jim gesellte, die es sich auf den Findlingen gemütlich gemacht hatten. Irritiert sah Ruby ihm hinterher. Sie hatte gedacht, dass er dem Gespräch beiwohnen würde. Stattdessen unterhielt sich Hottie mit Tevin und winkte Ruby aufgeregt näher.

Sie lief so selbstbewusst wie möglich zu ihnen.

Einige Wochen hatten sie und Tevin sich nicht mehr gesehen. Er war etwas älter als sie, ein hochgewachsener Mann im Anzug, der aber mit den dicken Boots, dem Dreitagebart und dem amüsierten, gut gelaunten Funkeln in den Augen besser in diese Umgebung passte als der Typ von MiltForge vor ein paar Tagen.

»Ruby! Wie wunderbar, dich zu sehen«, begrüßte er sie und zog sie in eine Umarmung.

»Hey! Ich dachte schon, du kommst nicht mehr«, raunte sie und drückte ihn ebenfalls fest an sich.

»Tut mir leid, dass es so lang gedauert hat«, erwiderte er und trat einen Schritt zurück. »Und dass ich nicht mit fröhlicheren Nachrichten zu euch komme.«

Ruby verschränkte die Arme vor der Brust. Eine Abwehrhaltung, unterbewusst, denn Hiobsbotschaften konnte sie nicht gebrauchen. »Was soll das heißen?«

»Dieser Landstrich ist tatsächlich verkauft worden. Die Regierung macht sich Sorgen um den See. In Loch Lomond hat das Fischsterben das komplette Wasser verpestet. Sie geben aber nur einen Teil des Nationalparks auf, nicht alles.«

Ruby blinzelte verständnislos. Das war wie ein Schlag in die Magengrube. Warum machte die Regierung so einen Rückzieher? Der Grund wollte sich ihr nicht erschließen. »Aber wir können doch so gute Fortschritte vorweisen. Wir brauchen mehr Zeit.«

»Ich weiß.« Tevin hob die Schultern. »Ich habe mich echt für euch ins Zeug gelegt, deswegen bin ich so spät. Der Verkauf ist durch, tut mir leid.«

»Können wir nicht noch mal mit MiltForge reden? Kannst du vielleicht hierbleiben?«

»Und was soll ich dann tun?«, fragte er mit dem leisen Anflug eines Lächelns.

»Ich weiß nicht, ich fühle mich einfach besser, wenn eine Autoritätsperson hier ist. Auf uns hört keiner, wir haben nicht genug Gewicht. Aber du könntest mit ihnen verhandeln, zumindest wegen einer Pause, damit wir die Tiere umsiedeln können. Meinst du, das geht?«

Tevin sah sich kurz um, begeistert sah er nicht aus.

»Wir haben noch ein paar Zelte, du kannst dein eigenes haben. Sorry, es ist wahrscheinlich kein Vergleich zu deinem weichen Bett zu Hause, aber es würde mir echt viel bedeuten.«

Er seufzte, doch seine Mundwinkel zuckten. »In Ordnung. Ich suche gleich nach dem Vorarbeiter und bleibe, bis ihr eure Arbeiten abgeschlossen habt, um im Zweifel einzugreifen, sollte sich MiltForge uneinsichtig zeigen. Mehr kann ich aber wirklich nicht tun.«

Ruby fiel dem Mann um den Hals. »Oh, danke, danke, danke! Ich werde das nicht vergessen.«

SAM

Sam saß auf einem gemütlichen Sitz und wurde von Lorena angeschnallt. Auch die drei Weißkittel saßen in dem abgetrennten Bereich für Passagiere und redeten leise miteinander.

»Zunge rausstrecken«, forderte Lorena ihn mit einem Grinsen auf.

»Was? Ich bin doch hier nicht beim Doc!«

»Möchten Sie kotzen? Bitte, dann lassen Sie es.«

Genervt schnaubte Sam. Nein, kotzen wollte er nicht. Ihm war sowieso schon speiübel. »Was wollen Sie mir denn geben?«

»Scopolamin. Hilft gegen den Brechreiz und beruhigt.«

Sam öffnete den Mund und streckte die Zunge heraus. Lorena legte die Tablette darauf und setzte Sam eine Wasserflasche an die Lippen, damit er die Pastille runterspülen konnte.

»Danke«, murmelte er.

Lorena nickte und setzte sich dann neben ihn, um sich ebenfalls anzuschnallen.

»Warum ist das überhaupt nötig?«, fragte er und sah zum Gurt.

»Ab einer bestimmten Höhe gibt's Schwerelosigkeit. An die werden Sie sich gewöhnen müssen. Das ändert sich erst auf der Werft wieder.«

Daran hatte Sam überhaupt noch nicht gedacht. »Wie schnell wirkt diese Tablette?«

»Schnell genug.« Die Pilotin lächelte mitleidig.

»Und wie lange dauert es, bis wir oben sind?«

»Nur ein paar Minuten. Wenn wir angekommen sind, öffnet sich eine Schleuse zur Raumstation. Wir brauchten etwas, das halbwegs statisch im Raum steht, damit es zu keinen Schlingerungen kommt. Deswegen auch die Position über dem Äquator, verstehen Sie? Das geht nur da. XFrontier wollte jedenfalls nichts Neues hochschießen. Zu viele Abgase und das ganze Trara. Na ja … daher hat man die alte Internationale Raumstation umfunktioniert. Sie war vorher ja schon seit Ewigkeiten außer Betrieb, da hat sich das angeboten.«

Lorena schnatterte in einem weg, doch irgendwie fand Sam das ganz angenehm. Es lenkte ihn von seiner Nervosität ab. »Und von da geht's dann direkt weiter?«

Die Pilotin nickte und öffnete den Mund, um etwas zu sagen, aber da ging ein Ruck durch die Kabine. »Oh, es geht los.« Damit lehnte sie sich zurück und schloss die Augen. Dabei hatte Sam gehofft, sie würde einfach die ganze Fahrt über schwafeln.

Somit war er doch wieder allein mit sich und seinen Gedanken. Auch die Weißkittel saßen entspannt in ihren Sitzen, sahen entweder geradeaus oder hatten ebenfalls die Lider geschlossen. Zum Glück gab es keine Fenster, denn Sam hätte den Blick nach draußen als äußerst beunruhigend empfunden.

Mit einem Surren setzte sich der Aufzug in Bewegung. Es ruckelte kurz, dann war nichts mehr zu spüren. Nur das Geräusch zeugte davon, dass sie fuhren. Sam atmete tief ein und ließ die Luft langsam wieder aus seinen Lungen entweichen. In ihm schrillten Tausende Alarmglocken, und er rechnete jede Sekunde damit, dass er einfach an Ort und Stelle starb. Seine Finger krallten sich in die Armlehnen, so fest, dass die Knöchel unter der Haut weiß hervorstachen. Mit zusammengekniffenen Augen saß er bestimmt für zwei Minuten so da, bis er endlich ruhiger wurde. Von Entspannung war er zwar noch weit entfernt, aber seine Nervosität sank auf ein erträgliches Maß.

Bis ein leises *Ping* ertönte.

»Was war das?«, keuchte Sam und sah mit aufgerissenen Augen zu Lorena.

Sie lächelte nur leicht und blieb in ihrer entspannten Position. »Noch sechzig Sekunden, bis die Schwerelosigkeit eintritt.«

Ohnehin hatte Sam schon das Gefühl, als würde er in einem abstrusen Ungleichgewicht hängen. Sein Kopf fühlte sich an wie in Watte gepackt, und er bildete sich ein, dass er ganz genau spüren könnte, wie sein Gehirn darin umherschwamm und total überfordert mit der Situation war. Seine Füße wurden jedoch unaufhörlich zum Boden gezogen, als hätte er Magnetstiefel an. Gleichzeitig fühlte er einen Druck auf dem Brustkorb. Vielleicht war das nur die Angst, vielleicht aber auch ein natürlicher, körperlicher Prozess, der jene Symptome unter diesen Bedingungen auslöste.

Der Aufzug durchbrach eine unsichtbare Mauer. Sie machte sich nur dadurch bemerkbar, dass alle plötzlich von ihren Sitzen abhoben und nur noch mit den Gurten an Ort und Stelle gehalten wurden. Sams Arme trieben auf, ohne dass er einen Muskel bewegte.

Sein Magen rumorte, während er sich fühlte, als würde er fallen. Irgendwann musste er doch wieder ankommen, oder? Wieder runter auf den Sitz. Das blieb doch nicht so? Wie sollte er das ertragen?

Die Weißkittel ihm gegenüber lachten wissend und nickten sich zu, während Lorena gemütlich ihre Locken ordnete, die in alle Richtungen davonzwirbelten. Sie band sie zu einem Zopf und sah dann zu Sam. »Irres Gefühl, hm?«

Er schüttelte den Kopf und schluckte mehrmals hintereinander, um dem Brechreiz keinen Raum zu geben. »Ich falle nicht, oder?«, fragte er und hörte den Irrsinn in seiner Stimme.

»Nein, es fühlt sich nur so an. Das Gehirn kommt noch nicht mit der Schwerelosigkeit klar und bekommt falsche Signale vom Gleichgewichtssinn. Das wird irgendwann besser. Bis zur Luna-Werft werden Sie es schon schaffen.« Sie lächelte aufmunternd. »Wir müssten jeden Augenblick ankommen.«

»Und wie soll ich mich fortbewegen?«, fragte Sam und wackelte probeweise mit Armen und Beinen. Sie fühlten sich unglaublich leicht an, und es gab keinen Widerstand.

»Wir treiben. Es gibt überall Haken und so was, an denen man sich festhalten und vorwärtsziehen kann. Sie werden das gleich sehen und verstehen. Haben Sie denn nie Videos von früher gesehen? Wie hier oben gearbeitet wurde, oder der Flug zum Mond?«

Sam zuckte mit den Schultern. »So was interessiert mich nicht so. Davon habe ich wenn eher im Newsfeed gelesen.« Dann ruckte er das Kinn in Richtung

Hände. »Wie soll ich mich denn gefesselt fortbewegen?«

Lorena schmunzelte nachsichtig. »Ich nehme die Ihnen gleich ab. Hier können Sie nicht mehr abhauen. Unten wäre es vielleicht noch gegangen.«

Ohne darüber nachzudenken, erwiderte er: »Aber ich könnte andere Dinge tun. Gewalt anwenden und so etwas.«

Lorena schüttelte den Kopf. »Wenn Sie das vorhätten, dann hätten Sie es längst getan, auch mit Handschellen. Sie wissen weder, wie man ein Shuttle fliegt, noch, wie Sie im All überleben könnten. Der Aufzug wird von der Erde aus gesteuert. Sie sitzen fest. Egal, was Sie tun, Sie werden die Konsequenzen sofort erleben. Und mich sollten Sie ebenfalls nicht unterschätzen.«

Wortlos starrte Sam zu Boden. Sie hatte recht und er keine Lust, das Wortgefecht weiterzuführen. Bisher war sie nett zu ihm gewesen, und er wollte nicht, dass sich das änderte. Vielleicht, weil sie ihn so an Ruby erinnerte.

Mit einem Zittern kam der Aufzug zum Stehen, zumindest hörte das Surren auf und die Weißkittel begannen, sich abzuschnallen. Sam atmete tief durch. Auf zu der nächsten Etappe seiner Reise.

»Stellen Sie sich vor, Sie würden schwimmen«, raunte Lorena, als sie die Handschellen aufschloss.

Sam konnte sich nicht erinnern, jemals willentlich einen Fuß ins Wasser gesetzt zu haben, abgesehen von der Dusche. Zu groß war die Angst vor den Fluten, die nicht nur einmal gekommen waren, um

Teile Irlands unter sich zu begraben. So oft hatten Sam und Ruby es fast nicht mehr geschafft, sich zu retten. Sie waren früh Waisen geworden, wie so viele andere auch. Es hatte Sam unbeschreiblich viel Kraft gekostet, nach Edinburgh zu ziehen, weil diese Stadt so nah am Meer lag. Aber für seinen Job war es so am einfachsten gewesen.

Mit solchen Gedanken musste er sich erst mal nicht mehr auseinandersetzen. Doch er merkte, dass ihm die altbekannten Ängste lieber waren als die ungewisse Zukunft, die ihm nun entgegenwinkte.

»Abschnallen können Sie sich ja selbst, richtig?« Lorena tippte mit dem Fuß auf den Boden und gab sich somit einen Schubs nach oben, wo sie sich an den Griffen festhielt, die Sam vorher überhaupt nicht aufgefallen waren. Das Schleusentor hatte sich bereits geöffnet, von den Wissenschaftlern war nichts mehr zu sehen.

»Klar!« Gesagt, getan. Sofort driftete er nach oben, zwar langsam, aber es kam trotzdem so unerwartet, dass Sam hektische Bewegungen vollführte. Dadurch fing er an, um sich selbst zu rotieren. »Verdammte Scheiße!«

Lorena kehrte zu ihm zurück und hielt ihn fest. »Denken Sie nicht mehr über oben und unten nach. Das gibt es hier nicht mehr. Sagen Sie das Ihrem Gehirn immer wieder.«

Sie führte seine Hände, und durch den Aufschwung glitt Sam an ihr vorbei und konnte nach den Haken greifen. Die Pilotin schwang sich vor ihn und zog sich durch die Schleuse in die Raumstation hinein.

Sam folgte ihr, so schnell es ihm möglich war, den

leichten Brechreiz noch immer unterdrückend. Auf keinen Fall wollte er allein in diesem Aufzug zurückbleiben, und Lorena war seine einzige Bezugsperson hier oben. Er gab es ungern zu, aber rausgerissen aus dem normalen Umfeld und fort von seinen Kameraden und Ruby, fühlte er sich unglaublich einsam und verwundbar. So wie früher. Und das verabscheute er. Je eher er zur Werft kam und seine Arbeit erledigen konnte, desto besser. Und desto früher würde er wieder nach Hause zurückkehren. Außer die Erde wäre bis dahin abgefackelt. Im Grunde konnte jeden Tag alles kippen und ein weiteres Überleben unmöglich sein.

Sam schüttelte den Kopf. Er sollte keinen Platz für solche Gedanken schaffen. Besser, er konzentrierte sich auf das Hier und Jetzt und darauf, nicht zu kotzen.

Die Raumstation kam ihm winzig und eng vor. Er quetschte sich durch die schmalen Röhren und bemühte sich, Lorena als Fixpunkt zu nutzen. Es beruhigte ihn. »Arbeitet hier oben niemand?«

»Nein, das Ding dient nur als Zwischenstation. Wir müssen zur anderen Schleuse, wo das Shuttle wartet. Einfach geradeaus durch.«

»Wer kümmert sich denn um den ganzen Kram, der mit uns nach oben gefahren ist?«

»Den verladen gleich Finn und Cooper.«

Aha. Finn und Cooper. Total selbsterklärend. Sam sagte lieber nichts mehr.

Sie brachten die wenigen Gänge hinter sich und kamen an der anderen Schleuse an. Immer noch hatte Sam keinen Blick nach draußen werfen können, worüber er ziemlich dankbar war.

Die Luke stand offen, die Weißkittel waren wohl schon eingestiegen. Lorena gab Sam den Vortritt, bevor sie sich in den Flieger begab.

»Setzen Sie sich. Ich muss noch was erledigen. Und anschnallen nicht vergessen«, sagte sie und deutete auf die Sitze links von sich.

Hier drin sah es nicht anders aus als im Aufzug. Nur nicht hochkant, sondern seitlich, und noch mal deutlich enger als auf der Raumstation. Rechts von ihm war offenbar der Ladebereich, zumindest gab es dort einige Sicherheitsgurte und Warnstreifen sowie eine Tür, die extra hinuntergefahren werden konnte.

Ein Rumpeln zog Sams Aufmerksamkeit auf sich. Er drehte den Kopf und konnte gerade noch den beiden dunklen Schemen ausweichen, die an ihm vorbeischossen. »Was war denn das?«

Lorena schwebte wieder zu ihm und bugsierte ihn sanft, aber bestimmt in Richtung Sitz. »Finn und Cooper. Anschnallen, habe ich gesagt.«

Sam tat wie ihm geheißen und blickte mit aufgerissen Augen zur Luke.

»Ich aktiviere den Vogel dann mal. Die Reise dauert rund zwei Tage.«

Zwei Tage? Sam blinzelte und sah zu den Wissenschaftlern, die ihn weiterhin ignorierten und ihre aufgeblasenen Gespräche über irgendwelche Projekte und Berechnungen führten.

Das Rumpeln kehrte zurück. Es handelte sich bei Finn und Cooper offenbar um zwei Roboter. Sie waren kastenförmig und hatten Arme, die sie in verschiedene Positionen bringen konnten, sowie Rollen unter ihren Körpern. Fasziniert beobachtete Sam das Treiben der beiden Flitzer, bis Lorena durchsagte, dass alles eingeladen war und es jetzt losging. Da schloss Sam nur noch die Augen und hoffte, dass er genauso viel Glück wie in der FTL haben und die komplette Reise verschlafen würde. Nur waren zwei Tage wesentlich länger als neun Stunden.

Sie gingen dennoch relativ schnell um. Sam blieb außerdem davon verschont, sich das All ansehen zu müssen. Je später das geschah, desto besser. Auf der Werft würde die Schonfrist garantiert vorbei sein.

Lorena zeigte ihm, zu was die beiden Roboter in der Lage waren, und erklärte, dass sie einschaltbare Magnete in ihren Körpern hatten, damit sie auf dem Boden blieben. Trotzdem konnten sie an jeder Wand hoch- und runterfahren. Aber es gab ja keine Richtungen mehr, wie die Pilotin ihm gesagt hatte. Zwischendurch wurde geschlafen, und Lorena packte sogar mal ein Schachbrett mit haftenden Figuren aus. Sie spielte es mit ihm, und immer wieder wunderte sich Sam, warum sie ihm so viel Aufmerksamkeit schenkte. Sie könnte ihn ebenso ignorieren, wie die Weißkittel es taten.

»Bleibst du auf der Werft?«, fragte er und hasste sich selbst dafür, wie hoffnungsvoll er klang. Inzwischen hatten sie sogar die Förmlichkeiten fallen gelassen.

»Ja, ich arbeite schon seit ein paar Monaten dort. Ich fliege zwischen der Station und der Werft hin und her, wenn die Aufzugtermine anstehen. Allerdings fahre ich nicht immer runter zur Erde. Heute war eine Ausnahme. Ist nicht so gut für den Körper. Diesem Wechsel der Schwerkraft sollte man sich nicht zu oft aussetzen.«

»Und warum bist du diesmal runtergefahren?«, wollte Sam wissen.

»Ich erinnere mich gern daran, wofür wir das machen. Der Blick aus dem Observatorium ist zwar herrlich, aber man erfährt dabei nicht, wie es vor Ort aussieht.«

Na toll! Es gab also wirklich Fenster. Da wären Sam schon fast die Filmchen aus der FTL lieber.

»Hey, Lorena. Vielleicht solltest du nicht so auf Tuchfühlung mit dem Kriminellen da gehen«, warnte einer der Wissenschaftler sie.

Die Angesprochene schnaubte. »Du solltest dich um deinen eigenen Kram kümmern. Ich bin nett zu allen, falls du das noch nicht gemerkt hast.«

»Man könnte es auch naiv nennen«, murmelte Wissenschaftler Nummer zwei.

Sams Beschützerinstinkt erwachte. »Pass auf, was du sagst. Wir verbringen ab sofort sehr viel Zeit auf kleinem Raum, da gibt es genug Möglichkeiten, dir unbemerkt eine zu verpassen.« Zwar hatte er keine Ahnung, wie groß die Werft war, aber von einer ganzen Erdkugel konnte ja wohl nicht mehr die Rede sein.

Die Wissenschaftler gaben tatsächlich nach und widmeten sich wieder ihren hochtrabenden Gesprächen. Sie hatten dennoch etwas angestoßen, was sich auch Sam schon gefragt hatte. Er sah die Pilotin an. »Mal ehrlich, warum bist du so nett zu mir?«

Sie hob die Schultern. »Mir ist egal, was du getan hast. Dein Leben beginnt jetzt neu. Wenn dir die Regierung und XFrontier diese Chance geben, dann will ich das ebenfalls tun. Es bringt nichts, dir misstrauisch gegenüberzutreten oder dich anzufeinden. Da helfe ich dir lieber, bei uns zurechtzukommen.«

Darauf wusste Sam nichts mehr zu sagen. Er freute sich nicht auf die Werft und fragte sich, ob das hier schon ein Teil der Gehirnwäsche war. Vielleicht war Lorena extra für ihn ausgesucht worden, weil sie Ruby so ähnlich sah. Aber woher sollten die Leute hier von seiner Schwester wissen?

Er beschloss, die Freundlichkeit einfach anzunehmen, solange sie währte. Die Stimmung würde noch schnell genug umschlagen.

Der Rest der Reise verlief ereignislos, bis Lorena ankündigte, dass sie die Werft in wenigen Momenten erreichen und sie das Andockmanöver einleiten würde. Alle machten sich wieder an den Sitzen fest, und Sam spürte, wie schnell sein Herz schlug. Er hasste dieses Gefühl.

SAM

Sam machte ein paar zögerliche Schritte auf die Rampe. »Warum genau kann ich jetzt wieder laufen?«, fragte er und erntete hämische Blicke der Wissenschaftler.

Lorena wandte sich um, während sie darauf warteten, dass die Schleuse zur Werft geöffnet wurde. »Künstliche Gravitation. Dank der Zentrifugalkraft.«

»Ah ... klar!« Man hörte genau, wie wenig er das Gesagte verstand, und wenn die Weißkittel nicht gleich mit dem Getuschel aufhörten, konnte er für nichts mehr garantieren.

»Du wirst schon merken, was ich meine. Schließlich hast du jetzt genug Zeit, die Werft zu erkunden, nicht wahr? Ich bin gespannt, wo man dich einteilen wird. Hey, vielleicht darfst du auch Spacewalks machen. Das wäre doch cool, oder?« Lorena strahlte ihn an.

Sam verzog nur schmerzlich das Gesicht.

Die Luke öffnete sich, und auf der anderen Seite wurden sie von zwei Männern und einer Frau begrüßt. Letztere nickte den Ankömmlingen knapp zu, bevor sie von einem der Kerle flankiert auf Sam zutrat. Ihr blondes Haar hatte sie zu einem langen Zopf geflochten, der ihr über die Schulter fiel. Ernst und misstrauisch blickten ihm ihre braunen Augen entgegen, die Stirn hatte sie in Falten gelegt. Sie war etwas älter als er, und wäre diese Strenge nicht, dann hätte Sam sie durchaus als hübsch bezeichnet.

»Willkommen an Bord, Mister Casey«, sagte sie, und er bemerkte einen starken deutschen Akzent in ihrer Stimme.

»Ist ja nicht so, als wäre ich freiwillig hier«, konterte er und verschränkte die Arme vor der Brust. Endlich konnte er das wieder tun.

Die Falten auf der Stirn der Frau wurden tiefer, doch sie überging seinen Kommentar. »Mein Name ist Lisbeth Schneider. Ich leite diese Werft. Und das hier ...«, sie zeigte auf den hochgewachsenen Mann neben sich, »ist Max Peith. Meine Rechte Hand, wenn Sie so wollen. Ohne ihn würde hier jedenfalls alles im Chaos versinken.«

Max Peith. Sein Ziel. Sam heftete seinen Blick grimmig auf den geschniegelten Typ. Er hatte ein viel zu weiches Gesicht. Freundlich und ohne Scheu strahlten ihm seine blauen Augen entgegen. Unter dem rechten war ein Leberfleck. Das kurze braune Haar war in eine herzerweichende Unordnung geraten. Es sah gewollt aus, um die Illusion von Perfektion zu zerstören. Als würde er gern dazugehören und sich Mühe geben, äußerlich bloß nicht mit einem Sesselpupser verwechselt zu werden. Trotzdem stand er in einem Anzug hier, ein höfliches Lächeln auf den Lippen. Genau wie ein Sesselpupser. Netter Versuch.

»Mister Casey?«, fragte sein Ziel, und Sam bemerkte, dass ihm die Hand hingehalten wurde. Widerstrebend hob er die eigene und erwiderte die Begrüßungsgeste.

»Wir haben hier ein Patensystem, damit sich Neuankömmlinge besser zurechtfinden«, erklärte Miss Schneider und deutete nochmals auf den Sesselpupser. »Sie haben großes Glück, Ihnen ist Max zuge-teilt worden.«

»Ach, dafür haben Sie Zeit?«, fragte Sam und betrachtete sein Gegenüber weiterhin argwöhnisch. Dass Finn und Cooper mit den Paketen um sie her-umfuhren, bemerkte er nicht einmal mehr. Dass Lorena ihm noch mal hinter dem Rücken der Werft-leitung zuzwinkerte und winkte, aber sehr wohl.

Max lächelte und schloss dabei kurz die Augen. »Natürlich. Ich nehme gern Paten an und bringe ihnen unsere Arbeit hier oben näher. Allerdings muss ich zugeben, dass Sie mein erster ... Sträfling sind. Entschuldigen Sie die Bezeichnung.«

Sam zuckte mit den Schultern. »Ist ja so. Wie wollen Sie mich denn sonst nennen? Lustknabe?«

Miss Schneider presste die Lippen zu einem dünnen Strich zusammen, während Max schmun-zelte. »Ich sehe schon, die Zeit mit Ihnen wird amüsant.«

»Wenn Sie meinen.« Sam bemühte sich, möglichst desinteressiert rüberzukommen.

»Also, meine Herren. Dann lasse ich Sie mal allein.« Lisbeth lächelte freudlos und stiefelte zu den drei Weißkitteln, die erleichtert zu sein schienen, endlich Aufmerksamkeit zu bekommen.

Max sah ihr hinterher und wandte sich dann wie-der grinsend an Sam. »Sie ist zwar streng, aber hat das Herz am rechten Fleck.«

»Es gibt nichts, was mich weniger interessiert«, erwiderte Sam. »Wo kann ich denn schlafen? Ich bin echt fertig von der langen Reise.«

»Es waren sicherlich viele Eindrücke, die Sie auf

Ihrem Weg gesammelt haben.«

»Was Sie nicht sagen.«

Sein Pate bedeutete Sam, ihm zu folgen. Ihn wunderte es, dass er noch nicht wieder in Ketten gelegt worden war, geschweige denn, dass Max so freundlich zu ihm war. Letzteres machte ihn außerdem nervös. »Wie viele Häftlinge gibt's denn hier oben? Werden wir alle zusammen eingepfercht?«

Max schüttelte den Kopf. »Nein, Sie bekommen ein Einzelzimmer, sogar mit Aussicht. An die Rotation müssen Sie sich vielleicht noch gewöhnen, aber das geht schnell. Irgendwann werden Sie die verschiedenen Ausblicke schätzen.«

»Und wie viele nun?«, knurrte Sam, den das Ganze überhaupt nicht interessierte. Bei Lorena war es irgendwie anders gewesen, da hatte er tatsächlich so etwas wie Faszination empfunden. Allerdings hatte er sich da noch in diesem seltsamen Stadium zwischen Erde und Werft befunden. Nicht ganz im Exil, aber fast. Da war das Gerede eine nette Abwechslung gewesen.

»Mit Ihnen dürften es inzwischen fünfzig sein. Leider erwischt die Regierung nicht oft die Übeltäter. Dabei ist es unglaublich wertvoll für sie und für uns, hier oben zu sein. Das werden Sie sicher auch noch verstehen.«

»Hat das was mit dieser Gehirnwäsche zu tun?«

Max hob eine Augenbraue. »Hier wird keine Gehirnwäsche vollzogen. Trotzdem glaube ich, dass Sie eine ganz andere Sicht auf die Dinge bekommen werden, je länger Sie hier sind.«

Na, zum Glück hatte er nicht vor, allzu lange auf dieser Werft zu bleiben. »Und was hat es dann damit auf sich?«

»Nun, man hat bei verschiedenen Astronauten eine bestimmte veränderte Weltsicht festgestellt, und zwar schon seit Anbeginn der Raumfahrt. Man nennt es den Overview-Effekt.« Max blieb stehen und wandte sich Sam zu. »Sie sehen die Erde vor diesem unendlichen Nichts. Unfassbar klein und zerbrechlich. Und doch so verbunden mit Ihnen ... mit uns. Die Erde ist unsere Heimat, unsere Mutter. Wenn Sie sie so sehen, dann wollen Sie sie beschützen, hegen und pflegen. Glauben Sie mir, das verändert alles. Jeder Klimasünder und Verbrecher, der zu uns kam, war so wie Sie. Zornig, fehlgeleitet, ohne Hoffnung. Es ist von enormer Wichtigkeit, dass diejenigen, die unserem Planeten schaden, erkennen, dass ihr Weg falsch ist. Dass es noch eine Chance gibt, dass es sich lohnt, zu kämpfen. XFrontier hat dort angeknüpft und mit der Regierung beschlossen, solche Menschen hier hochzuschicken. Damit sie von dem Overview-Effekt profitieren und sich ändern können, die neu gewonnene Kraft, Verbundenheit und Zuversicht danach wieder zur Erde bringen und entsprechend handeln.«

Sam war vollkommen in seiner Rede gefangen gewesen und hatte nicht einmal das Bedürfnis verspürt, Max zu unterbrechen oder einen dummen Witz zu machen. Jetzt, da sie weitergingen und Schweigen einkehrte, wurde ihm das bewusst, sodass er fieberhaft nach einer patzigen Antwort suchte. Nach einer, die diesen Moment zunichtemachte und die Max nicht denken ließ, dass er Sam beeindruckt hatte. »Ihr seid ja verrückt. Ist also doch eine Art Gehirnwäsche, hm?«

Sein Pate schüttelte den Kopf. »Wenn Sie die Erde zum ersten Mal sehen, ob nun von Ihrem Zimmer aus oder während der vorgeschriebenen Observationszeit, dann werden Sie erkennen, dass ich recht habe.«

»Ich habe lebenslänglich. Wenn ich wieder nach Hause komme, werde ich rein gar nichts für die Umwelt tun können.« Er wollte es auch gar nicht. Diese Gehirnwäsche würde er nicht zulassen.

»Es gibt Möglichkeiten.«

»Aha. Und wenn ich Ihnen einfach vorgaukele, dass ich die Erde total toll finde und nie wieder einem Baum ein Blättchen krümmen werde? Nur damit ich früher freikomme?« Sam schüttelte den Kopf. Waren die hier oben wirklich so naiv? Immerhin ließen sie ihn ohne Handschellen herumlaufen.

»Glauben Sie mir, man erkennt den Unterschied. Es gab genug, die das versucht haben. Sie werden nicht einfach wieder auf die Leute losgelassen, sondern würden weiterhin unter Beobachtung stehen. Mehr als die Hälfte haben sich außerdem freiwillig entschieden, auf der Werft zu bleiben.«

Sie blieben vor einer Tür stehen. Max ließ Sam nicht mehr zu Wort kommen, sondern fuhr direkt fort: »Ihr Code lautet 357. Den kennen hier allerdings alle wichtigen Leute, und Sie können ihn nicht ändern, außerdem nicht abschließen. Ansonsten steht es Ihnen frei, die Werft zu erkunden. Wenn Sie irgendwo nicht hindürfen, wird Ihnen das schon gesagt.«

Sam zuckte mit den Schultern. »Wie werden eigentlich die Paten zugeteilt?«, wollte er aus einer Eingebung heraus wissen.

»Das wird zufällig ausgelost, es gibt ein Programm dafür.«

Trotzdem wurde Sam das Gefühl nicht los, dass MiltForge hier seine Finger mit im Spiel hatte, schließlich brachte ihn diese Patenschaft dicht an sein Ziel heran.

»Wir werden uns in den ersten Wochen täglich treffen und etwas plaudern. Morgen werden Sie erfahren, wo Sie eingesetzt werden, und einen Dienstplan erhalten, in dem auch die Zeiten für die Erdobservation stehen. Wir orientieren uns an dem Tagesrhythmus der Erde, die Uhren sind auch danach eingestellt«, erläuterte sein Pate und lächelte. »Ich wünsche Ihnen einen erholsamen Schlaf.«

Sam blieb allein in seiner Kabine zurück. Skeptisch sah er sich um, setzte sich probeweise auf das Bett und befand, dass es recht gemütlich war. Dann hob er vorsichtig den Blick Richtung Fenster. Dort war ein Teilbereich des Mondes zu sehen, aber er verschwand langsam. Dahinter erstreckte sich eine Unendlichkeit aus Schwärze und Sternen. Es waren doch Sterne, oder? Er hatte nie besonders oft gen Himmel geblickt, geschweige denn sich viel aus dem Universum gemacht. Aber er wusste, dass der Mond von dort unten wesentlich kleiner aussah, von hier jedoch riesig. Wie war das dann wohl mit der Erde ... Sam sprang auf und schob sein Bett auf die andere Seite des Raumes. Warf sein Kopfkissen auf das gegenüberliegende Kopfende und setzte sich im Schneidersitz mit dem Rücken zum Fenster auf die Matratze. Dieses Gefasel von Max zeigte offenbar schon seine Wirkung. Besser war es, wenn er gar nicht erst nach draußen sah. Auch diese Observationsstunden würde er einfach verschlafen oder mit geschlossenen Augen verbringen. Auf keinen Fall würde man ihn hier umpolen.

So faszinierend dieser Anblick eben auch gewesen sein mochte.

SAM

»Ja doch, ich bin gleich so weit!« Sam rubbelte sich genervt das Haar trocken, bevor er sich ein Shirt überzog und in die Hose stieg.

»Sie wissen schon, dass ich auch einfach reinkommen könnte?«, klang Max' Stimme dumpf durch die Tür.

»Wenn Sie es wollten, hätten Sie es längst getan«, erwiderte Sam und betätigte den Öffner.

Davor wartete der Sesselpupser auf ihn, wieder mit einem Tablet in der Hand und hochgezogenen Augenbrauen. »Sie sind zehn Minuten zu spät.«

»Haben Sie sich überhaupt was anderes angezogen?«, hielt Sam dagegen und schlüpfte in die Schuhe. »Sie sehen genauso aus wie gestern.«

»Lenken Sie bitte nicht vom Thema ab. Verspätungen können Sie sich hier nicht erlauben. Wir haben einen fixen Terminplan, an den wir uns halten müssen. Heute verzeihe ich Ihnen das, aber lassen Sie es bitte nicht noch mal vorkommen.«

»Was auch immer!«, seufzte Sam genervt.

Sein Gegenüber lächelte. »Sie werden schon noch motivierter aus dem Bett hüpfen, ich verspreche es Ihnen. Jetzt zeige ich Ihnen erst mal die Werft, und der Rest kommt ganz von allein.«

Sam trat wortlos neben den Mann, die Tür schloss sich hinter ihnen. Vor allem musste er herausfinden, woher er Waffen bekam, wo es geeignete Orte für das Attentat gab und wie er danach am schnellsten wieder in sein Quartier kam, damit niemand Verdacht schöpfte. Eine Tour durch die Anlage war schon allein deswegen eine hervorragende Idee. Trotzdem musste er möglichst desinteressiert wirken.

»Sie wissen, was wir hier bauen?«

»Klar, so ein Projekt kann man ja wohl kaum vor der Bevölkerung geheim halten. Trotzdem wird es auf der Erde mit viel Skepsis beäugt. Auch von mir.«

Max nickte langsam. »Nun, XFrontier hat schon mit der FTL und dem SkyTransit bewiesen, dass die Firma zu außergewöhnlichen Leistungen fähig ist. Auch eine Werft im Mondorbit zu konstruieren, war kein leichtes Unterfangen. Aber man könnte wohl sagen, dass der Bau der Archen das größte und ehrgeizigste Projekt der Menschheitsgeschichte ist.«

Sam schnaubte. »Wahnsinn ist das. Zu den Sternen fliegen und damit die Menschen retten. Wie soll so was überhaupt möglich sein?«

Die Augen des Sesselpupsers leuchteten. »Viel wurde lange als Fiktion bezeichnet, aber das ist nicht mehr der Fall. Sowohl die FTL als auch der Weltraumaufzug sind inzwischen real. Außerdem dienen wir mit einem Plan B. Sollten alle Bemühungen und das Umdenken der Regierung im Sande verlaufen und nicht den gewünschten Effekt für die Erde erwirken, können wir das tun, wovon wir immer geträumt haben. Fremde Planeten besiedeln. Den Pioniergeist auspacken und neu anfangen. Es ist eine Chance. Eine, die den Menschen Hoffnung und Kampfgeist zurückgeben wird.«

»Aha.«

Max stellte sich an eines der Fenster, die Sam versucht hatte, zu ignorieren. »Schauen Sie sich dieses Wunder an.«

Zögernd trat er näher und hob den Blick. Kniff die Augen zusammen und gestattete seinem Hirn nur langsam, das Gesehene aufzunehmen und zu verarbeiten. Er sah das Skelett eines Schiffes – oder zumindest Teile davon, denn es war riesig. Roboter wie Finn und Cooper schwirrten dazwischen umher und wirkten im direkten Vergleich wie Sterne, die Millionen von Jahren entfernt und deswegen so klein waren. Teilweise wurde schon die Außenhülle angebracht, und dort liefen tatsächlich Menschen herum. Kopfüber, senkrecht, waagerecht ...

Sam musste an Lorenas Worte denken. Es gab im All kein oben und unten. Blöd nur, dass der Kopf weiterhin so dachte. Sam hatte noch nie etwas Vergleichbares gesehen. Und er war skeptisch, als er merkte, was der Anblick in ihm auslöste: Aufregung, Faszination, Ehrfurcht.

Schnell wandte er sich ab. »Wen interessiert's?«, fragte er vollkommen aus dem Zusammenhang gerissen.

Max trat einen Schritt von dem Fenster zurück, um ihn anzusehen. »Wissen Sie, dass wir hier stehen können, ist ebenfalls ein Wunder.«

»Jaja, Zentrifudingsda.« Sam winkte ab.

»Es gibt vier Ringe, in denen die Crew lebt und sich die Werkstätten befinden. An jedem Ende der Werft wird eine Arche gebaut, es soll insgesamt vier oder fünf geben, je nachdem, für wie viele die Rohstoffe reichen und wie viel Zeit wir haben. Und wie sich der Zustand auf der Erde entwickelt.«

»Reicht das denn?«, wollte Sam wissen.

»Jede Arche hat ein Fassungsvolumen von circa fünftausend Personen. Also nein, wir werden nicht alle mitnehmen können. Aber es wird ein faires Verfahren geben, um die Auswahl der Passagiere zu treffen.«

Sam schnaubte. »So viel zum Thema Menschenretter.«

Der Sesselpupser sprach unbeirrt weiter. »Wir bauen in den Werkstätten die Komponenten, die an und in den Schiffen angebracht werden. Die Roboter können nicht jede Aufgabe übernehmen, daher brauchen wir auch Leute draußen. Und Sie werden einer dieser Spacewalker sein. Das wird eine belebende Erfahrung, Sie können echt froh sein.« Max nickte ihm aufmunternd zu.

Scheiße, er sollte da raus? »Kommt überhaupt nicht infrage!«

»Das ist halb so wild. Wenn man sich einmal daran gewöhnt hat ...«

»Nein. Einfach nein! Ich putze die Klos, wische Ihnen den Arsch ab oder sonst was, aber mich würden nicht mal die zehn schönsten Jungfrauen da rauslocken.« Seine Hand wanderte an sein Halstattoo, doch als er Max' Blick bemerkte, zog er sie rasch wieder fort.

»Wir haben großartige Leute, die Sie darauf vorbereiten. Sie werden nicht allein sein, sondern erst mal als Lehrling mitgehen. Kurze Gänge, um sich an den Anzug zu gewöhnen. Wenn Sie sich auf die Arbeit konzentrieren, vergisst Ihr Kopf sogar irgendwann, dass Sie kopfüber stehen. Ich habe das selbst schon ausprobiert. Vertrauen Sie mir.«

Sam gaffte den Sesselpupser an. Seinen Auftrag, sein Ziel. Das Mordopfer in spe. Wie er ihn so freundlich und aufmunternd ansah, vollkommen urteilsfrei und darum bemüht, dass sich Sam hier gut einlebte. Ganz egal, wie widerlich er sich benahm. Ein unerwartetes Gefühl der Zuneigung durchströmte ihn, hinterließ eine Gänsehaut und Verwirrung. Verdammte Scheiße, das durfte ja wohl nicht wahr sein.

Andererseits ... mit Freundschaft ließ sich arbeiten. Freundschaft forderte Vertrauen. Und wenn er das von Max erst mal besaß, dann wäre es ein Leichtes, ihn in eine Falle zu locken. Was das mit ihm oder seiner Seele anstellen würde, darüber dachte er lieber nicht nach. Im Verdrängen war er schließlich Experte.

»Ich habe ja eh keine andere Wahl, hm?«

Max schüttelte den Kopf und drückte ihm das Tablet in die Hand. »Das ist für Sie. Darüber können Sie Nachrichten des Werftpersonals empfangen und Ihren Dienstplan abrufen. Mehr aber auch nicht, und versuchen Sie gar nicht erst, es zu hacken. Wir haben eine sehr gute KI, die aufpasst, dass Sie Ihre Befugnisse nicht überschreiten. Ein Prototyp, wahrscheinlich wird sie in erweiterter Form auf den Archen installiert.«

Sam stöhnte nur und erntete dafür ein nachsichtiges Lächeln.

Max berührte ihn an der Schulter und schob ihn sanft den Gang entlang. »Ich muss Ihnen noch einiges zeigen; den Speisesaal und unseren kleinen Erholungsbereich. Sie werden schnell erkennen, dass es hier nicht so furchtbar ist, wie Sie es sich derzeit ausmalen.«

Sam presste die Lippen zusammen. Während der Sesselpupser immer weiter plapperte und Pluspunkte in Sams Unterbewusstsein sammelte, sah sich der Söldner verstohlen nach geeigneten Tatorten um und plante verschiedene Mordversionen. Wäre doch gelacht!

Nach einer unglaublich langweiligen Tour blieben die beiden Männer vor einem Aufzug stehen. Max grinste. »So, und nun kommen wir zu meinem liebsten Teil. Das ist auch unsere Endstation für heute, denn Sie dürfen Ihre erste Observationsstunde absolvieren.«

»Ich darf?« Sam hob eine Augenbraue.

Max wirkte ertappt und schmunzelte. »Okay, sie ist Pflicht. Aber nur zu Ihrem Besten.«

»Und ich muss das allein machen?«

Sein Pate nickte. »Damit Sie in Ruhe nachdenken können.«

Die Türen glitten auf. Nervös betrat Sam hinter seinem Begleiter den Lift und lehnte sich gegen eine der Wände. Es dauerte nicht lange, bis die Kabine zum Stehen kam. Mit gesenktem Blick trat Sam heraus, doch Max nahm ihn fest am Arm und beugte sich ein wenig herab, damit sie auf Augenhöhe waren. »Hey! Kein Grund, Angst zu haben. Schauen Sie sich ruhig um.«

Sam funkelte ihn wütend an und riss sich los. »Verpissen Sie sich!« Seine Hand schoss vor, doch etwas hielt ihn zurück. Die Faust schwebte in der Luft, und es schien für einen Moment, als wäre die Zeit stehengeblieben. Nur das Atmen der beiden Männer war zu hören. Sie starrten sich an, und Sam fragte sich, warum er seinen Auftrag nicht einfach hier und jetzt erledigte. Er könnte diesen Mann zu Tode prügeln. Max sah nicht aus, als könnte er sich wehren. Es wäre leicht. Sehr leicht.

Sam ließ die Faust sinken und blinzelte. Es wäre außerdem dämlich. Wahrscheinlich wussten die Leute, dass Max mit ihm hier war. Es gab keinen Weg, die Leiche verschwinden zu lassen. Und dieser Bereich war bestimmt kameraüberwacht. Sam wollte nach wie vor seine Haftstrafe loswerden und die Belohnung einheimsen. Dieser Mord musste ungesehen geschehen. Und doch war es unglaublich schwierig, den Zorn zurückzuhalten. Den Zorn, der wahrscheinlich nur die Angst war, die sich Sam nicht eingestehen wollte, aber kaum zu leugnen war. Er wollte nicht umgepolt werden, er wollte der Sam bleiben, der er jetzt war. Alle anderen hatten in dieser Welt nicht funktioniert.

Sein Gegenüber trat zurück und strich sein Jackett glatt. Seine Augen glänzten dunkel, und Sam sah, dass ihn dieser kleine Ausraster verletzt hatte. »Ich hole Sie in einer Stunde wieder ab.« Seine Stimme war kaum mehr als ein Flüstern.

Mit geschlossenen Augen wartete Sam, bis das leise Surren des Aufzugs ertönte und er sicher sein konnte, dass sein Pate fort war.

Wieso hatte er überhaupt eingewilligt, hierherzukommen? MiltForge brauchte ihn und seine Expertise, er hätte eine Verhandlungsbasis gehabt. Oder? Andererseits winkte das viele Geld, womit er Ruby und sich selbst aus der Gefahrenzone bringen konnte. Ruby. Der Wuschelkopf schob sich in sein Bewusstsein. Ja, für sie würde er einiges ertragen. Auch diese Gehirnwäsche.

Vorsichtig öffnete er die Lider. Sich mal kurz umzusehen, tat bestimmt nicht weh.

Um ihn herum war alles transparent. Alles außer der Boden, auf dem er stand. Aber auch das änderte sich, wenn man ein paar Schritte nach vorn lief. Kurz spinkste Sam herunter. Die Mondoberfläche breitete sich grau und leblos unter ihm aus. All die Krater, die man von der Erde aus winzig klein erahnen konnte, waren hier riesig. Frontal und seitlich befanden sich ebenfalls Fenster und ermöglichten einen Panoramablick auf das All. Und damit auch auf diese blaue Halbkugel da hinten.

Sam riss die Augen auf. Drehte sich auf der Stelle um und rannte zum Aufzug zurück. Versuchte, sein rasendes Herz zu beruhigen. Das ... das war die Erde? Also, ja ... solche Bilder kannte er natürlich. Aber sie wirklich von hier oben zu sehen, das war anders. Unwirklich, beängstigend ... er fand nicht die richtigen Worte.

Vielleicht blendeten sie hier einen Film ein, so wie in der FTL. Ja. Ja, vielleicht war all das hier eine Farce?

Der SkyTransit, das Shuttle ... nirgends hatte er einen Blick rauswerfen können. Womöglich befand er sich ja immer noch auf der Erde und das hier war ein neuartiges Gefängnis, in dem mit der Psyche der Sträflinge experimentiert wurde. Das musste es sein! Alles andere klang sowieso zu weit hergeholt. Warum sollte man sich die Mühe machen, Menschen wie ihn ins All zu schicken? Es wäre viel wirkungsvoller, die Unruhestifter einzusperren, als ihnen eine Chance zu geben.

Sam beruhigte sich langsam wieder und setzte sich umständlich auf den Boden, mit dem Rücken zu den Fenstern. Ganz fest klammerte er sich an die Idee der Illusion und nahm sich vor, sich nicht zum Versuchskaninchen machen zu lassen.

Einen Haken hatte das Szenario allerdings: Die Schwerelosigkeit im Shuttle, wie war diese zu erreichen gewesen? So etwas wie Parabelflüge gab es schon lang nicht mehr, und selbst da war eine Simulation einer nicht vorhandenen Gravitation für so einen langen Zeitraum nicht möglich gewesen. Allerdings hatte XFrontier einiges entwickelt, wieso also auch nicht einen Simulator für Schwerelosigkeit? Astronauten mussten das doch irgendwie üben, oder?

Und was war mit den Spacewalks? Er sollte welche unternehmen. Das zu simulieren, war garantiert ein Ding der Unmöglichkeit.

Sam schnaubte. Die Zusammenhänge ergaben keinen Sinn, und wenn er so weitermachte, würde er noch vollkommen paranoid werden. Was hatte Max gesagt? Er müsste einmal pro Tag hierherkommen? Gut, dem würde er sich fügen, aber immer mit dem

Rücken zu den Fenstern sitzend. Immerhin bekam er so die Zeit, sich einen Plan für den Auftrag zu überlegen. Ganz egal, ob er wirklich im All war oder sich in einer Simulation befand, sein Ziel blieb gleich: Max Peith. Und wenn er hier schleunigst wieder fortwollte, fokussierte er sich besser darauf, anstatt Panik zu schieben. Er verzog die Lippen zu einem grimmigen Lächeln.

So sehr er sich auch dagegen wehrte, der Anblick der blauen Murmel wollte ihm nicht aus dem Kopf gehen. Auch wenn er sie nur für Sekunden erblickt hatte. Sie wirkte so winzig wie der Mond von der Erde aus. Und diesen nahm man für so selbstverständlich hin, ohne sich seine Größenordnung klarzumachen. Genau wie die Sterne. Schmückendes Beiwerk. Wie viele Menschen blickten täglich nach oben, ohne wirklich hinzusehen?

Klein kam er sich vor. Klein und unwichtig.

Er lehnte die Stirn an den kühlenden Stahl der Aufzugstür. »Scheiße, Sam. Sie haben dich schon erwischt«, flüsterte er in die Stille des Raums.

»Warum sieht man sie nicht ganz?«, war seine einzige Frage, als Max ihn abholte.

Der lächelte. »Aus demselben Grund, weshalb es Tag und Nacht gibt.«

Danach ging er mit Max etwas essen. Überwiegend schwieg Sam, beantwortete keine Fragen und ließ seinen Paten grußlos an der Tür zum Quartier stehen. Dort zog er die Decke bis über beide Ohren und wartete darauf, dass er einschlief. Irgendetwas hatte diese Stunde mit ihm angestellt, und er hasste es. Er hasste es so sehr.

SAM

Die Gnade des Schlafes hielt nicht lange an. Sam schreckte auf und starrte nach einigen Herzschlägen an die Decke. Er hatte Schiss. Mehr als er es je für möglich gehalten hatte. Und er konnte gar nicht anders, als sich das einzugestehen, denn die Zeichen waren eindeutig. Herzrasen, ein trockener Mund, kalter Schweiß und Gedanken, die alle gleichzeitig Raum forderten, in seinem Hirn durcheinanderpurzelten und Fangen spielten. Es war nicht auszuhalten.

Er strampelte die Decke von sich und erhob sich. Die Uhr auf seinem Tablet zeigte an, dass er noch eine Stunde Zeit hatte, bis man ihn bei seiner ersten Schicht erwartete. Gähnend zog er sich an und trat auf den Gang. Auf dem Weg zum Speisesaal verlief er sich dreimal und wunderte sich immer wieder darüber, dass man ihn hier allein umherspazieren ließ. Andererseits ... wo sollte er denn hin? Es gab keine Fluchtoptionen, die nicht zu neunundneunzig Prozent mit seinem Tod enden würden. Und Sam hing nun mal an seinem Leben.

Es war nicht viel los in der Kantine, wahrscheinlich saßen hier nur die armen Vögel, die frühe Schichten übernehmen mussten. So wie er. Sam schaufelte undefinierbare Nahrung auf seinen Teller und sah sich um, bevor er einen der Tische anvisierte. Er war nicht an Gesellschaft interessiert. Lustlos aß er den Brei, der nach Pappe schmeckte, und seufzte. Konnte er sich irgendwie drücken? Einen auf krank machen?

Vielleicht, wenn er genug von diesem Fraß hinunterwürgte. Dann würde sein Magen bestimmt rebellieren.

»Hey, kann ich mich zu dir setzen?«, ertönte eine ihm unbekannte Stimme.

Er sah nicht mal auf, zuckte nur mit den Schultern und widmete sich weiter dem Essen.

»Cool, danke! Ich bin Milly, wir haben gleich eine Schicht zusammen.«

Nun hob Sam doch den Blick und sah sich einer quirligen, kleinen Frau mit grün-pinken Haaren und fröhlichen Augen gegenüber.

»Warum kennst du mich, aber ich dich nicht?«, brummte er.

Sie sah ihn an, als würde sie ihn am liebsten knuddeln. »Wir haben die Info mit einem Bild von dir vorab bekommen. Hab' dich gleich erkannt.« Mit vollem Mund beugte sie sich vor und grinste, wobei etwas Einheitsbrei auf den Tisch fiel. »Wie geht's dir, Sam? Ist doch erst dein zweiter Tag hier. Bestimmt ganz schön viele Eindrücke, oder?«

Er rümpfte die Nase. »Klar!«

»Kenn' ich ... weißt du, ich bin auch 'ne Inhaftierte. Bin seit 'nem Jahr hier und will eigentlich gar nicht mehr weg.« Mit ihrem Ärmel wischte sie die Kleckerei fort.

Da wurde Sam dann doch hellhörig. »Echt? Weswegen haben sie dich denn verknackt?«

Sie winkte ab. »Ach, wegen Wilderei. Hab' in den Wäldern gejagt. Musste ja von irgendwas leben, oder?« Skeptisch sah sie ihn an und knallte das Besteck auf den Tisch. »Okay, okay. Erwischt. Ich war

Mitglied einer Miliz. Wir wollten uns nur unsere Stadt wiederholen. Nicht meine Schuld, dass dabei so viele gestorben sind.« Milly ließ die Schultern hängen. »Echt jetzt. Diese Kriege sind scheiße. Ist es immer noch so schlimm da unten?«

»Schlimmer«, antwortete Sam. »Allerdings ist Schottland weitestgehend von Kriegen verschont geblieben. Kann aber schnell kippen.«

»Du kommst aus Schottland? Cool.«

»So cool ist das nicht.« Aber er würde den Teufel tun, ihr von Irland zu erzählen. »Gibt's denn weitere Sträflinge im Team?«

Milly schüttelte den Kopf. »Zu viele können sie nicht in derselben Einheit einsetzen. Na ja, Zoe war mal eine von uns, aber die hat nur zwei Jahre bekommen. Ist freiwillig noch hier.«

»Ich kann kaum glauben, dass man aus freien Stücken bleibt. Du hast das auch vor?«

Das Mädel nickte. »Klar.« Sie lächelte breit. »Hast du schon die Erde gesehen?«

Sam zuckte mit den Schultern, woraufhin sie ihn verständnisvoll ansah.

»Das wird schon, glaub mir.«

»Hey, Mädels!« Die Stimme war derart mit Bass angereichert, dass Sam glaubte, nicht nur sein Teller würde zittern, sondern er gleich mit.

»Jo, Brummi!«, grüßte Milly den Neuankömmling. An Sam gewandt flüsterte sie: »Eigentlich heißt er Troy. Auch ein Kollege.«

»Mädels?«, fragte Sam nur. Seit wann hatte er Brüste?

»Nimm es nicht so genau«, flüsterte Milly weiter.

»Er bezeichnet jeden so.«

Troy nahm Platz und hatte mindestens die doppelte Menge an Brei vor sich stehen als Milly oder Sam. »Wohl bekommt's!«, sagte er und fing an zu löffeln.

»Hoffentlich verpennt Zoe heute nicht«, meinte Milly.

Brummi lachte dunkel. »Bestimmt nicht. Die Einweihung eines Neuen würde sie niemals verpassen.«

Sam schob seinen Teller von sich. Ihm war der Appetit vergangen.

»Wir haben alle mal klein angefangen, okay? Solange du nicht in deinen Helm kotzt, ist alles gut.« Milly grinste breit.

»Oh, vielen Dank. Das beruhigt mich jetzt total«, seufzte Sam. »Ich sehe euch dann nachher.«

»Warte doch auf uns ...«, rief Troy, aber er ignorierte es und stiefelte davon.

Sam musste zu Luke acht. Dort sollten auch die Kabinen sein, in denen sich das Team umzog. Fieberhaft versuchte er, sich an den Weg zu erinnern, und stürmte durch die Gänge, kam an Luke fünf und sechs vorbei, dann blieb er stehen. War das nicht die Idee? Max einfach durch eine der Luken ins All zu schicken? Im besten Fall galt er als verschollen, solange seine Leiche nicht an irgendein Fenster klatschte. Und wenn das geschah, hatte man ihn, Sam, hier sicher schon rausgeholt. Man könnte es auch als Unfall deklarieren. Er müsste sich nicht mal sonderlich die Hände schmutzig machen und ein Messer aus der Küche stibitzen oder so.

Sam rieb sich nachdenklich über den Bart. Ein winziger, gut verschlossener Teil in ihm erschreckte sich darüber, dass er mehr Angst vor einem Weltraumspaziergang hatte als davor, jemanden zu töten. Der Unterschied in den beiden Dingen lag jedoch darin, dass er eins davon noch nie getan hatte. Und dass er nicht wusste, was ihn erwartete. Er hatte schon einigen Menschen das Leben genommen, das erschreckte ihn nicht mehr, auch wenn er nicht mit jedem Mord einverstanden gewesen war. Trotzdem war er froh, nicht wie Milly in Kriegen mitgekämpft zu haben. Die Lage in Irland, kurz bevor entschieden worden war, dass sie nach Schottland umsiedeln sollten, hatte ihn genug geprägt.

Er schüttelte den Kopf und lief weiter, schlug willkürlich eine Richtung ein. Zumindest sollte er seinen Job erst mal besser kennenlernen, bevor er mit dem Gedanken spielen konnte, Max ins Vakuum zu befördern. Wie gingen die Luken auf, brauchte man einen Code, was befand sich dahinter ... Es gab noch viel zu viele offene Fragen.

»Hey, hättest ja gleich auf uns warten können, wenn du immer noch hier herumschleichst!«

Sam hob den Kopf und wäre beinah in Troy hineingerannt.

»Du gehst übrigens in die falsche Richtung.«

»Ach, was du nicht sagst.« Sam drehte um und hörte die schweren Schritte von Brummi hinter sich.

Milly hüpfte leichtfüßig neben ihn. »Du darfst heute mit mir raus. Cool, oder?«

Sam schnaubte.

Sie bogen um eine Ecke. Luke 8. Da war sie. Davor standen zwei Personen. Milly schoss voraus, um die beiden vorzustellen. Da wäre einmal Greg, der Kopf der Gruppe, mit Glatze und breitem Kreuz. Und Zoe, eine schlaksige Frau, die selbstzufrieden aussah und Sam nicht sehr sympathisch war.

Greg nickte den Neuankömmlingen zu und winkte Sam zu sich. »Also, hör mal zu. Milly hat dir sicher schon erzählt, dass sie heute deine Begleitung ist. Wir gehen immer paarweise, und einer bleibt hier drin, falls eine Notfallsituation eintritt. Ich vertraue darauf, dass du draußen keinen Scheiß baust. Ihr Neuhäftlinge seid ja gern was ungestüm. Glaub mir aber, das wäre nur zu deinem Nachteil – das All ist nicht gnädig.«

Sam schluckte und überging die unterschwellige Drohung. »Notfallsituation?«

»Mach dir darüber keinen Kopf. Du fängst klein an. Wir sind Schweißer, manchmal hängen wir kopfüber an der Hülle. Damit wirst du die meisten Probleme haben. Milly gibt dir draußen erst mal eine Tour, und du schaust ihr zu. Wenn's gut läuft, kannst du auch etwas montieren. Kein Druck, okay? Wir brauchen zwar dringend neue Spacewalker, aber der Job ist nicht für jeden was.«

Sam nickte und rieb in einem Anflug von fröstelnder Angst die Hände aneinander. Egal, was er tat, die Panik ließ sich nicht abschütteln. Er war wieder das Kind in der FTL, das seine Heimat zurücklassen musste. Er war wieder der junge Mann, der ein blutiges Büschel Haare in den Händen hielt und dessen Welt aufgehört hatte, sich zu drehen. Er war ein Häufchen Elend, obwohl er in den letzten Jahren so viel dafür getan hatte, dies nicht mehr zu sein.

Milly strich ihm leicht über den Unterarm. »Bei mir bist du sicher. Echt!«

Greg klatschte in die Hände. »Umziehen, Leute! Zoe bleibt drin, ich gehe mit Troy und Milly mit Sam.«

Ohne zu murren, fügten sich alle seiner Entscheidung. Gemeinsam schritten sie durch die Tür. Dort hingen, an der Wand aufgereiht, futuristisch anmutende Anzüge und Helme. Sam hatte sich vorgestellt, dass er sich mit einem klobigen Raumanzug durch das Vakuum quälen musste, aber offenbar hatte XFrontier auch hier Fortschritte erzielt. Es war eine deutlich abgespeckte Version, in die er jetzt steigen durfte.

Milly angelte einen Anzug von dem Haken und zeigte ihm, wie er ihn anziehen musste. Er nickte nur und mühte sich mit dem Teil ab, sah dabei immer mal wieder hinüber zu Troy und Greg, um deren Schritte nachzuahmen. Nur Milly ließ er außen vor, immerhin war er trotz allem ein Gentleman und gaffte keine halbnackten Frauen an.

Dass er am Ende tatsächlich in kompletter Montur neben den anderen stand, überraschte ihn wohl am meisten. Zoe nahm seinen Helm und stülpte ihm diesen über, nachdem er sich ein wenig gebückt hatte. Anschließend holte sie aus dem Schrank Gurte und ein rucksackartiges Gebilde.

»Sauerstoff und Werkzeug«, erklärte sie. »Ersteres muss noch mit dem Helm verbunden werden.« Sie werkelte an seinem Rücken herum, und er hörte ein leises Zischen und Klacken. »So, die Ventile sind verschlossen.«

»Okay«, sagte er, aber es klang wie eine Frage.

»Jetzt das Werkzeug.« Wieder ruckelte es an ihm.

Er beobachtete, wie sich Zoe nun Greg zuwandte, um ihm den Feinschliff zu verpassen. Hier war kein Spiegel, und es interessierte ihn, wie er nun aussah. Unten an dem Rucksack war eine Verlängerung aus mehreren Gelenken, deren Ende mit der Hand zusammengeführt wurde. Es gab einen Griff, durch den die Finger gesteckt wurden, und ein paar Knöpfe.

Greg bemerkte seinen Blick. »Der Schweißer«, erklärte er. »Die gelbe Taste entriegelt ihn und sperrt ihn wieder. Damit er nicht aus Versehen angeht, während du läufst. Zusätzlich musst du auf den grünen Knopf drücken, damit er sich aktiviert.«

»Aha«, meinte Sam.

»In der Tasche da sind weitere Werkzeuge. Milly erklärt dir, wann du sie brauchst. Auf jeden Fall sind sie genau wie deine Stiefel mit Magneten ausgestattet, damit sie an der Hülle haften und nicht ins All driften.«

Sam erwiderte nichts darauf, sondern beobachtete weiterhin das Verschrauben und Positionieren der Ausrüstung und versuchte, das Ganze mit Humor zu sehen. Hatte doch auch etwas von einem Superhelden, kopfüber laufen zu können.

»So, ihr seid fertig!«, meinte Zoe und verschwand aus dem Raum, ohne noch einen Blick zurückzuwerfen. Ihre Stimme war kurz darauf innerhalb des Helms zu hören. »Schleuse öffnet sich in sechzig Sekunden.«

Sam drehte sich zu dem großen Schott um, wäh-

rend um ihn herum ein lautes Zischen und Seufzen
ertönte.

»Dreißig Sekunden.«

»Fuck, ich will hier raus!«, rief Sam und machte
einen Schritt auf Milly zu. Einen unglaublich schwer-
fälligen, da die Magnetstiefel aktiviert waren. Sie kam
ihm netterweise entgegen.

»Zwanzig Sekunden.«

»Ganz ruhig! Das erste Mal ist immer schlimm,
aber dir kann echt nichts passieren. Alles ist in
Ordnung. Schau mich an, okay?«

»Zehn Sekunden.«

Sam begegnete Millys Blick, entdeckte einen winzigen grauen Fleck auf der hellblauen Iris des rechten
Auges. Das war ein guter Fokus. Ein grauer Fleck. Kein
tödliches Vakuum.

Das Schott öffnete sich. Greg und Troy gingen
voraus, und Milly nickte Sam mit einem Lächeln zu
und wandte sich ebenfalls ab. Das war es dann mit
dem Fokus.

Er drehte sich zum Tor des Untergangs. Je näher er
ihm kam, desto mehr blieb ihm die Luft weg. Was
natürlich Einbildung war, immerhin wurde er mit
Sauerstoff versorgt.

»Sam, du solltest ruhiger atmen. Deine Vitalwerte
rasten aus«, meinte Zoe durch den Funk zu ihm.

»Das sagst du so einfach«, erwiderte er, dennoch
bemühte er sich um die Kontrolle seiner Atmung.

Milly wartete vor dem Schott auf ihn. Er machte
den ersten Schritt. Und noch einen. Dann schloss sich
das Tor und es gab kein Zurück mehr.

»Guck auf deine Stiefel. Das macht es leichter«, riet seine Partnerin ihm, und er kam dieser Aufforderung nur zu gern nach.

Sie liefen und liefen, es dauerte eine gefühlte Ewigkeit und war auf eine ganz neue Art anstrengend. Sams Oberkörper fühlte sich an, als würde er gleich davonfliegen, während seine Füße fest verankert am Boden blieben.

»Wie lang sind wir hier draußen?«, fragte er.

»Drei bis vier Stunden«, antwortete Greg.

»Hören wir uns alle untereinander?«

Zoes Lachen quäkte in sein Ohr. »Jepp. Von daher pass auf, was du der lieben Milly erzählst. Wir kriegen alles mit.«

»Irgendwann bekommen wir einen privaten Channel, aber nur wenn du dich gut benimmst«, fügte Milly hinzu.

Gut zu wissen. Sam konzentrierte sich vollkommen auf den Prozess des Gehens, beobachtete, wie sich seine Stiefel von dem Boden lösten, einen Schritt taten und mit einem leisen *Klong* wieder angesogen wurden. Es hatte fast etwas Meditatives, wenn nicht immer dieses Schwarzgrau in seinem Augenwinkel aufblitzen würde.

»Wir sind da. Zoe, funk die Coops an, damit sie uns die Komponenten bringen!«

Sam kam sich langsam blöd vor, nur nach unten zu starren. Er bemerkte, wie seine Augen müde wurden und sich nach etwas anderem als dem grauen Stahl sehnten. »Was machen wir denn eigentlich?«

»Aktuell verschweißen wir die Außenhülle der Arche. Wir haben zu wenig Roboter, deshalb müssen wir auch noch ran. Interessant wird's in ein paar Wochen, da geht's mit dem Innenleben weiter.«

»Aha, cool.«

»Platte wird in Position gebracht«, ließ Zoe sie wissen.

»Troy und Greg fangen oben an, wir unten. Dann kommt die nächste Platte. Außer uns sind noch zehn weitere Teams hier draußen, wir arbeiten an unterschiedlichen Stellen«, erklärte Milly.

Sam nickte in seinem Helm, dann schwiegen sie. Er konnte nicht sehen, was geschah, und wartete darauf, dass man ihm seinen Einsatz gab.

»Warum ist es so still?«, wollte er wissen.

»Das hier ist leerer Raum, es gibt keinen Schall. Das All verschluckt jedes Geräusch. Beruhigend, dass wir zumindest miteinander reden können, nicht wahr?«

»Und warum hören wir uns dann?« Sam verstand überhaupt nichts mehr.

Diesmal war es Zoe, die antwortete. »Es gibt einen guten Grund für diese Anzüge. Das All ist tödlich für uns. Wir hören uns, weil sie kleine Habitate für den Menschen sind. Eigene, angepasste Verhältnisse, umgeben von Tod.«

»Wie poetisch«, lachte Troy.

»Fangt mal an zu arbeiten, Leute!«, sagte Greg in ernstem Tonfall.

»Dann komm mal her, Frischling!«

Sam schritt zu der Stelle, an der er Milly vermutete, und beobachtete, was sie tat. »Willst du auch mal versuchen? Greg hat dir ja schon erklärt, wie das mit dem Schweißer funktioniert.«

»Klar!«

Sie arbeiteten eine Weile schweigend nebeneinander, und Sam registrierte, dass es abgesehen von der Anstrengung und dem nervigen Anzug kein allzu mieser Job war. Sogar richtig kontemplativ.

Die Stiefel von Greg und Troy tauchten in seinem Sichtfeld auf.

»Hey, wir sind fertig. Highfive, Leute!«, jubelte Brummi.

Automatisch hob Sam Kopf und Arm, um die Geste zu erwidern.

Ein schrecklicher Fehler, denn jetzt sah er alles. Seine Kollegen. Das halbfertige Schiff. Die Roboter, die umherflogen und riesige Teile transportierten. Das Sternenmeer. Und die Mondoberfläche. Unter sich. Ja, unter sich.

»Fuck!«, rief er und blinzelte. Er fiel nicht, obwohl es sich so anfühlte. »Fuck!«

»Woah!«, machte Milly und tippte ihn an. »Unten ist da, wo die Füße sind. Such dir einen Fixpunkt.«

Es war zu spät. Alles drehte sich. Sein Hirn verstand nicht, wo oben und unten war, sein Körper glaubte, abzustürzen, tat er aber nicht. Sam stand Todesängste aus und krallte sich an Milly fest.

»Ich glaube, ich bringe ihn lieber zurück«, hörte er sie sagen.

Ihm war kotzübel. »Ich muss …« Er schluckte mehrmals hintereinander, um das Schlimmste, das passieren konnte, zu verhindern. Vollkommen umsonst. Mit Tränen in den Augen übergab er sich. Es platschte auf das Visier und so halb zurück in sein Gesicht. Der Gestank breitete sich unweigerlich auf dem engen Raum des Helmes aus und führte dazu, dass Sam weiter würgte.

»O Mann«, prustete Milly. »Ich glaube, das ist noch nie jemandem passiert, oder?«

»Doch, doch, schon öfter.« Zoe klang schadenfroh.

»Will ... hier ... weg!«, röchelte Sam.

Seine Partnerin nahm ihn an der Hand und zog ihn mit sich. Nur der Gedanke, dass er gleich wieder innerhalb sicherer Wände sein würde und den vollgekotzten Helm in die Ecke pfeffern konnte, hielt ihn aufrecht.

RUBY

Es hatte wirklich aufgehört. Die Arbeiter von Milt-Forge hatten unweit des Sees ihr eigenes Lager errichtet, und sie lebten in einer Art Waffenstillstand friedlich nebeneinander. Natürlich war diese Ruhe trügerisch und nicht von Dauer, aber sie bot den Gaianern wenigstens die Möglichkeit, sich um die bereits angerichteten Schäden zu kümmern. Sie bargen verängstigte Tiere und brachten sie zu abgelegeneren Teilen des Nationalparks, die weiterhin der Regierung gehörten. Außerdem buddelten sie die Pflanzen aus, für die noch Hoffnung bestand, und schafften auch diese fort, gaben ihnen neue Erde und kostbares Wasser. Nur für die Bäume konnten sie nichts tun, und das schmerzte Ruby mehr als alles andere. Aber wie sollten sie diese Riesen ausgraben und transportieren? Die Wurzeln reichten bis tief unter die Erde. Am Morgen hatten sie zwei Leute losgeschickt, um Baumsetzlinge zu besorgen. Diese würden sie einpflanzen und so wenigstens ein bisschen den Verlust ausgleichen.

Das alles war harte Arbeit. Ruby merkte jeden einzelnen Muskel, doch Schwäche war keine Option. Auch jetzt zog sie einen Karren in das Lager, in dem Erde aufgehäuft und einige Blumen und kleine Büsche verstaut waren. Nur eine kurze Pause im Camp, dann würde sie ihren Weg fortsetzen. Sie hatte bereits eine passende Stelle im Kopf, ungefähr zwei

Stunden Fußmarsch von hier. Netterweise hatte Tevin einen Plan des Nationalparks mitgebracht, um den Aktivisten zu zeigen, wo die Grenzen des verkauften Grundstücks verliefen.

Sie blieb stehen und nahm sich einen der befüllten Wasserkanister. Kühl rann die Flüssigkeit ihre Kehle hinab, und sie schloss genüsslich die Augen.

»He, Ruby!«, erscholl es direkt neben ihrem Ohr.

Sie zuckte zusammen und verschluckte sich. Hustend setzte sie den Kanister ab und fuhr sich mit dem Arm über die tränenden Augen. »Spinnst du?«

Hottie sah sie entschuldigend an. »Da wartet jemand auf dich.« Er zeigte zum ehemaligen Waldrand, wo ein Hüne von Mann stand, der ihr zuwinkte.

»Okay, danke. Trotzdem, wenn du direkt neben mir stehst, musst du nicht schreien, klar?«

Hottie grinste nur und trollte sich. Ruby schüttelte den Kopf. Was wollte der Neuankömmling von ihr? Misstrauisch ging sie zu ihm, doch der Mann strahlte sie dermaßen an, dass sie automatisch das Lächeln erwiderte.

»Du bist Ruby Casey, oder?«, fragte er und hielt ihr die Hand hin.

Sie schlug ein und wunderte sich, dass sie bei dem kraftvollen Schütteln nicht vom Boden abhob. »Ja. Kenne ich dich?«

»Ich heiße Castus. Bin ein Freund deines Bruders.« Er senkte die Stimme. »Können wir uns unter vier Augen unterhalten, wo nicht so viele Ohren mithören?«

Ruby runzelte die Stirn, führte den Mann aber einige Meter vom Camp fort und blickte ihn dann erwartungsvoll an. »Du kennst Sam? Hast du was von ihm gehört?«

»Ich soll dir etwas von ihm geben.«

»Also hast du mit ihm gesprochen.«

Castus atmete tief durch. »Weißt du, er wollte dich immer beschützen. Hat sich immer verteufelt, weil ihr getrennte Wege gegangen seid.«

Ruby verschränkte die Arme vor Brust.

»Das macht er auch immer!«, rief Castus mit einem Grinsen. »Hey, ihr seid ja echt Geschwister.«

Ruby warf die Hände in die Luft. »Hör mal, das Letzte, was ich von meinem Bruder gehört habe, war, dass er zu dieser verdammten Luna-Werft muss. Wenn du Neuigkeiten von ihm hast, dann spuck sie aus!«

»Okay, okay. Ich soll dir nur was geben. Er hat dir alles gesagt, was er sagen wollte. Nur hierüber konnte er nicht mit dir reden. Er meinte, du wüsstest schon, was du damit zu tun hast.« Castus zog einen kleinen, silbernen Stick aus der Tasche. »Habt ihr hier Tablets?«

Ruby nickte abwesend und nahm das Speicher-gerät an sich. »Wo hast du den her?«

»Na, aus Sams Wohnung. Er hat mir gesagt, wo er ihn aufbewahrte. Eigentlich sollte ich noch warten, bis ich ihn dir gebe, aber ich fand, du solltest ihn jetzt schon bekommen. Ist für uns alle besser, denke ich.«

Ruby zog die Augenbrauen zusammen. »Warum hättest du denn warten sollen?«

»Weil Sam ein Sturkopf ist.«

Sie lachte und schaute zu Castus hoch. »Stimmt.«

»Jedenfalls hab ich ihn dann einfach geholt und

dich gesucht. Letzteres war nicht einfach.«

»Das hat auch gute Gründe. Wie hast du es hierhergeschafft?«

»Na ja, bin umhergestreift, bis ich die Typen von MiltForge getroffen habe. Die haben mich in eure Richtung geschickt. Schöne Scheiße, die hier passiert, oder?«

Ruby nickte traurig. »Falls du die Rodung meinst ... Wenn du mit Sam befreundet bist, wundert es mich, dass es dich kümmert.«

»Tut es aber. Ich habe mich nach unserem letzten Auftrag abgesetzt. Na ja, die Gang ist ohne Sam sowieso auseinandergefallen. Hätte ich gewusst, dass ... Ach, egal. Hör mal, ich gebe mein Bestes, seine Angelegenheiten hier unten zu klären. Er hat zwar gesagt, ich soll dir sonst nichts ausrichten, aber wenn du magst, kannst du eine Umarmung haben.«

Ruby blickte zweifelnd zu ihm hoch. »Du bist nicht Sam.«

Er zuckte mit den Schultern. »Na und? Ich bin sein Bote, und er würde dich bestimmt gern in den Armen halten, wäre er persönlich hier. Ich weiß genau, wie viel du ihm bedeutest.«

Wortlos schmiegte sie sich an seine Brust, und er hielt sie fest, wiegte sie sanft und strich ihr über den Kopf.

»Tolle Locken hast du. Hat er nie erwähnt.«

Gegen ihren Willen musste Ruby lachen. »Weil er neidisch ist.«

»Pfft ... Also, Sam mit so 'nem Busch kann ich mir kaum vorstellen.« Castus' Brust bebte unter ihrer Wange.

»Ich auch nicht.« Mit einem leisen Glucksen löste sie sich von ihm. »Danke, dass du hergekommen bist und so. Das ist nicht selbstverständlich. Ich bin froh, dass Sam dich an seiner Seite hatte ... oder immer noch hat.«

Castus lächelte. »Kein Problem, Kleines. Wir wissen beide, wie schnell sich Sam in Schwierigkeiten bringt. Ich verkrümele mich mal wieder. Könnte wetten, die Regierung ist hinter mir her. Pass auf dich auf, ja?«

Ruby nickte und winkte Castus hinterher, bis er nicht mehr zu sehen war.

🌲🌲

»Ich will mir das nicht allein ansehen«, flüsterte Ruby und zog die Beine an sich. Auf ihren Knien ruhte das Tablet, in dem bereits der Stick steckte. Pan hatte sich dicht neben sie gesetzt und den Arm um ihre Hüfte gelegt. Crimson lag ihnen gegenüber und schaute sorgenvoll und mit eingeklappten Ohren auf.

»Deswegen bin ich ja da«, raunte Pan und strich mit den Fingern sacht über ihre Seite. Es war beruhigend, ihn so nah bei sich zu spüren. Kurz lehnte sie ihren Kopf an seine Schulter und fuhr dann mit dem Zeigefinger über das Tablet, bis die Dateien auf dem Bildschirm zu sehen waren.

Pan beugte sich vor. »Da geht es um MiltForge.«

»Sieht so aus ... Sam hat viele Aufträge für sie erledigt, allerdings war mir nie klar, in welchem Umfang und was er genau für sie getan hat.« Noch wusste Ruby nicht, was sie davon halten sollte.

»Verpfeift er sie gerade? Das kann ich mir kaum vorstellen.«

»Na ja, sie haben zugelassen, dass er zur Werft geschickt wurde. Vielleicht ist er angepisst.«

Ruby öffnete wahllos eine Datei und scrollte durch das Dokument. »Das sind Verträge, Nachrichtenverkehr und Zahlungsabwicklungen.«

»Ja, und schau mal, da sind noch Telefonmitschnitte.«

»Vielleicht sollte ich das mal Tevin zeigen. Wäre das nicht abgefahren, wenn man MiltForge damit überführen könnte? Dass die krumme Geschäfte abwickeln? Ich meine, wieso sonst lässt Sam mir solche empfindlichen Dateien zukommen?«

Pan nickte langsam. »Ein Versuch wäre es wert. Immerhin hat diese Firma echt Dreck am Stecken und wir suchen schon so lange nach einer Möglichkeit, sie zu überführen.«

»Und Sam hat uns diese gerade gebracht. Hätte ich nie mit gerechnet.« Sie blickte hoch zu Pan, in seine funkelnden Augen, und sah, wie sich sein Mund zu einem Lächeln verzog. »Pan, das ist ... das ist echt grandios.«

Nur langsam kam es in ihrem Hirn an, was für ein Meilenstein das war. Was für ein Geschenk.

Sie legte das Tablet zur Seite. »Trotzdem, ich verstehe es nicht. Sam ist schon so lange für sie tätig. Warum tut er das jetzt? Und wieso hat er nicht früher mit mir darüber gesprochen, wie tief er in der Scheiße steckt?«

Pan zuckte mit den Schultern. »Du kennst ihn am besten. Was denkst du?«

»Es ist nicht so, dass man aus Sam schlau werden könnte. Er hat genau wie ich den Mist erlebt, der in Irland passiert ist. Und dann noch das mit ...« Sie schüttelte den Kopf und streckte die Beine aus. »Ich war mal Tante, weißt du. Für eine Zeit.«

»Das ist ... hart. Was ist passiert? Du hast bisher nie davon gesprochen«, fragte Pan vorsichtig.

»Wir haben uns anfangs in Inverness niedergelassen«, antwortete sie, als würde das alles erklären. Was es ja auch tat. Die Stadt gab es nicht mehr. Eine Flut, geboren durch einen Sturm, hatte vor rund fünfzehn Jahren Krankheit und Tod gebracht, was die Hälfte der Bürger ausgemerzt hatte. Die Stadt war abgeriegelt worden, damit die Seuche nicht weiter ins Land getragen wurde. Das wiederum hatte zu Unruhen geführt.

»Shit! Aber ich habe gehört, es gab dort Überlebende.«

»Offensichtlich, schließlich sitze ich neben dir.« Ruby zog nur kurz die Mundwinkel nach oben. »Sams Familie hatte ebenfalls Glück. Doch die Leute gerieten in Panik. Wenn jemand nur hustete, wurde er gejagt. Außerdem wuchs der Neid auf die Gesunden, weswegen wir uns in einem Haus verschanzt haben. Es war echt schrecklich. Jemand warf dann Sprengsätze in das Gebäude. Sam, ich und ein paar andere waren da gerade in den Straßen unterwegs, um Nahrung zu suchen ...«

»Ich bin mir nicht sicher, ob ich den Rest der Geschichte auch noch wissen will«, meinte Pan und seufzte.

Ruby ließ keine Gnade walten. »Das Gebäude ist

zum größten Teil eingestürzt. Wir haben nur Leichen geborgen, und Sam ... er hat nur noch einzelne Gliedmaßen seiner Kinder gefunden, von seiner Frau überhaupt nichts. Als die Regierung das nächste Mal kam, ging sie sicher, dass wir den Erreger nicht in uns trugen, und ließ uns raus. Der Rest ist elendig verreckt.« Sie schluckte. »Sam ist ein verbitterter Mann, und ich kann es verstehen. Er glaubt, es gibt keine Perspektive mehr. MiltForge bietet mit Sicherheit gutes Geld. Er ... versorgt mich damit und zum Teil auch uns. Aber nur wegen mir.« Sie hob die Schultern. »Er ist kein schlechter Mensch, wirklich nicht. Ich konnte ab diesem Punkt nicht mehr zu ihm durchdringen. Sonst wäre er vielleicht hier, bei uns.«

»Das, was ihr erlebt habt, ist krass genug, um jemanden zu verändern. Wie hast du es geschafft, dass dir das nicht passiert?« Pan sah besorgt zu ihr hinab. »Ich habe dich als Sonnenschein kennengelernt, und das bist du immer noch für mich. Außer du hast gerade einen deiner Zweifelanfälle.«

Sie zuckte mit den Schultern. »Gute Frage. Ich habe mich schon seit meiner Kindheit der Natur enorm verbunden gefühlt. Irland und Inverness waren ohne Zweifel einschneidende Erlebnisse, aber meine Hoffnung konnte ich bewahren. Vielleicht gerade weil Sam so abgestürzt ist. Ich musste einen Gegenpol bilden und für uns beide stark sein. Dass es uns in zwei so unterschiedliche Richtungen treibt, hätte ich dennoch nicht gedacht.«

Für einen Moment schwiegen sie, und Crimson nutzte die Gelegenheit, mit seinen schwarzen Pfoten näher zu tapsen und sich neben Ruby zu setzen.

Hottie hatte den Verband inzwischen abgenommen, die Verletzung war fast verheilt. Jetzt mussten sie weiter aufpassen, dass der Fuchs genug fraß. Er bettete seine Schnauze auf ihren Unterschenkel und stieß einen Klagelaut aus. Traurig schaute er sie an, und Ruby kraulte ihn dankbar zwischen den Ohren. Wie immer fühlte sie sich inmitten ihrer kleinen Gaia-Familie enorm geborgen.

»Ich würde so gern noch mal mit ihm sprechen. Besonders jetzt«, flüsterte sie und wischte sich mit dem Ärmel über die Augen. Sie heulte nicht, aber sie war nah dran.

»Vielleicht ...« Pan unterbrach sich, und Ruby sah zu ihm. Er sah aus, als kosteten die folgenden Worte ihn Überwindung. Er presste die Lippen zusammen und suchte ihren Blick. »Du könntest mal mit Tevin reden.«

»Mal abgesehen davon, dass das eine hervorragende Idee ist, was hast du eigentlich gegen ihn?«

»Ich traue ihm nicht. Klar, er hat uns schon geholfen und ist unsere Stimme bei der Regierung, aber trotzdem ... Findest du nicht, dass er ein wenig zu glatt ist?« Pan positionierte sich um, sodass er im Schneidersitz seitlich neben Ruby saß und sie direkt ansah. Crimson wanderte zu ihm rüber.

Ruby musste lachen. »Super, jetzt werde ich von euch beiden strafend angesehen, und ich weiß nicht einmal, wieso.«

»Beantworte die Frage«, forderte Pan ruhig und ließ sie nicht aus den Augen. Dieses Thema schien ihm eine Herzensangelegenheit zu sein.

Ruby fühlte sich dafür plötzlich in Erklärungsnot.

»Ich … weiß nicht. Er ist nett und bemüht sich. Schau doch nur, was er innerhalb kürzester Zeit mit dem Vorarbeiter ausgehandelt hat. Das hätten wir niemals geschafft.«

Pan brummte nur.

»Ich weiß, du magst ihn nicht. Und ich weiß nicht, wie oft ich dir noch versichern soll, dass wir nur Freunde sind.« Ruby wurde so langsam ungehalten und kam sich vor, als würde sie auf einer Anklagebank sitzen. Pan war eigentlich nie besonders eifersüchtig gewesen, doch bei Tevin schienen bei ihm alle Alarmglocken zu läuten. Ruby konnte es sich jedoch nicht leisten, auf diesen Kontakt zu verzichten, sie brauchten den Staatsmann dringend.

Pan nickte langsam. »Ja … ja, ich weiß. Einen Fürsprecher bei der Regierung zu haben, kommt mir immer noch wertvoll vor.« Er rubbelte sich durchs Haar. »Ach, ich weiß auch nicht. Vielleicht bilde ich es mir ja nur ein. Vielleicht …« Wieder presste er die Lippen aufeinander. »Egal! Vergiss einfach, dass ich gefragt habe.«

»Ich werde ihm jetzt den Stick zeigen und wegen Sam fragen. So oder so weiß er bestimmt, wie wir mit den Informationen am besten verfahren sollten.«

Als sie aufstand, erhob sich Pan ebenfalls und hielt sie am Arm fest. »Hey, Löckchen! Entschuldige. Ich wollte dich eigentlich nicht so beharken. Meine Sorgen kann ich einfach nicht abstellen, besonders wenn es um dich geht.«

Sie lächelte und legte die Hand auf seine. »Ich passe auf mich auf.« Unvermittelt zog sie ihn in eine Umarmung, und atmete seinen Duft ein. Pan roch immer ein wenig nach Lavendel, und sie liebte das. Es beruhigte sie. »Wir sehen uns später, okay?«

Sie fand Tevin in der Nähe des MiltForge-Lagers. Er lehnte an einem Baum und war in eine lebhafte Diskussion mit dem Vorarbeiter vertieft. Ruby war hin- und hergerissen, ob sie sich frecherweise dazugesellen sollte, entschied sich aber dagegen. Sie wollte keine Minuspunkte bei Tevin einheimsen. Auch wenn es ihr schwerfiel, blieb sie außer Hörweite stehen und hockte sich mit angezogenen Beinen in das Laub. Am Himmel hatten sich inzwischen Wolkentürme aufgebaut und kündeten von baldigem Regen und damit einhergehender Schwüle. Ruby merkte es bereits. Ihre kurze Hose und das Tanktop klebten an ihr, und am liebsten hätte sie die Stiefel in weite Ferne geworfen. Trotzdem, Regen war gut für die Erde. Sie liebte den Geruch von Petrichor, wenn Wasser auf trockene Erde traf. Es kam viel zu selten vor oder viel zu oft. Momentan konnten sie jeden Tropfen gebrauchen.

Tevin gab dem Vorarbeiter die Hand, und beide wandten sich zum Gehen. Beinah wäre Rubys Mittelsmann an ihr vorbeigerannt.

»Hey, nicht so schnell!«, rief sie ihm zu und winkte.

Er verharrte in der Bewegung und drehte sich zu ihr um. Seine Lippen verzogen sich nur langsam zu einem Lächeln. »Oh, hallo. Warum versteckst du dich denn?«

Sie wies in Richtung Lager, das von hier aus nicht zu sehen war. Man hörte nur das entfernte Lachen von Männern und Frauen. »Ich wollte euch bloß nicht stören und habe hier auf dich gewartet. Ist alles in Ordnung?«

Tevin nickte bedächtig. »Sie werden natürlich ungeduldig, aber etwas Zeit haben wir noch.« Er kam näher und ließ sich neben Ruby auf den Boden plumpsen.

»Wenn du noch deinen Anzug tragen würdest, hätte ich dich jetzt gefragt, ob du dir keine Sorgen um seinen Zustand machst«, sagte Ruby mit einem Grinsen im Gesicht.

Er vollführte eine wegwerfende Geste. »Klamotten kann man ersetzen. Netterweise wurde mir ja ausgeholfen. Es ist mir sehr wichtig, euch zu unterstützen.«

Es stimmte, Tevin hatte vor der harten Arbeit keine Scheu gezeigt und kräftig mitgearbeitet. Ob er überhaupt dafür bezahlt wurde oder machte er das alles freiwillig? Für einen Moment überlegte Ruby, ob sie danach fragen sollte, aber sie wollte lieber auf den Punkt kommen. Sam und die neuen Erkenntnisse waren zu wichtig, um Zeit mit Geplänkel zu verschwenden.

»Ich habe Neuigkeiten«, verkündete sie ernst.

Tevin faltete die Hände im Schoß und nickte. »Ich höre?«

Mit knappen Worten erklärte Ruby, was Sache war, bevor sie ihr Tablet aus der Tasche holte und ihm die Dateien zeigte. Sie hatte sie rüber kopiert und den Stick bei Pan gelassen, da sie nicht wollte, dass er in falsche Hände geriet.

Ihr Gegenüber schwieg lange. »Sam ist dein Bruder?«, vergewisserte er sich schließlich.

Sie nickte und legte den Kopf zur Seite. »Aber das spielt doch keine Rolle. Das sind eindeutige Beweise, oder nicht?«

Tevin strich sich über den Dreitagebart. »Ja, aber sie kommen von Sam Casey. Dein Bruder steht nicht erst seit gestern im Fokus der Ermittler. Er ist ein Söldner. Seinem Wort wird man nicht glauben.«

»Was?«, rief Ruby. »Du machst wohl Witze. Das hier sind echte Dokumente. Mit echten Unterschriften. Und die Telefonmitschnitte, du hast sie doch noch nicht mal angehört.«

»Kann man alles fälschen.« Tevin legte eine Hand auf ihre Schulter. »Hey, ich bin nicht dein Feind. Ich sage dir nur, dass die Chancen gering sind, dass man das ernst nimmt.«

Ruby umklammerte ihre Beine mit den Armen. »Geringe Chancen sind besser als keine, oder?«

Tevin seufzte. »Ich wünschte nur, du hättest mir vorher erzählt, mit wem du verwandt bist. Dieser Typ ist uns ständig entwischt.«

Ruby zuckte mit den Schultern. »Das ist nichts, mit dem ich außerhalb des Camps hausieren gehe. Entschuldige.«

»Ich habe nie Parallelen gezogen. Euer Nachname ist schließlich weit verbreitet.«

»Ist das jetzt ein Problem?«, wollte Ruby wissen.

Tevin wiegte den Kopf hin und her. »Für mich nicht ... für andere vielleicht schon. Die Chancen, dass jemand diesen Daten Glauben schenkt, sind jedenfalls noch weiter gesunken.«

»Aber wir müssen es versuchen, oder? Ansonsten überlegen wir uns, was wir sonst damit anstellen können. Für irgendwas muss dieser Stick doch gut sein.« Ruby war nicht bereit, so schnell aufzugeben.

»Dir kann ich sowieso keinen Wunsch abschlagen. Ich ziehe mir die Daten rüber und fahre zurück nach Edinburgh.«

»Danke!«, rief Ruby und unterdrückte den Impuls, Tevin in eine Umarmung zu ziehen.

Der schaute immer noch nachdenklich drein. »Sag mal, wenn Sam auf der Werft ist, wie hat er dir den Stick zukommen lassen?«

»Durch einen Boten. Keine Ahnung, wer es war«, log sie und lächelte. »Apropos Sam. Wenn du schon dabei bist, Fäden zu ziehen, kannst du vielleicht auch eine Nachricht an ihn von mir übermitteln?«

Tevin atmete tief durch. »Du bringst mich echt um den Verstand. Ich kann es versuchen, aber nicht versprechen.«

»Das reicht mir schon. Ich nehme nachher was auf und schicke es dir.«

Tevin lachte leise, dann saßen sie eine Weile schweigend nebeneinander, bevor er wieder das Wort ergriff: »Ich frage mich, wie du hier gelandet bist. Warum du nicht bei deinem Bruder bist.«

Ruby sah schuldbewusst zu Boden. »Sieht es aus, als hätte ich ihn im Stich gelassen?«

Aus den Augenwinkeln sah sie, wie Tevin den Kopf schüttelte. »Das wollte ich damit nicht sagen. Es steckt bestimmt eine Geschichte dahinter.«

Ruby seufzte. »Wir sind im Guten auseinandergegangen. Ich weiß, was er tut ... ich müsste ihn hassen. Vor allem, nachdem ich gesehen habe, was auf dem Stick ist.« Sie schüttelte den Kopf. »Aber das kann ich nicht. Er geht diesen Weg, weil er nicht anders kann. Ich habe schon oft versucht, ihn davon abzubringen, doch er ist zu zornig. Zu hoffnungslos.«

Tevin schwieg, legte ihr erneut mitfühlend eine Hand auf die Schulter. Wieder konnte sie sich nicht entscheiden, ob sie sie wegstreichen sollte oder nicht. Pan war so eifersüchtig, sie sah es jedoch nur als freundschaftliche Geste an. Also ließ sie es zu und seufzte aufs Neue.

»Ich erinnere mich an unsere guten Zeiten, dann fällt es mir leichter, das zu ertragen. Unsere Kindheit in Irland. Zwar liegen sieben Jahre zwischen uns, dennoch sind wir den Fluten und Unwettern zum Trotz immer in den Regen gelaufen und haben getanzt, die Naturgewalten angeschrien und das kühle Nass mit den Händen aufgefangen.« Irgendwann hatte Sam allerdings eine große Angst vor dem Wasser entwickelt und sich Ruby nicht mehr dabei angeschlossen.

Tevin schmunzelte. »Ihr seid also dafür verantwortlich, dass die Stürme mit so viel Regen anbrausen. Ich bin mir sicher, die Regenwolken haben sich euren Enthusiasmus gemerkt.«

Zur Antwort kicherte Ruby. »Mag sein.«

»Was hast du noch für schöne Erinnerungen an Sam?«

»Hmm ... die Anfangszeit in Schottland war aufregend, ungewohnt ... Wir waren traurig wegen unserer Eltern. Sie sind in Irland verstorben und wir seitdem als Waisen unterwegs. Die Umsiedelung war hart, trotzdem war Schottland ein Geschenk. Inverness war toll, bis ... na ja.«

»Ihr wart in Inverness?« Tevin hob eine Augenbraue.

Knapp gab sie wieder, was sie vor kurzem auch Pan erzählt hatte. *Lustig,* dachte sie dabei. Diese Geschichte hatte sie zuvor nie jemandem anvertraut und jetzt binnen kurzer Zeit schon zwei Personen.

Tevin nickte. »Ich verstehe, warum du dich lieber auf die guten Erinnerungen fokussierst. Das bewundere ich so an dir. Dass du immer noch so positiv sein kannst, nach allem, was in der Welt los ist.«

»Du bist zu selten in der Natur«, stellte Ruby fest und betrachtete Tevin eingehend. »Ich kann nur so positiv bleiben, weil ich täglich vor mir sehe, für was ich kämpfe. Die meisten Menschen vergessen es, glaube ich. Sie konzentrieren sich nur auf das Schlechte. Natürlich sehe ich hier ebenfalls Tod und Leid, aber auch so viel Schützenswertes.«

Tevin schaute zu Boden. »Ich lebe in der Stadt, in ständiger Angst vor der nächsten Flut. Da die Hoffnung zu behalten, ist schwer.«

Ruby stand auf, und Tevin tat es ihr mit fragendem Blick gleich. Bevor er protestieren konnte, zog sie ihn schon in die Wälder. Weg von Tod und Verderben, hinein in das mit viel zu viel Braun gesprenkelte Grün.

Je weiter sie liefen, desto majestätischer türmte sich links und rechts von ihnen der Wald auf. Der Nationalpark hatte auch weite Ebenen, gesäumt mit uralten Steinmauern, oder Felder und Wiesen, in denen man immer noch das Brummen von Insekten hören konnte. Doch Ruby mochte den dichten Wald am liebsten, das Blätterdach, das sie von der brennenden Sonne abschirmte, und die verwunschenen Pfade zwischen uralten Bäumen. Manchmal, wenn hier der Nebel Einzug hielt, konnte sie sich vorstellen, sie sei in einer anderen Welt. In einer alten, in der die Natur noch wie eine Gottheit angebetet wurde.

Schließlich blieb Ruby stehen. Für einen Moment sah sie zu Tevin und schloss dann die Augen. Sie atmete den Duft des Forsts ein. Ja, sie roch die Verwesung, das trockene Laub und das Brackwasser. Sie wusste, wie laut ein Wald sein konnte und wie erschreckend ruhig es gerade war. Und dennoch, hier fühlte sie sich lebendig, verwurzelt und in ihrem Element.

Als sie die Lider öffnete, bemerkte sie, dass Tevin sie beobachtete. Er wollte einen Schritt auf sie zugehen, doch sie hob die Hand, um ihn aufzuhalten.

»Vorsicht!«, mahnte sie und wies auf den Boden.

Zwischen ihnen befand sich eine kreisförmige Anordnung von beigefarbenen Pilzen. In der Mitte und drumherum wuchs erstaunlich saftig grünes Gras.

»Ein Feenkreis«, erklärte Ruby mit einem Lächeln. »Und du willst doch die Feen nicht stören, indem du ihren Versammlungsort zertrampelst, oder?«

Fasziniert betrachtete Tevin dieses Naturphänomen. »So etwas habe ich noch nie gesehen.«

»Nicht mal auf Bildern?«

Er schüttelte den Kopf.

Ruby umrundete den Feenkreis und strahlte Tevin an. »Du musst uns öfters besuchen. Vielleicht hilft es dir auch, fokussiert zu bleiben, wenn ich dir derlei verwunschenen Orte zeige.« Schottland hatte genug

Legenden und Geschichten zu bieten. Die Gaianer saßen gern abends zusammen und erzählten sich solche.

Tevin sah nachdenklich zu der Pilzansammlung hinab. »Ja, vielleicht.«

SAM

»Lachen Sie mich gerade ernsthaft aus?« Sam verschränkte die Hände vor der Brust und rutschte in seinem Sessel ein Stück nach unten. Hoffentlich sah er so bockig aus, wie er sich fühlte.

Max hielt sich eine Hand vor den Mund und kniff die Augen zusammen. Er versuchte, nicht loszuprusten, doch das Zucken seiner Schultern verriet ihn. »Entschuldigung.«

Ein Schnauben war Sams Antwort. Gregs Truppe hatte einen Narren an ihm gefressen und nahm ihn weiterhin nach draußen mit. Immer, wenn er sich einigermaßen sicher fühlte und glaubte, sich an die Verhältnisse gewöhnt zu haben, blickte er sich aus Reflex um und verlor sich in übelerregender Orientierungslosigkeit. Zumindest hatte er sich inzwischen abgewöhnt, vor den Schichten etwas zu essen. Aber das Problem blieb, auch wenn er nicht mehr mit dem Kopf in Kotze schwimmend seine Arbeitsstätte verlassen musste. Max schien das aus irgendwelchen Gründen sehr amüsant zu finden.

»Kann ich nicht was anderes machen? Was ist mit den Werkstätten? Da gibt's doch bestimmt Bedarf an Leuten, die schrauben und hämmern können.«

Max legte den Kopf schief. »Sie schlagen sich super, auch wenn Sie das nicht so sehen. Es gibt welche, die übergeben sich schon in der Luftschleuse. Glauben Sie mir, Sie gewöhnen sich an den Rest.

Geben Sie sich ein bisschen Zeit. Ihre Teamkollegen wollen nicht mehr auf Sie verzichten.«

Wenigstens war jetzt seine Vermutung bestätigt. Sam seufzte. »Okay. Es soll mir bloß niemand vorwerfen, ich hätte die Hosen voll. Für meinen Helm gilt das vielleicht, aber das hat absolut nichts mit Schiss zu tun.« Ha! Die Lüge war ihm ja mal glatt und ohne Zögern über die Lippen gekommen.

»Wenn Sie Abwechslung möchten, könnte ich allerdings arrangieren, dass Sie sich ein oder zwei Stunden zusätzlich am Tag der Überwachung des Planeten widmen.«

»Überstunden?«, fragte Sam schockiert. Andererseits ... es war ja nicht so, als würde er gerade superviel zu tun haben, mal abgesehen von den Außeneinsätzen und Observationsstunden. So anstrengend und nervenaufreibend das alles auch war, der Tag hatte danach immer noch genug Stunden. »Was meinen Sie mit Überwachung?«

Max lehnte sich auf seinem Stuhl zurück und seufzte. »Für den Bau des SkyTransits und der Luna-Werft, mussten wir jede Menge Schrott aus dem Orbit der Erde ziehen. Alte und neue Satelliten, Raketenkapseln und dergleichen.«

Sam nickte. Er interessierte sich zwar null für den Sternenhimmel, aber er hatte im Newsfeed gelesen, wie anders der Himmel danach ausgesehen haben soll. Vorher war ein großer Anteil der Lichtpunkte am Firmament wohl der Spiegelung der horrenden Summen an Satelliten geschuldet gewesen. Seit diese fortgeschafft worden waren, blitzten plötzlich wieder halb vergessene Sterne durch die Wolken. Die Hobby-

und Berufsastronomen freuten sich darüber, weil der Nachthimmel endlich wieder wie früher zu beobachten war.

Ruby hatte ihn daraufhin zu sich ins Camp eingeladen, weil der Sternenhimmel dort wohl besonders schön zu sehen war. Doch Sam hatte abgelehnt. Sein schlechtes Gewissen war zu groß gewesen, da er damals bereits für MiltForge tätig gewesen war.

»Und was habt ihr mit diesem ganzen Schrott gemacht?«, fragte er.

»Der wird in den Archen verarbeitet. Aber darum geht es jetzt nicht. Fakt ist, in diesen Satelliten war einiges an hilfreicher Technik, die wir nun in einem Überwachungsdeck auf der Werft eingebaut haben. So können wir manche Klimaveränderungen und Naturkatastrophen verlässlich von hier aus vorhersagen, die Leute vorwarnen und im besten Fall den schlimmsten Schaden abwenden.«

»Und da soll ich mich hinsetzen und helfen?«

Max nickte. »Warum nicht, es wäre was ganz anderes. Viele Freiwillige helfen dort nach ihren Schichten aus, weil sie das Gefühl haben, etwas gezielt für die Erde oder ihre Verwandten zu tun.«

Sam brummte. »Von mir aus.« Vielleicht bekam er so Informationen für MiltForge, die einen Bonus wert waren.

»Gibt es jemanden da unten, dem Sie helfen wollen?«, erkundigte sich Max vorsichtig.

»Was tun Sie eigentlich, wenn Sie mal nicht Kindermädchen für mich spielen oder in Ihrer Machtposition die Eier schaukeln?«, stellte Sam eine Gegenfrage und hob einen Mundwinkel zu einem überlegenen Lächeln. Er bekam hier ständig persönliche Fragen gestellt – wurde Zeit, dass er den Spieß mal umdrehte.

Volltreffer! Max' Augenbrauen hoben sich fragend. »Ähm ... was?«

Sam liebte es, wenn er einen Sesselpupser von seinem hohen Ross schubste und nebenbei noch vom Thema ablenkte. »Sie sind doch nicht taub, oder?«

»Sie wollen etwas über mich erfahren? Ich bin mir nicht sicher, ob ...«

Sam unterbrach ihn mit einer unwirschen Geste. »Sie sind mein Pate. Das ist eine zweiseitige Beziehung. Sie wissen eine ganze Menge über mich, und es wäre nur fair, diesen Vorteil auszugleichen.«

Sein Gegenüber starrte ihn an. Für einen Moment glaubte Sam, sich zu weit vorgewagt zu haben. Es war ein Versuch, den Tagesablauf des Mannes kennenzulernen, schließlich verbrachten sie nicht jede Minute zusammen. Er hatte auch schon probiert, sein Team nach ihm auszufragen, doch alle hielten sich bedeckt, wenn es um Max ging. Er wurde hier oben extrem geschätzt, sogar von den anderen Sträflingen.

»Ich ... habe nicht viel Freizeit«, behauptete sein Pate schließlich.

»Niemand kann nur arbeiten«, hielt Sam dagegen.

Ein flüchtiges Lächeln huschte über Max' Lippen, doch es erreichte seine Augen nicht. »Ich muss mich um viele Dinge kümmern. Nicht nur um die Organisation, ich helfe auch in den Werkstätten. Und ich habe ein offenes Ohr für alle. Jederzeit. Das, was wir hier oben tun und was wir da draußen sehen, ist hart – auf eine ganz eigene Art und Weise.« Er wies zu einem

Fenster, doch Sam folgte der Geste nicht. Musste er auch nicht, er wusste, dass Max die Erde meinte.

»Sie haben mir jetzt 'ne Menge erzählt, das Sie für andere tun. Was ist mit Ihnen?«

Nun schenkte Max ihm ein ehrliches Lächeln. »Sie sind echt hartnäckig, mein Freund. Drehen einfach den Spieß um und befragen mich. Also gut, ich spiele mit.« Er zuckte mit den Schultern. »Es ist nichts Besonderes. Ich schreibe Tagebuch.«

Sam war unmerklich zusammengezuckt, als sein Gegenüber ihn als Freund betitelt hatte, doch nun wurde er hellhörig. »So richtig auf Papier und so? Ich dachte, das wäre verboten.«

Max nickte. »Es ist verboten, Papier herzustellen, um die Baumbestände zu schützen. Noch existierendes Papier allerdings wurde nie konfisziert. Wäre ja auch Verschwendung.«

»Stimmt!« Sam fuhr sich über den Bart. Ein Tagebuch, also. Könnte sich lohnen, mal reinzuschauen. Für seine weiteren Planungen.

»So, und jetzt, nachdem ich so ehrlich zu Ihnen war, sind Sie dran. Bevor Sie gleich zum nächsten Mal die Erde bewundern dürfen: Was sagen Sie zum Observationsdeck?«

Sam schnaubte und verschränkte die Arme vor der Brust – wie immer, wenn er auf etwas angesprochen wurde, über das er nicht reden wollte. »Ich weigere mich nach wie vor, dieses abgekartete Spiel mitzumachen. War ja ein schöner Vortrag, den Sie mir da gehalten haben. Aber ich kann weder was dafür, was auf der Erde geschieht, noch kann ich was dran ändern.«

»Mich überrascht es nicht, dass Sie das sagen. Trotzdem haben Sie unrecht. Hier oben können Sie etwas tun, indem Sie der Menschheit eine zweite Chance ermöglichen. Unten können Sie etwas tun, indem Sie Mutter Natur helfen, statt sie auszubeuten und mit den Füßen zu treten. Es stimmt, wir haben zu lange gewartet und sehen einer ungewissen Zukunft entgegen. Aber es wird Zeit, dass wir uns vergeben und aus der Stagnation hinauskommen.«

Wieder so eine flammende Rede. Sam hätte ja demonstrativ gelangweilt aus dem Fenster geblickt, doch dieses Draußen wollte er ums Verrecken nicht sehen. »Okay, dann habe ich eben unrecht. Für mich gibt's trotzdem keine zweite Chance, warum sollte ich sie dann anderen verschaffen?«

Max legte den Kopf schief. »Warum sollte es keine zweite Chance für Sie geben?«

Sam presste die Lippen aufeinander und stierte auf den Boden. Scheiß Psychogespräche. Doch bevor er eine gepfefferte Antwort formulieren konnte, öffnete sich die Tür und eine Frau stand im Raum.

»Sorry, dass ich störe. Ich habe da eine Nachricht für Sam Casey im Kommunikationsraum.«

Sam stand auf. »Ich dachte, mir ist jeglicher Kontakt nach draußen verboten.« Er schaute Max an, doch der zuckte nur mit den Schultern.

»Ist über den Regierungskanal reingekommen. Scheint trotzdem was Privates zu sein.« Die Frau suchte Max' Blick, wohl um Zustimmung heischend.

Der nickte. »Kein Problem, ich denke, eine Ausnahme ist möglich. Ist bestimmt etwas Wichtiges.«

Da war Sam absolut seiner Meinung. Entweder es

war jemand aus dem Söldnerteam oder Ruby. Und ganz sicher war etwas passiert.

Natürlich ließ man ihn die Nachricht nicht allein anhören.

»Der Kontakt ist nicht auf ewig verboten, allerdings sollten schon erste Erfolge im Verhalten sichtbar sein. Außerdem wird anfangs immer jemand dabei sitzen, denn wir wollen ja verhindern, dass Sie rückfällig werden oder krumme Machenschaften auf der Erde unterstützen oder anregen«, hatte Max ihm mit einem entschuldigenden Lächeln erklärt und jetzt saß er neben ihm. Fehlte nur noch, dass er ihm das Händchen hielt.

Immerhin war sonst niemand im Raum. Sam nickte Max zu, damit er die Nachricht abspielte.

»Hey, Sam. Gleich mal vorweg: Ich bin mit jemandem von der Regierung befreundet, der versuchen wird, dir die Message zuzustellen. Cool, oder?«

Es war Ruby. Sie war es wirklich. Sam spürte Max' Blick auf sich, löste seinen aber nicht von dem Tisch, damit er weiter konzentriert zuhören konnte.

»Ich habe dein Geschenk bekommen ...«

»Verdammte Scheiße, Castus!«, entwich es Sam, und seine Faust sauste mit einem Krachen auf die Tischplatte.

Max fuhr neben ihm zusammen, sagte aber nichts.

»... mache mir Sorgen. Warum hast du mir nie die Wahrheit erzählt? Ich meine, ich ahnte ja, was du tust. Doch das ... ich mache mir Vorwürfe. Ich hätte mich besser um dich kümmern sollen ... aber ich kann dich verstehen. Manchmal kommen mir auch Zweifel.« Rubys Stimme zitterte.

Sam presste die Kiefer aufeinander. Am liebsten hätte er Ruby geantwortet, jetzt sofort. Nach Inverness war ein klärendes Gespräch für ihn nicht möglich gewesen. Sie war ihren Weg gegangen, er seinen und sie hatten das jeweils akzeptiert. Er hatte nie einen Gedanken daran verschwendet, wie es ihr damit gehen mochte, und jetzt fühlte er sich unglaublich egoistisch.

Ein Schniefen war zu hören, bevor Ruby fortfuhr: »Sorry. Eigentlich wollte ich gar nicht heulen. Weiß nur nicht, was ich davon halten soll. Ich wünsche mir so sehr, dass wir reden könnten, aber ich muss wohl Geduld haben. Ach ja, ich habe die Sachen an die Regierung gegeben. Das wolltest du doch, oder? Ich habe so lange nach etwas gesucht, um MiltForge zu überführen, und jetzt ... Mein Freund dort hofft, dass sie die Beweise akzeptieren. Vielleicht kann ich dich da oben wegholen, immerhin hast du den Stick zur Verfügung gestellt und das könnte doch mildernde Umstände für dich bedeuten, oder?«

Sam ließ sich auf seinen Stuhl zurückfallen und fuhr sich mit beiden Händen durch sein Haar. Verfickte Scheiße! Das war mal so überhaupt nicht nach Plan gelaufen. Castus war einfach zu weich. Er hätte es wissen müssen.

»Okay, ich hoffe, das kommt durch. Ich muss jetzt aufhören, die Nachricht darf nicht zu lang sein. Bis bald!« Es folgte eine kurze Pause, dann flatterte noch etwas direkt in Sams Herz: »Is breá liom tú.*«

*Ich hab' dich lieb

»Mise freisin*«, flüsterte er.

Max räusperte sich neben ihm. Shit, den Sesselpupser hatte er ja total vergessen.

Nach einiger Überwindung wandte er den Kopf, um seinen Paten anzusehen. »Was?«

Max hob beschwichtigend die Hände. »Wollte nur auf mich aufmerksam machen. Sie sehen so aus, als würden Sie gleich in Tränen ausbrechen, und sicher wollen Sie das nicht ausgerechnet vor mir.«

Oder überhaupt vor Zeugen, fügte Sam in Gedanken hinzu. Obwohl er innerlich in tausend Teilchen unbenennbarer Gefühle zersprang, verspürte er auch ein winziges Quäntchen Dankbarkeit für Max' Rücksichtnahme.

Was sollte er jetzt nur tun? Er war aufgeflogen. Castus hatte es gut gemeint, mit Sicherheit. Doch er hatte nicht richtig nachgedacht. Sein Freund war kein Denker, das hatte in der Gruppe immer Sam übernommen. Manchmal zusammen mit Liv, wobei die rote Feuerkatze weitaus rücksichtsloser dachte als er.

Sein Gedankenwust wurde unterbrochen, weil Max aufstand. »Ich glaube, Sie müssen erst mal einiges verdauen.«

»Wollen Sie gar nicht wissen, worum es dabei ging?«, presste Sam hervor. Er fühlte sich, als hätte er den Helm des Raumanzugs übergestülpt, doch jegliche Sauerstoffzufuhr wäre abgeklemmt.

»Später. Sie müssen ohnehin zum Observationsdeck. Erscheint mir auch ein guter Ort zum Nachdenken und Runterkommen.«

»Verdammte Scheiße!«, brüllte Sam und stand so abrupt auf, dass sein Stuhl umfiel. Jegliche Höflichkeiten waren ihm ab sofort egal. »Verpiss dich mit deiner beschissenen Gehirnwäsche. Verpiss dich mit deinem verständnisvollen Gehabe. Verpiss dich einfach!«

Ohne den Sesselpupser eines weiteren Blickes zu würdigen, preschte er an ihm vorbei, durch die Tür und den Gang entlang. Wenn er nicht zur Observation marschierte, würden sie ihn dorthin schleifen, das wusste er. Also suchte er den Aufzug, gab seinen Code ein, mit dem er gleichzeitig in den Akten registriert wurde, und stampfte wütend hinein. Er hatte keine Lust auf weitere Auseinandersetzungen.

Mit einem hatte Max nicht ganz unrecht: Er wollte nachdenken. Zur Ruhe kommen. Einen Plan schmieden. Denn jetzt war MiltForge mit Sicherheit hinter ihm her. Er konnte sich nicht mehr mit Strategieüberlegungen aufhalten, nein, er musste Max schnell umbringen, um seine Loyalität zu beweisen. Das zerschnitt ihm das Herz, ohne dass er zu sagen vermochte, weshalb.

Die Aufzugtüren glitten geräuschlos auf, und Sam taumelte in den Glaskasten. Er nannte das Deck so, auch wenn der Raum gar nicht kastenförmig war. Egal. Hier konnte man rausgucken. Aus Fenstern. Und die bestanden zumindest auf der Erde aus Glas. Also Glaskasten.

Ohne nachzudenken, ließ er sich im Schneidersitz nieder und bettete den Kopf in seine Hände. Was hatte er sich nur dabei gedacht? Besser, er hätte die Klappe gehalten und Castus nichts von dem Stick erzählt. Und überhaupt, wie war er auf diesen abstrusen Gedanken gekommen, etwas Gutes tun zu wollen?

Da musste er grinsen. Etwas Gutes, klar! Auch das war purer Eigennutz gewesen, ein Rachefeldzug gegen MiltForge, falls die ihre Versprechen nicht hielten. Und er hatte seine Schwester dafür missbrauchen wollen. Wenn ihm wirklich etwas an ihrer Sache gelegen hätte, dann hätte er ihr schon früher Beweise liefern können. Aber mit MiltForge wäre sein Arbeitgeber fortgewesen.

Sam konnte keine rationalen Gründe für sein Verhalten finden und je länger er darüber grübelte, desto mehr wurde ihm sein Problem bewusst. Er hatte MiltForge verraten. Wenn der Regierung so plötzlich Beweise vorgelegt wurden, in denen auch noch sein Name erwähnt wurde, würde die Firma eins und eins zusammenzählen. Und dann wäre Sam geliefert. Er wäre dann ein Verräter, der beseitigt gehörte. Wen sie wohl schicken würden? Jemanden, den er kannte? Würde die Drecksarbeit ein Spitzel erledigen, der bereits hier war? Vielleicht Milly oder ein anderer Sträfling? Womöglich würde es ja hier passieren, in diesen geheiligten Hallen. Sam hob den Kopf und seufzte.

Zum ersten Mal blickte er länger als zwei Sekunden hinaus. Die Erde erhob sich stolz und doch zerbrechlich am Horizont. Sie sah aus wie ein Gemälde, das auf eine schwarze Wand gebannt worden war und von Tausenden Lichtern in Szene gesetzt wurde, um das Majestätische hervorzuheben. Sam war nie bewusst gewesen, wie viel Wasser es in seiner Heimat gab. Der blaue Planet. Immer noch, obwohl so viele Durst und Hunger litten. Wie sah es dort wohl inzwischen aus? Wie ging es Ruby? Hatte sie Erfolg bei ihrem Vorhaben? Vielleicht peitschte auch ein Sturm durch Schottland, Wolken genug sah Sam jedenfalls von hier aus.

Sein Blick wanderte hinab zu dem Fetzen Mond, den er von hier aus sah. Grau, tot und öde. War das die Erde der Zukunft, wenn sie nicht gegensteuerten? Hatte ihr Himmelsgefährte ihnen so lange als stumme Warnung über die Schulter geschaut? Als mögliches Ebenbild der Erde?

Sam seufzte und schüttelte den Kopf. Hier saß er nun und fühlte sich in seiner bedrohten Existenz der Erde näher als je zuvor. Als er dachte, dass die Erde und er ein Schicksal teilten, kam ihm das ungeheuerlich anmaßend vor. Er bangte um sein eigenes Leben und um das von Ruby. Doch die Erde versuchte, eine Heimat für Milliarden Lebewesen zu sein und zu bleiben. Es waren die Menschen, die das nicht zuließen. Welch Ironie!

Als Sam eine Stunde später aus dem Aufzug trat, hatte sich ihm endlich der Begriff *geerdet* erschlossen. Es hatte nicht nur etwas mit Strom zu tun, sondern auch mit Bodenkontakt. Mit dem Boden der Tatsachen, wie man so schön sagte. Er fühlte sich seiner Heimat jetzt näher. Der Erde eben. Nur einen Plan hatte er immer noch nicht. Allerdings hatte er beschlossen, Ruby eine Antwort zu schicken, auch wenn das bedeutete, dass er sich bei Max entschuldigen musste. Eigentlich wäre es besser gewesen, diese Sache zwischen ihnen stehenzulassen und damit jegliche Sympathien, die

Sam für Max hegte, im Keim zu ersticken. Der Mord würde ihm dann leichter fallen. Trotzdem war es ihm wichtiger, einige Worte an seine Schwester zu richten. Auch wenn ihre Nachricht nicht sehr lang gewesen war, so hatte sie ihn tief berührt und alte Gefühle in ihm geweckt, die in einem dunklen Winkel seines Herzens verschlossen gewesen waren. Sam hatte sie mit Mühe wieder zurückgedrängt, doch ganz war es ihm nicht gelungen.

Max hatte erwähnt, dass er die Mentalität einer offenen Tür pflegte. Zudem war er nach wie vor sein Pate. Am besten suchte Sam also in dessen Arbeitszimmer nach ihm. Bis zu seiner nächsten Schicht war noch etwas Zeit, und er wollte das unbedingt vorher geklärt haben. Die Menschen, die ihm entgegenkamen, grüßte er gedankenverloren, bis ihn jemand am Ärmel zupfte.

»Hey!«

Er blickte sich um. »Oh, hi, Lorena. Na, wieder einen Shuttleflug hinter dich gebracht?« Was für ein Zufall, dass er genau jetzt diesen Lockenschopf traf, der wie die Reinkarnation seiner Schwester auf ihn wirkte.

»Nee! Feste Zeiten, weißt du noch? Ich muss erst in ein paar Tagen wieder los«, antwortete sie und hakte sich bei ihm unter. »Und, hast du dich gut eingelebt?«

»Klar!« Seine Stimme triefte vor Zynismus.

Sie beäugte ihn skeptisch. »Also nein.«

»Wieso kennst du mich so gut und warum bist du so freundlich zu mir?«

Jetzt knuffte sie ihn in die Seite. »Brauche ich dafür einen Grund? Das Thema hatten wir doch schon im

Shuttle. Ich habe keine Ahnung, was du da unten getan hast, und ich will es auch gar nicht wissen, okay? Hier oben erhält man eine neue Chance, bekomm das endlich mal in deinen Dickschädel.«

»Ich brauche keine neue Chance«, wich er aus und klang so sturköpfig, wie er sich fühlte.

»Jaja, das sagen sie alle. Sam ... tu mir einen Gefallen. Gib dich niemals selbst auf, ja? Du bist ein toller Kerl und bestimmt nur auf die schiefe Bahn geraten. Nutz das hier. Das sage ich nicht nur, weil ich für dieses Projekt lebe, sondern weil ich an jeden glaube, der hier ist.«

Bevor er antworten konnte, kamen sie bei Max' Büro an. Er hätte ohnehin nicht gewusst, was er sagen sollte. Sein Gehirn war ein einziges Knäuel aus gegensätzlichen Gedanken und Gefühlen. Fehlten nur noch die Katzen, die damit spielten.

Lorena klopfte und raste durch die Tür, sobald diese offen war. Sam wunderte sich noch, warum sie es so eilig hatte, da sah er schon, wie sich ihr Lockenkopf nach unten beugte und sie Max, der überrascht und erfreut auf seinem Bürostuhl saß, einen wilden Kuss gab.

»Hey, du!«, rief sie danach fröhlich. »Dich habe ich besonders vermisst.«

»Eindeutig ...«, raunte Sam. »Ihr zwei seid ...«

Was ging es ihn eigentlich an? Er verspürte den Drang, einfach rauszumarschieren und dieses Glück nicht zu stören – das er vielleicht noch heute mit einem Mord zerstören würde. Er zerstörte. Das war sein Beruf.

Auf dem Absatz machte er kehrt und rannte davon, ohne einen Blick zurückzuwerfen. Lief durch die Gänge, wich Greg aus, der grüßend die Hand hob, und rempelte Zoe an, die neben ihm auftauchte. In all die unbekannten Gesichter blickte er nicht. Er war hier, um zu zerstören. Einen Mann. Dessen Leben. Dessen Angehörige. Dessen Berufung und Einfluss. Somit womöglich diese ganze Anlage und die Hoffnung und Liebe, die in dem Archenprojekt steckten. Es ging nicht darum, ein Ziel auszuschalten, sondern eine ganze Mission. Sam wusste nicht mehr, ob er das packte. Ob er dazu in der Lage war. Zu sehr hatte ihn Rubys Nachricht und alles, was er bisher hier oben gelernt hatte, in den Grundfesten erschüttert.

Keuchend hämmerte er den Code ein und stolperte in sein Quartier. Lehnte sich rücklings an die Tür, nachdem sich diese geschlossen hatte. Atmete. Atmete einfach weiter, bis sein Herz langsamer schlug. Das Ganze hier ... es war zum Scheitern verurteilt. MiltForge würde bald wissen, dass er ein Verräter war. Er würde seine Loyalität nur beweisen können, indem er diesen Mord beging. Sonst würde er sterben und Max vermutlich ebenso, nur nicht durch seine Hand.

Minuten verstrichen, in denen er nur dasaß und nicht wusste, was er tun sollte. Da klopfte es und Max' Stimme erklang: »Sam ... keine Ahnung, was da gerade los war, aber ich mache mir wirklich Sorgen um dich.« Scheinbar hatte der kleine Ausbruch vorhin endgültig die förmliche Brücke zwischen ihnen zerstört und eine ganz andere gebaut.

»Ich habe es dir vorhin schon gesagt: Verpiss dich!«, rief Sam. Gerade wollte er nur allein sein, ganz egal, was er zuvor gedacht hatte.

»Lass uns reden«, bat Max eindringlich.

Sam stand auf und schlurfte zum Bett. Er wollte gerade alles, nur nicht reden. Andererseits würde Max auch ohne seine Zustimmung reinkommen, wenn er befürchtete, dass Sam im Begriff war, etwas Dummes zu tun. Und das, was in den letzten Stunden passiert war, deutete darauf. Er spürte es ja selbst. Entweder explodierte er und riss alles mit sich oder er gab sich einfach auf. Beides war keine Option, wenn er ehrlich mit sich war. War er nur leider selten.

»Meinetwegen«, knurrte er und gab vom Bett aus der Tür das Zeichen zum Öffnen.

Max trat ein und blieb unschlüssig im Raum stehen, bevor sein Blick auf Sam fiel. »Du hast umgeräumt«, stellte er mit leiser Belustigung in der Stimme fest.

»Korrekt. Ich sagte ja schon, ich lasse diese Gehirnwäsche nicht an mich ran«, brummte Sam und verschränkte die Arme vor der Brust.

Max nickte und nahm auf dem Stuhl am Schreibtisch Platz. Dort lehnte er sich nach vorn, verhakte die Finger ineinander und stützte sich mit den Ellbogen auf die Beine. »Was ist los?«

»Was los ist?« Sam klang hysterisch, aber es war ihm egal. »Erst diese beschissene Nachricht von meiner Schwester. Dann die verkackte Observationszeit. Zum Schluss freue ich mich, Lorena zu sehen, und dann küsst sie dich. Was stimmt denn hier nicht?« Er war zum Ende hin immer lauter geworden und warf die Hände in die Luft.

Max zog eine Augenbraue in die Höhe. »Lorena? Die ersten beiden Gründe verstehe ich ja, aber was hat meine Beziehung mit deiner Stimmung zu tun?«

»Sie erinnert mich an Ruby«, gab Sam zu. »Und meine Schwester sollte so einen Typ wie dich nicht küssen.«

Ein leises Lachen war die Antwort, gepaart mit einem ungläubigen Blick. »Sie ist aber nicht Ruby. Und ich bin schon lange mit Lorena zusammen. Falls du dir Sorgen um sie machst, dann unbegründet.«

Sam hob die Schultern. Wie sollte er Max auch sagen, dass Sorge nie unbegründet war? Es konnte immer etwas Schlimmes passieren. Und in diesem Fall war Sam diese schlimme Sache.

Max seufzte und lehnte sich auf dem Stuhl zurück, schlug die Beine übereinander. »Es geht vorrangig um deine Schwester, nehme ich an. Sie ist mit all dem ver-knüpft, was du gesagt hast.«

Sam schwieg weiterhin, doch seine Kehle schnürte sich zu.

»Ich bin nicht dumm, Sam. Bei der Nachricht von Ruby konnte ich zwischen den Zeilen lesen. Mir wurde gesagt, du hättest deine Taten auf der Erde abgestritten, aber du bist zu Recht hier. Das wissen wir beide. Doch du bist kein böser Mann. Trotz allem bemühst du dich um Schutz. Für deine Schwester und Freunde. Du hast das Richtige getan, indem du Ruby diese Daten vermacht hast.«

»Du verstehst das nicht«, zischte Sam. »Sie sollte

ihn noch gar nicht bekommen. Erst viel später. Es war eine miese Idee. Das hat alles schlimmer gemacht.«

»Wieso?«, wollte Max wissen.

»Kann ich dir nicht sagen. Ist aber auch egal. Die Zügel liegen nicht mehr in meiner Hand.« Sam presste die Lippen aufeinander und rieb sich mit dem Ärmel über die Augen.

Sein Gegenüber stand auf und nahm neben ihm auf dem Bett Platz. »Ich bin nicht nur dein Pate, sondern auch dein Freund. Rede mit mir«, sagte er und legte ihm eine Hand auf die Schulter.

Sam war versucht, aufzubrausen, doch er tat es nicht. Vielmehr wurde ihm warm ums Herz.

»Ich will Ruby antworten«, meinte er leise.

Max nickte, und gemeinsam verließen sie das Quartier.

Hier saß er nun und wusste nicht, was er sagen sollte. Wieder war es sein Pate, der ihm Gesellschaft leistete und auf wundersame Weise Kraft spendete.

»Hey, Ruby«, begann er. »Du glaubst gar nicht, wie gut es tat, deine Stimme zu hören. Hier oben ist alles okay.« Er schmunzelte. »Na ja, so okay es eben sein kann, wenn man in einer Blechbüchse im Weltraum hockt. Ich hoffe, ich kann dir mal genauer erzählen, wozu ich hier so gezwungen werde.«

Sam tauschte einen Blick mit seinem Nebenmann und grinste schwach.

»Ich schätze, ich werde es erfahren, wenn die Regierung den Daten auf dem Stick Glauben schenkt.

Egal, was dann passiert ...« Er unterbrach sich, das Lächeln verschwand gänzlich aus seinem Gesicht. »Hör mal. Es tut mir leid, dass du wegen mir so viel durchgemacht hast. Hab' nie weiter darüber nachgedacht und geglaubt, du wärst weit genug von mir weg und das sei gut so. Die Wahrheit sieht wohl anders aus. Nicht du hättest dich um mich kümmern müssen, sondern ich mich um dich. Machen ältere Brüder doch schließlich so, oder?«

Selbstvergessen berührte Sam das Tattoo an seinem Hals.

»Ich hab's nach Inverness einfach nicht mehr ertragen. Alles. Schon vorher war es schwierig. Irland und unsere Eltern. Ich weiß, wir sind nicht die Einzigen, die Familie verloren haben. Aber ... Scheiße, Ruby. Ich habe keine Ahnung, was ich sagen soll. Pass auf dich auf, das ist die Hauptsache. Mit ein wenig Glück hören wir uns bald wieder.«

Er verzichtete auf Irisch. Das würde ihm nur die Tränen aus den Augen treiben, die sich schon beim Reden angesammelt hatten. Knapp nickte er Max zu, um ihm zu signalisieren, dass er die Aufnahme beenden konnte. Danach herrschte erst mal Schweigen.

»Ich muss zu meiner Schicht«, sagte Sam irgendwann und machte Anstalten, sich zu erheben.

»Warte!«, forderte Max ihn auf. »Es geht dir nicht gut, das sehe ich doch.«

Sam ließ die Schultern hängen und widerstand zum ersten Mal seit langem dem Impuls, seine Arme vor der Brust zu verschränken. Für Angriffslust hatte er keine Kraft mehr. Eigentlich wollte er nur noch schlafen.

»Was willst du hören?«, fragte er ausweichend.

»Was ist dir passiert?«

»Du hast es doch eben gehört. Tragische Verluste. Sie bringen Leute auf die schiefe Bahn. Ich weiß, dass ich nicht der Einzige bin, der so was hinnehmen muss. In anderen Ländern gibt es Kriege. Ich will nicht wissen, wie viele Menschen jeden Tag aus sinnlosen Gründen sterben. Oder wie viele Leben ich schon aus ebenso sinnlosen Gründen, nämlich dem eigenen Profit, zerstört habe. Die Regierung kann nicht alles verhindern. Wo soll das denn noch hinführen?« Sam schnaubte abwertend.

»Ich verurteile nichts von dem, was du getan hast. Wie du schon sagst, Verluste verändern Menschen, und ich lüge nicht, wenn ich sage, dass jede Person auf dieser Werft so einer Tragik bereits ins Gesicht blicken musste. Aber für die, die abdriften, gibt es hier einen Platz, und ich will dir helfen, auf einem besseren Pfad zu wandeln.« Max lächelte aufmunternd.

»Es ist nicht so einfach. Jetzt nicht mehr. Kapier das doch endlich.« Sam stand schwerfällig auf und schlang die Arme um sich, als wäre ihm kalt. War es auch irgendwie, nur war es keine körperliche Kälte, eher eine emotionale. Sie drang in jeden Winkel seiner Seele und ließ nur Hoffnungslosigkeit und Resignation übrig.

Sein Gegenüber war ebenfalls aufgestanden und trat einen Schritt auf ihn zu. »Was ist dir passiert?«

Sam erwiderte lange nichts, während er mit seinen Fingern immer wieder über das Tattoo strich. Irgendwann fing er stockend an zu erzählen, was sich in Inverness zugetragen hatte und der Kussmund mit

dem Schriftzug ›Cathryn‹ auf seinem Hals bedeutete.
Es war ein Lippenabdruck mit dem Namen seiner
Frau. Eine letzte Erinnerung an sie.

»Menschen sind alle gleich, sobald es um das Überleben geht. Die wenigsten sind so wie Ruby und ihre
Gaianer, die aufeinander achtgeben. Selbst da würde
ich behaupten, dass sie so eine Saat in sich tragen.
Wenn es wirklich darauf ankommt, schaut jeder nur
auf sich. Oder man rottet sich zusammen und tut das,
was man glaubt, das am besten wäre. Ich habe das
danach auch getan. Ich bin denselben Weg gegangen.
Warum sollte ich den Menschen helfen, wenn sie so
sind? Wir sind selber schuld an unserem Untergang.
Wir waren nicht genug, sogar die Erde haben wir zerstört.« Er packte sich an den Kopf. »Das ist doch
krank. Max, mach dir das mal klar. Wie könnt ihr hier
oben daran denken, neue Planeten zu besiedeln?
Damit wir unsere grausame Herrschaft ausbreiten
und immer mehr zerstören?«

Max sah getroffen zu Boden. »Es tut mir leid, was
du erlebt hast. Aber überall, wo du nur Zerstörung
und Eigennutz siehst, gibt es viel mehr. Man muss
vielleicht mehrmals hinsehen und danach suchen,
doch es besteht Hoffnung. Die Gaia-Bewegung bringt
Hoffnung. XFrontier bringt Hoffnung. Auch wenn die
Regierung zu spät eingegriffen hat, so bringt auch sie
Hoffnung.« Er sprach voller Überzeugung, und Sam
hätte ihm so gern geglaubt. Im Augenblick wusste er
nur nicht, wer er überhaupt war oder wohin sein Weg
ihn führte.

»Ich gehe zu meiner Schicht«, wisperte er und ver-
ließ den Raum.

RUBY

Es war der vorletzte Tag, bevor MiltForge seine Arbeiten wiederaufnehmen würde. Ruby saß auf den Steinen im Schlamm und sah zu den Resten des Sees hinaus. Dieses Camp aufzugeben, würde ihr furchtbar wehtun. Teile von ihnen überlegten immer noch, trotzdem zu bleiben, doch die Wahrheit war eindeutig. Wenn sie dem Wald weiter beim Sterben zusahen, war es das mit ihrem Kampfgeist. Sie hatten ihr Bestes gegeben und die Tiere, die sie gefunden hatten, fortgebracht und Pflanzen umgesiedelt. Das bedeutete eine Menge Stress für alle beteiligten Lebewesen, aber es war trotzdem die einzige Möglichkeit, einen Hauch Überlebenschance bestehen zu lassen. Dennoch hatte Ruby das Gefühl, nicht genug getan zu haben. Außerdem war Tevin noch nicht zurück. An ihm hing ihre komplette Hoffnung. Sie hasste es, dermaßen auf andere angewiesen zu sein.

Hottie kam in das Camp gelaufen und winkte alle zusammen. Ruby rutschte von ihrem Stein und ging barfuß durch den Schlamm. Es war ihr egal, ob ihre Füße dabei dreckig wurden. Sie hatte jeden Wunsch nach Komfort aufgegeben, seit sie aktiv bei den Gaianern war. Ruby hatte trotzdem keinen einzigen stinkenden Aktivisten kennengelernt, der sich Flöhe im Bart als Haustiere hielt, auch wenn der immer noch ein hartnäckiges Klischee darstellte.

»Da kommt dieser Schlipsträger von MiltForge!«, rief Hottie aufgeregt.

»Der ist zwei Tage zu früh«, meinte Pan und stellte sich neben Ruby.

Bange erwarteten sie die Ankunft des Mannes. Er kam zu Fuß, begleitet von dem Vorarbeiter aus dem Lager. Gemeinsam blieben sie vor den Gaianern stehen.

»Gut, ihr seid alle versammelt!«, stellte der Geschniegelte fest und nickte selbstzufrieden.

»Was wollen Sie?«, fragte Ruby.

Angewidert sah ihr Gegenüber auf ihre Füße und rümpfte die Nase. »Ich habe ein Anliegen, bevor die Sache unschön ausgeht. Wir lassen nicht noch mal mit uns verhandeln, Regierung hin oder her. Mir ist klar, dass hier sicher eine weitere kleine Rebellion geplant wird.«

Kate spuckte aus. »Wie wenig ihr uns doch kennt. Wir halten uns an Abmachungen und werden das Feld räumen, keine Sorge.«

Der Mann schüttelte den Kopf. »Ich habe schon zu oft gesehen, dass ihr nichts auf euer Wort gebt. Aber wir wollen uns den Weg nicht freibomben, also schlage ich hiermit absolut friedlich vor, dass ihr einer Umsiedelung zustimmt.«

»Umsiedelung?«, fragte Ruby und ballte die Hände zu Fäusten. »Wird Schottland genauso aufgegeben wie Irland?«

»Es wird sicher nicht mehr lange dauern. Der nächste Sturm kommt bestimmt. Die Küstenstädte sind kaum noch tragbar, die Überschwemmungen kommen immer weiter ins Landesinnere. Zudem die

Waldbrände ... was bei Loch Lomond passiert, beispielsweise. Unfassbar tragisch.«

Am liebsten hätte Ruby dem Kerl das selbstgefällige Grinsen aus dem Gesicht geboxt.

»Wenn hier jemand umgesiedelt gehört, seid ihr das!«, brüllte Pan, und schob sich zwischen sie und den Sprecher.

»Sicher, sicher. Wenn wir die Arbeit in Schottland erledigt haben, werden auch wir gehen. Unsere Verantwortung gilt aber vor allem der Bevölkerung. Dies sind die letzten Wochen für Schottland. England, Wales und Cornwall bereiten sich ebenfalls vor, das Weite zu suchen. Das Festland hat viel zu bieten, habe ich gehört. Kein Grund zur Sorge.«

Viel zu bieten ... vor allem menschenunwürdige Flüchtlingslager, Kriege und das Hungertuch. Natürlich könnten in diesen Brennpunkten die Gaianer Hilfe gebrauchen, aber Ruby war nicht bereit, einfach so aufzugeben. In Schottland lief es passabel, da war sie hundertprozentig sicher. MiltForge wollte davon profitieren und jeden Fleck Land auf der großen britischen Insel ausradieren, plündern und für seinen Schund missbrauchen. Dass sie dann würden weichen müssen, war klar. So weit durften sie es nicht kommen lassen.

Wütend schubste sie den überraschten Pan zur Seite und stapfte auf den Anzugträger zu. Der Vorarbeiter versuchte, zwischen sie zu treten, war aber zu langsam. Ruby holte aus und verpasste dem Mann einen Kinnhaken, der die Knochen hörbar knacken ließ. Man unterschätzte sie gern, so klein und drahtig, wie sie war.

»Verschwindet von hier«, knurrte sie. »Wir werden uns nicht zurückziehen, so sehr ihr euch das auch wünscht. Es ist nur noch eine Frage der Zeit, bis ...«

Pan legte ihr eine Hand auf die Schulter und zog sie sanft zurück. Schnell biss sich Ruby auf die Unterlippe. Fast hätte sie ihren Vorteil verraten.

»Verpisst euch einfach. Solange es die Erde gibt, werden wir gegen solche Ausbeuter wie Milton Forge kämpfen.«

Der Krawattenträger hielt sich den Kiefer und bedachte Ruby mit einem vernichtenden Blick. »Das wird ein Nachspiel haben«, zischte er und machte sich gemeinsam mit dem bedrückt aussehenden Vorarbeiter aus dem Staub.

Ruby stürzte in ihr Zelt, um sich zu beruhigen. Pan und Hottie schauten vorbei, um mit ihr zu reden, aber sie schickte beide weg. Ihre Nerven waren zum Zerreißen gespannt, und sie war kurz davor, nach Edinburgh zu fahren, um nach Tevin zu suchen oder selbst bei der Regierung vorzusprechen. Vor allem musste sie nachdenken. Der Typ von MiltForge hatte gar nicht so unrecht. Es fiel ihr schwer, sich das einzugestehen, aber die Fluten und Brände waren wirklich ein Problem. Wenn sie daran dachte, was in Inverness geschehen war, dann war die Herleitung, welche Zustände in wenigen Monaten in Schottland und auf dem Rest der Insel herrschen könnten, einfach.

Allerdings hatte die Bevölkerung im Landesinneren, fort von den bedrohlichen Wassermassen, mit gänzlich anderen Schwierigkeiten zu kämpfen. Egal, wo man auf der Erde hinging, es gab überall Probleme und immer waren die Menschen am Rande ihrer Kräfte. Es würde nirgends besser sein als hier. Nur anders.

Da blieb Ruby lieber so lange in diesem Nationalpark, wie es möglich war. Schottland konnte gerettet werden. Vielleicht würde es auch eine hilfreiche Idee wegen der Fluten geben. Deiche und Mauern hatten anderen Ländern geholfen, doch die Briten hatte man genau wie die Inselstaaten vor Amerika oder anderswo schnell abgeschrieben. Die großen Kontinente und Landmassen mussten geschützt werden, der Rest stellte Kollateralschäden dar. Jeder Sturm und jede Flut konnte das Letzte sein, was Britannien verkraftete. Es würde mit ihnen genauso zu Ende gehen wie mit Irland, und Ruby bezweifelte, dass sie so einen Untergang noch mal ertrug. Dies war eine der Schattenseiten der Weltregierung. Sie wusste, dass man nicht jeden Fleck Erde schützen konnte und konzentrierte ihre Bemühungen deswegen auf das, was zu retten war. In diesem System gab es noch viele Baustellen, so wie immer, wenn die Verzweiflung regierte.

Crimson steckte den Kopf unter die Zeltplane und schnüffelte.

»Hey, Kleiner! Du fühlst dich bei uns ganz schön wohl, was?« Ruby lächelte schwach und streckte die Hand aus.

Der Fuchs wuselte zu ihr, schleckte ihre Finger ab und machte einen seiner hinreißenden Laute. Es war ein fast lautloses Keckern, mit dem er sie und Pan oft begrüßte.

»Oh, du hast Hunger. Verstehe.« Sie kramte in ihrer Tasche nach ein paar Stücken Pökelfleisch und hielt sie Crimson hin. Nicht alle von ihnen waren Vegetarier, und sie hatten sich angewöhnt, tote Tiere, die sie auflasen, nicht verkommen zu lassen. Sie nahmen sie aus und verwendeten jedes bisschen. Crimson fand Fleisch auch ganz hervorragend. Irgendwann hing einem eintöniges Essen eben doch zum Hals raus.

»Was sollen wir nur tun?«, fragte Ruby und beobachtete, wie Crimson seine Leckerchen verschlang. Natürlich konnte der Fuchs ihr nicht antworten, aber seine Ohren stellten sich auf, als würde er ihr zuhören.

Sie wartete, bis er sein Festmahl beendet hatte, dann lief sie zu dem Wasserzuber, den die Gaianer immer wieder befüllten, indem sie Regenwasser sammelten. Sie füllte ein wenig davon in einen Eimer ab und wusch sich damit die Füße. Wenn sie alle in den Zuber steigen würden, wäre die nächste Seuche wohl nicht weit. Sie achteten auf Hygiene, so gut es ging. Das verbrauchte Wasser schenkten sie der Natur.

»Wenn Tevin morgen nicht kommt, dann suche ich ihn«, sagte Ruby zu dem Fuchs, als sie in das Zelt zurückkehrte, und streckte sich auf ihrer Pritsche aus.

Am Mittag des nächsten Tages tauchte Tevin endlich auf. Ruby hatte schon ein kleines Bündel zusammengepackt, damit sie zur umliegenden Straße trampen und dort ein Auto anhalten konnte. Doch da stand Tevin schon winkend neben ihrem Zelt und umarmte sie zur Begrüßung. »Hey!«

»Da bist du ja«, murmelte sie überrumpelt.

»Sorry, dass ich euch so lange habe warten lassen. Bevor ich allen berichte, was ich in Edinburgh erreicht habe, wollte ich dir erst mal was geben.« Er hielt sein Telefon hoch und sah zu ihrem Zelt.

Ruby nickte leicht und ließ ihm den Vortritt. Bevor sie selbst einkehrte, erhaschte sie einen Blick auf Pan. Er stand mit den Händen in den Hosentaschen am Ufer des Sees, das Gesicht verschlossen und ernst. Entschuldigend winkte sie ihm und biss sich auf die Unterlippe. Bahnte sich etwa ein Streit an?

Diesen Gedanken schnell verdrängend, duckte sie sich unter der Eingangsplane hindurch und setzte sich Tevin gegenüber. Der lächelte sie an und drückte auf dem Display des Handys herum, bevor er es in die Mitte legte.

Es war eine Nachricht ihres Bruders. Stumm hörte sie zu und pustete sich dabei eine widerspenstige Locke aus dem Gesicht. Niemals hätte sie gedacht, dass man ihm eine Antwort erlauben würde. Begeistert klang er nicht, allerdings hatte Castus ja erwähnt, dass sie den Stick erst später hätte erhalten sollen. Ob es damit zu tun hatte? Hatte sie zu schnell gehandelt? Sie tauschte einen vorsichtigen Blick mit Tevin, doch der lächelte nur sacht und wartete, bis die Nachricht vorbei war.

Das Letzte, was sie gewollt hatte, war, ihm Vorwürfe zu machen. Vielmehr hatte sie ihn aufbauen und ihm sagen wollen, dass sie ihn liebte, egal, was war und geschah. Sie schüttelte den Kopf, als Sam verstummte.

»Das ist doch mies. Es wäre besser, wenn ich direkt mit ihm reden könnte. Ich habe das Gefühl, dass wir uns von Missverständnis zu Missverständnis hangeln«, sagte sie und seufzte.

»Irgendwann wird man es ihm erlauben. Vom Mond aus sind Gespräche immerhin mit kaum Zeitverzögerung möglich. Habe noch etwas Geduld, wenn er sich als fähig erweist, wird er wieder Kontakt aufnehmen dürfen.«

Sie nahm Tevins Hand und drückte sie kurz. »Danke, dass du das bewerkstelligt hast. Du glaubst nicht, wie viel mir das bedeutet. Wie soll ich dir das jemals zurückzahlen?«

Tevins Lächeln vertiefte sich. »Keine Ursache, ich helfe dir gern. Du musst es mir nicht zurückgeben, dein Glück ist Geschenk genug.«

Ruby nickte dankend und zog ihre Hand wieder zurück. »Was ist mit den Daten? Hat die Regierung sie akzeptiert?«

Tevin stand auf und deutete hinaus. »Das sollte ich allen erzählen. Dachte mir nur, dass du die Nachricht besser hier drin anhörst. Muss ja nicht jeder mitbekommen, zumal ich den Eindruck habe, dass deine Verbindung zu Sam nicht von jedem gutgeheißen wird.«

»Stimmt. Sie kennen ihn nicht. Aber ich werde mich bestimmt nicht von Sam abwenden, er ist schließlich meine Familie.«

Tevin hob die Schultern. »Ich glaube, die Gaianer kannst du mit Fug und Recht ebenfalls als Familie bezeichnen.«

Gemeinsam gingen sie hinaus. Pan hatte Crimson auf dem Arm und stellte sich an das andere Ende der Menschentraube statt wie sonst neben Ruby. Na schön, wenn er einen auf stur machen wollte, würde sie ihm ebenbürtig begegnen.

»Wie ihr wisst, war ich in Edinburgh und habe dort versucht, die Beweise von Sam Casey dem Gericht anzubieten«, fing Tevin an und stellte sich vor die Menge.

Ruby war guter Dinge. Wenn es miese Nachrichten gäbe, hätte er sie mit Sicherheit vorgewarnt und wäre nicht so freundlich zu ihr gewesen.

»Sam Casey wird als Terrorist eingestuft. Dementsprechend können die Daten nicht als Beweis zugelassen werden, um MiltForge zu überführen. Vielmehr wird davon ausgegangen, dass er aus eigenem Antrieb gehandelt und die Unterlagen und Telefongespräche gefälscht hat.«

Ruby stand stocksteif an ihrem Platz. Das konnte doch nicht stimmen. War das ein Traum, schlief sie gerade? Sie kniff sich. Nein, alles blieb beim Alten. Tevin erzählte weiter diese Ungeheuerlichkeiten, und kein Wort passte zu seinem entspannten Gesichtsausdruck.

»Außerdem wird angeregt, dass ihr diesen Platz hier räumt. Das war ja schon vorher beschlossen. Ihr solltet euch obendrein Gedanken darüber machen, wo eure Loyalitäten liegen. Eine Verbindung zu Sam

Casey ist nicht ratsam zu dieser Zeit.« Beim letzten Satz hefteten sich seine eisblauen Augen auf Ruby, die Mühe hatte, zu atmen. »Morgen müsst ihr hier weg sein. Ich helfe euch bei dem Umzug. Es tut mir leid, dass ich nicht mehr erreicht habe.« Damit schloss Tevin seinen Bericht und ließ Stille zurück.

»Was soll der Scheiß?«

Ruby hob den Blick, immer noch unfähig, sich zu bewegen, und sah Pan, der auf Tevin zugetreten war.

»Sie kommen mit leeren Händen wieder und wagen es dann auch noch, zu verlangen, dass wir mit Ruby brechen? Oder dass sie mit ihrem Bruder brechen soll? Haben Sie noch alle Krater auf dem Mond?«

Tevin hob abwehrend die Hände. »Das war nicht meine Absicht. Ich bin nur der Botschafter.«

»Warum hast du mir das nicht eben schon gesagt? Mich vorgewarnt?«, fragte Ruby atemlos.

»Es ist etwas, das alle betrifft. Eine Vorwarnung wäre unpassend gewesen«, war alles, was er dazu sagte. »Ich schlage vor, wir bereiten den Umzug vor.«

Die Gaianer quatschten durcheinander – aufgeregt, perspektivlos und desillusioniert. Ruby blieb in der Menge stehen und fühlte sich leer. Sie hatte niemanden mehr, dem sie trauen konnte, nicht einmal mehr sich selbst.

🌲🌲

»Wie konntest du mir das antun?«, presste Ruby hervor. Sie kam sich vor wie in einem schlechten Film, in dem die betrogene Ehefrau ihrem Mann eine Szene machte. Sie musste sich ernsthaft beherrschen, Tevin nicht mit einem Arschtritt aus ihrem Zelt zu befördern.

Ach, was soll's! Wie ein Stier schob sie den Kopf nach vorn und stampfte einige bedrohliche Schritte auf den Staatsmann zu. Sie traute sich durchaus zu, es mit ihm aufzunehmen. Ihre körperliche Stärke war nicht zu verachten, und nur weil er größer war als sie, bedeutete das nicht gleich, dass sie ihm unterlegen war. Auch Pan hatte sie schon einmal zu Boden geschubst, und der überragte sie mehr als Tevin.

Dieser hob die Hände und fing Ruby an ihren Armen ab. Sein Griff war fest, aber nicht schmerzhaft. Sie stemmte sich für eine Sekunde dagegen, da wurde die aufgestiegene Wut schon durch andere Gefühle hinfort geschwemmt. So ging es seit Tevins Rede. Schock, Wut, Verzweiflung und Schuld wechselten sich ab. Sie hatte die Lage für Sam wirklich schlimmer gemacht und nicht nachgedacht.

»Hör auf damit«, bat Tevin, und obwohl seine Worte barsch klangen, war sein Gesicht ruhig, der Blick entschuldigend.

Ruby riss sich los und schob die Arme übereinander. Fröstelnd zog sie die Schultern hoch, obwohl es durch kürzliche Regenfälle schwül war. »Du glaubst doch nicht, dass ich ignoriere, was da eben passiert ist?«

»Wie ich schon sagte, ich bin nur der Bote. Wenn du mir nur glauben würdest, wie sehr ich es hasse, solche schlechten Nachrichten mitzuteilen. Ich habe es dir nicht vorher gesagt, weil deine Reaktion echt sein musste. Wir beide haben ein enges Band geknüpft, aber niemand soll denken, dass du deshalb Vorteile genießt. Vor allem wegen Sam.«

»Ach, du sorgst dich um deine Reputation?«, spie Ruby aus.

Langsam kam Tevin näher und streckte eine Hand nach ihr aus, so zögernd, als hätte er einen bissigen Hund vor sich. »Nein, eher um deine.«

Sie ließ es zu, dass er ihre Hand nahm. Seine Berührung hatte etwas Tröstendes. Vielleicht bekam sie es so langsam in ihren Schädel, dass wirklich nicht er das Problem hier war. Jene Leute, die in Edinburgh saßen, waren es. Die Gaianer brauchten mehr Fürsprecher. Wichtige Menschen, die ihnen glaubten, und dann würden es auch alle anderen tun. Einfluss war das Stichwort. Für die Gaianer ein nahezu unerreichbarer Segen, auch wenn Regierung und Gaia-Bewegung langsame Schritte aufeinander zu gingen. Da war das Problem: Jetzt gerade musste es schnell gehen. MiltForge musste sofort Einhalt geboten werden, und ihr Bruder brauchte umgehend Hilfe.

Ruby war so in Gedanken verloren, dass sie erst gar nicht bemerkte, wie Tevin sie in eine Umarmung zog. Ihr Gesicht ruhte an seiner Brust, sie roch sein teures Parfüm und einen Hauch Eigengeruch. Er fuhr mit einer Hand sanft durch ihre Locken, breitete sie um ihr Antlitz aus und strich mit der anderen beruhigend über ihren Rücken.

»Nicht!« Sie schob ihn behutsam, aber bestimmt weg. So innig durfte nur Pan sie berühren. Um das zu unterstreichen, trat sie noch einen Schritt zurück. Offenbar machte er sich doch mehr aus ihr, als sie gedacht hatte. Sie wollte das nicht ausnutzen und hoffte, ihre Freundschaft würde ihm ebenso teuer sein.

Schweigen breitete sich aus, das Ruby erst nach ein paar Sekunden brach.

»Was machen wir jetzt?«, flüsterte sie, ohne ihn anzusehen.

»Ihr müsst das Camp aufgeben, für euch ist es hier nicht mehr sicher, wenn die Arbeiten weitergehen. Außerdem wird die Regierung es euch positiv auslegen, wenn ihr freiwillig Platz macht«, antwortete er. Enttäuschung schwang in seiner Stimme mit.

»Und wie geht es danach weiter? Wenn deine Kollegen nicht auf unserer Seite sind, dann haben wir doch gar keine Chance mehr. Ich habe echt gedacht, wir machen Fortschritte.«

»Oh, du hattest mich unglaublich schnell im Sack. Vielleicht sollte ich dich mit nach Edinburgh nehmen. Mit deinem Charme hätten wir womöglich ganz andere Chancen«, meinte er und lachte leise.

Ruby atmete erleichtert auf, er schien seine Gefühle für den Moment abgeschüttelt zu haben. Vorsichtig hob sie den Blick. Tevin trug ein leichtes Lächeln auf den Lippen, von Schmerz oder Enttäuschung war nichts zu sehen.

»Glaubst du das wirklich? Ich würde einiges dafür tun, um die Regierung davon zu überzeugen, wie nützlich unsere Sache ist. Und dass Sam gar nicht so ein mieser Kerl ist, wie alle denken«, sagte sie.

Tevin grinste. »Okay. Ich habe es nicht so ernst gemeint, aber je länger ich darüber nachdenke, desto mehr gefällt mir die Idee. Wir sollten gleich morgen früh fahren, was meinst du?«

Ruby nickte so wild, dass ihre Locken in alle Richtungen flogen.

🌲🌲

Bevor sie verschwand, musste sie ein klärendes
Gespräch führen. Pan lag rücklings auf dem Bett, die
Arme hinter dem Kopf überkreuzt, und starrte an die
Decke. Dass Crimson auf ihm herumturnte, schien
ihn nicht im Geringsten zu stören.

»Ich würde ja anklopfen, wenn es hier eine Tür
gäbe«, begrüßte Ruby ihren Freund und hoffte, damit
das Eis zu brechen.

»Du müsstest nie anklopfen, selbst wenn es hier
eine Tür gäbe«, murmelte er, und Ruby wurde warm
ums Herz.

»Pan?«, fragte sie und kniete sich neben ihn.

Crimson hatte eine bequeme Stelle auf dessen
Bauch gefunden und murrte leise, als sich sein Herrchen aufsetzte. Mit samtenen Pfoten vollführte er
einen Satz zur Seite, landete auf dem Boden und legte
die Ohren an. Da hatte wohl jemand schlechte Laune.
Vielleicht machte dem Fuchs auch die Stimmung im
Camp zu schaffen.

»Was ist, Löckchen?«, fragte Pan und zog sich den
Schal etwas enger um den Hals. Er mied ihren Blick.

»Ist alles okay zwischen uns?«, wollte Ruby wissen.

»Ich hoffe es ...«, meinte Pan und sah sie an.
»Dieser Tevin macht mir Sorgen.«

Ruby nahm seine Hand. »Gebe ich dir irgendeinen
Anlass, mir zu misstrauen?«

Er schüttelte den Kopf. »Ihm vertraue ich aber nicht. Okay, er hat uns in den letzten Tagen echt geholfen, doch das mit Sam ... Er hat dich ins offene Messer rennen lassen. Und warum verkauft die Regierung das Land, obwohl wir eine andere Vereinbarung hatten? Und dann auch noch an MiltForge. Kommt dir das alles nicht komisch vor?«

Ruby sah zu Crimson und zuckte mit den Schultern. »Ich weiß nicht, was gerade abgeht. Es gibt sicher korrupte Stellen, schau dir doch nur mal das Gericht an und wie oft man Sam und seinen Leuten schon aus der Patsche geholfen hat. Aber ich vertraue Tevin und deswegen bitte ich dich, mir zu vertrauen.«

Pan seufzte. »Ich weiß nicht, Löckchen. Du verlangst da viel von mir. Ich kann nicht dabei zuschauen, wie dieser Mann dir an die Wäsche will, nur weil er unsere letzte Chance ist. Das ... das ist es mir einfach nicht wert.«

»Ich liebe dich. Und nur dich. Der soll doch mal was versuchen. Und er wird es nicht, dafür respektiert er mich zu sehr.« Ruby dachte an das Gespräch mit Tevin. Er hatte ihr die Ablehnung nicht übel genommen, ganz im Gegenteil.

»Wir brauchen ihn nicht. Wir verlassen uns ohnehin zu sehr auf die Regierung, wir sollten viel selbstständiger sein.« Pans Blick wurde bittend.

Doch Ruby hatte genug. »Ich kenne dich so gar nicht. Du sagst, du vertraust mir, aber du benimmst dich nicht so.« Sie stand auf. »Eigentlich wollte ich mich verabschieden, aber ...« Mit einem Schulterzucken und Tränen in den Augen drehte sie sich um.

Kurz bevor sie das Zelt verlassen konnte, wurde ihr Handgelenk umklammert und sie somit zurückgehalten. Wütend blickte sie sich um. Pan war aufgestanden und ihr hinterhergehastet. Crimson war auf das Bett geklettert und kauerte sich dort zusammen. Nur widerwillig tastete sich ihr Blick zu Pans Gesicht vor. Seine Augen waren weit aufgerissen und ließen zu, dass Ruby allerhand Gefühle in ihnen erblickte. Nackte Panik, unterdrückte Wut, Zuneigung, eine stumme Bitte.

»Wieso verabschieden?«, fragte er ruhiger, als man es bei diesem aufgewühlten Zustand erwarten würde.

»Weil ich mit Tevin nach Edinburgh fahre.«

Pans Griff wurde fester, seine Augen größer – sofern das überhaupt möglich war. »Was ... wieso?«

»Ich lasse das doch nicht so stehen, Pan. Und wenn mich eh alle hier anfangen zu hassen, was soll ich dann noch hier? Selbst du vertraust mir nicht mehr.« Ihre Unterlippe bebte. Wie sie es hasste. Sie war nicht nah am Wasser gebaut, aber wenn sie einmal anfing, zu heulen, dann konnte sie so schnell nicht wieder aufhören. Dann war es, als würden alle angestauten Gefühle aus ihr herausfließen, zusammen mit ihrem Leben und dem Kampfgeist. Das durfte sie auf keinen Fall zulassen, also schluckte sie hart und entriss Pan ihre Hand.

»Du willst dich mit diesem eingebildeten Trottel absetzen? Nach allem, was er vorhin gesagt und getan hat? Nach allem, was wir hier durchgemacht haben?«, fragte ihr Freund fassungslos.

Den ersten Vorwurf überging Ruby geflissentlich.

»Ich will nur versuchen, die Dinge direkt vor Ort geradezurücken. In ein paar Tagen bin ich wieder da, wenn es hier weiter einen Platz für mich gibt.«

Pan schüttelte ungläubig den Kopf. »Wenn er dich überhaupt ziehen lässt. Der sucht doch die ganze Zeit nur einen Vorwand, um mit dir allein zu sein.«

»Falls du dich erinnerst, ich war schon öfter mit ihm unterwegs. Und ich kann mich durchaus verteidigen. In Edinburgh liegt unsere letzte Chance. Ich will, dass wir MiltForge drankriegen, also muss ich dafür sorgen, dass man uns zuhört und sich die Dateien genau anschaut.«

»Ich komme mit!«, beschloss Pan.

»Was?« Ruby starrte ihn an.

»Ich vertraue dir. Aber ihm nicht. Das habe ich eben schon gesagt, aber du hörst mal wieder nur das, was du willst.« Seine Mundwinkel zuckten. Er zog sie zu sich und umarmte sie. »Ich will mich nie wieder mit dir streiten. Dass ich es überhaupt zulasse, dass er sich zwischen uns drängt ...«

Ruby kniff die Augen zusammen und atmete Pans Duft ein. »Ich will nur diese Chance nutzen. Wer weiß, was sich daraus alles ergibt. Vielleicht hat unser Kampf dann endlich ein Ende und MiltForge ist Geschichte.«

Pan brachte minimalen Abstand zwischen sie, damit sie sich ansehen konnten. »Du gibst alles für deine Ziele, dafür liebe ich dich. Trotzdem musst du da nicht allein durch, ich will dir helfen.«

»Okay. Wir fahren morgen früh.«

Pan nickte und senkte dann sein Gesicht zu ihrem

herab. Crimson schlich um ihre Beine und entlockte Ruby ein Kichern, noch bevor sich ihre und Pans Lippen berührten.

»Um den Kleinen muss sich Hottie kümmern.«

SAM

»Ich find's super, dass wir das hier zusammen machen«, freute sich Milly und drückte auf den Türöffner.

Sam folgte ihr mit einem Brummen. Im Grunde war er nur hier, um Ruhe in seinen Kopf zu bekommen. Er hasste es, sich so in die Enge getrieben zu fühlen, und bevor er etwas Unüberlegtes tat, beherzigte er lieber Max' Vorschlag und verbrachte Zeit im Bewachungsraum.

Sam sah sich um und rechnete mit einer zweiten Version des Observationsdecks, nur mit Schaltpulten und Monitoren ausgestattet. Das traf jedoch nur so halb zu. In einer Ecke gab es Fenster, die aneinandergereiht waren und zum direkten Beobachten einluden. Der Rest des Raumes war wie erwartet mit Technik, blinkenden Lichtern und großen Monitoren ausgestattet. Zwei Plätze waren unbesetzt, die steuerte Milly nun an.

»Kommst du oft hierher?«, fragte Sam.

Sie nickte. »So kann ich wenigstens etwas meiner Schuld zurückzahlen.«

Wortlos ließ er sich neben ihr auf den Stuhl fallen und blickte auf einen Bildschirm, wo eine Abbildung der Erdkugel zu sehen war. Mehrere rote Lichter blinkten dort. Probeweise bewegte er eine Hand über die Oberfläche, was die Darstellung rotieren ließ. Einige Balken waren im unteren Bereich zu erblicken, die rot, orange und gelb gefärbt waren.

»Okay, was machen wir hier genau, Milly?«

Sie beugte sich zu ihm herüber. »Du hast die Karte der unterirdischen Brände. Wenn du auf die Balken da unten klickst, bekommst du jeweils eine Übersicht der kritischsten Brände dieser Stufe. Hier bei Rot zum Beispiel, ganz oben ist Centralia. Diese Stadt ist schon seit Jahrzehnten unbewohnbar. Wenn du dir die Satellitenansicht anschaust, siehst du nur noch Rauchschwaden. Da lebt nichts und niemand mehr.«

Sam runzelte die Stirn. »So was gibt es?«

»Ja, und nicht erst seit gestern. In Australien tobt ein Brand, der schon Tausende von Jahren schwelt. Der hat sich allerdings nicht weiter ausgebreitet, deswegen ist er auf der Liste unten, aber gefährlich. Bei den grünen Balken gibt es Brände, die noch nicht kritisch sind, nur tief im Untergrund. Nichtsdestotrotz müssen sie beobachtet werden.«

Sam schwirrte der Kopf. »Ist das auch durch den Klimawandel ausgelöst worden?«

»Nein, aber viele davon sind durch Kohleabbau entstanden. Es kam zu spontanen Selbstentzündungen, weil der Rohstoff mit Sauerstoff reagiert. Diese Brände fressen sich durch die ganze Erde und erreichen im schlimmsten Fall die Oberfläche. Der Rauch erreicht dann unsere Atmosphäre und heizt sie zusätzlich auf. Das begünstigt einen schnellen Klimawandel. Du glaubst nicht, was zum Beispiel auch das Methangas des schwindenden Permafrosts ausmacht. Das beobachte ich hier bei mir.«

»Woher weißt du das alles?«

Milly zuckte mit den Schultern. Von ihrer sonst so fröhlichen Art war nicht mehr viel zu spüren, offenbar lag ihr das Thema sehr am Herzen. »Ich hab' das hier gelernt. Unten hab' ich nie zugehört, du scheinbar ebenfalls nicht. Hab' ja auch gedacht, es gäbe keine Hoffnung mehr, warum sollte ich also überhaupt Wissen darüber erlangen, was vor sich geht?«

Sam antwortete nichts darauf und bewegte die Erdkugel so weit, bis er Schottland im Visier hatte. Sogar dort blinkten zwei Punkte. Probeweise berührte er einen davon. Sie waren im grünen Bereich. Man konnte sogar die Richtung sehen, in die sie sich ausbreiteten. Ein ungutes Gefühl machte sich in ihm breit. »Kann man sie nicht einfach löschen?«

Milly schüttelte den Kopf. »Durch die Oxidation werden sie immer aufs Neue angefacht. Man hat schon so viel probiert. Einmal wurde feuerfester Löschschaum in ein Loch gefüllt. Danach hat sich die gesamte Wiese aufgetürmt. Woanders haben sich die Flammen um eine Betonwand gefressen. Es ist ein altes Problem, das jetzt umso tödlicher ist. So wenig Land wie ohnehin nur noch übrig ist ... Stell dir mal vor, da würde so was in deinem geliebten Schottland an die Oberfläche kommen und die Städte unbewohnbar machen. Diese Gefahr kommt hinzu, wenn man von der Schädigung der Atmosphäre mal absieht.«

An Sams Verstand zupfte noch etwas ganz anderes, doch er kam einfach nicht darauf. Am liebsten hätte er das alles gar nicht erfahren, es bewirkte nicht die gewünschte Ruhe in seinem Kopf. Er hatte jetzt vielmehr einen weiteren Grund, um sich Sorgen zu machen. Denn Ruby war immer noch da unten, und wenn einer dieser Brände den Cairngom Nationalpark erreichte, würde sie in großer Gefahr schweben.

Sam würde es nicht ewig schaffen, seinem Paten aus dem Weg zu gehen. Es war ihm bisher unheimlich schwergefallen, er vermisste die Gespräche. Er war kurz angebunden, launisch und hoffnungslos verloren in Verwirrungen und einer Metamorphose, die er nie für möglich gehalten hatte. Mehrmals hatte er vor Max' Tür gestanden, fest entschlossen, ihn jetzt um die Ecke zu bringen. Aber dabei war es auch geblieben.

Lorena war einmal zu ihm gekommen, um ihn zu bitten, nicht so ein verdammter Sturkopf zu sein. Er und Max würden sich ja wie ein altes Ehepaar verhalten, wobei Max sicherlich der Einsichtigere wäre. Der hatte ja auch nichts falsch gemacht. Stimmte alles, wusste Sam ja. Das änderte jedoch nicht das Geringste an der Situation und an diesem grausamen Gefühl, nicht mehr zu wissen, wo sein Platz war. Immer noch hatte er es nicht herausgefunden, vielleicht aber eine Tendenz.

Schon allein deswegen wurde es Zeit, einen Schritt auf Max zuzugehen. Ungewohnt zaghaft machte sich Sam an der Tür zu dessen Büro bemerkbar. Er wurde mit einem zurückhaltenden Lächeln und der Aufforderung, sich zu setzen, begrüßt. Max hatte ihn noch nie fortgeschickt, dabei wusste Sam, dass er ein beschäftigter Mann war. Dass er sich dennoch immer für ihn Zeit nahm, wurde ihm erst jetzt so richtig bewusst.

»Ich will mich für mein Verhalten entschuldigen«, begann er und räusperte sich. »Momentan weiß ich nicht, wo mir der Kopf steht. So viele Eindrücke, neue Kontakte, Aufgaben ... Rubys Nachricht hat mich vollends aus dem Konzept gebracht.«

Max nickte verständnisvoll. »So ist es schon einigen ergangen. Die Arbeit auf der Werft verändert die Sichtweise auf die Welt und das eigene Leben. Und das hat nichts mit Gehirnwäsche zu tun.«

Sam zuckte mit den Schultern. »Und wenn doch, kann ich es ohnehin nicht mehr ändern.«

»Geht es dir jetzt besser?«, wollte Max besorgt wissen und faltete die Hände im Schoß.

»Nicht wirklich«, seufzte Sam.

Sein Gegenüber schmunzelte. »Vielleicht habe ich etwas, das dich aufmuntert. Wir bekommen heute einen Neuzugang. Für sie wird alles ebenso neu sein wie für dich. Ihr könnt euch zusammen umgewöhnen, das macht es sicher erträglicher.«

Sam gefror zu Eis. Das war doch kein Zufall. Niemals war es das! Ein weiterer von MiltForge abgerichteter Mörder würde hier sein Zelt aufschlagen und ... etwas tun. Was, vermochte Sam nicht sicher zu sagen, aber es würde nichts Gutes sein.

»Wann?«, fragte er.

»Sie trifft in diesen Minuten hier ein.«

Sam stand auf. Wieder würde er seinen Paten überstürzt verlassen und wieder hatten sie sich nicht ausgesprochen.

»Soll ich dich zur Observation begleiten?«, bot Max an und erhob sich ebenfalls, die Augenbrauen alarmiert gehoben.

»Nein ... nein, danke. Bis später!« Damit ließ er ihn stehen und machte sich im Laufschritt auf den Weg zur Shuttleluke. Vor seinem inneren Auge spielten sich unterschiedliche Horrorszenarien ab. Ein Shuttle voller Söldner. Lorena, grausam ermordet. Cooper und Finn umgebaut zu tödlichen Waffen. Eine Bombe an Bord.

Ihm rann der Schweiß die Schläfen hinab. Er hatte keine Angst, er empfand Panik. Nichts Gutes würde dieser Luke entspringen.

Lisbeth war schon dort mit dem unglücklichen Paten an ihrer Seite. Es war Brummi. Na, wenigstens jemand, der genug Muskeln und Körpergewicht mitbrachte, um sich zu wehren.

Sam kam schlitternd neben der Werftleitung zum Stehen. »Miss Schneider. Sie ... Sie sollten die Luke nicht öffnen.« Während er seine Worte aussprach, merkte er, wie verrückt sie sich anhörten.

Lisbeth wandte sich stirnrunzelnd zu ihm um, Brummi war dafür die Sorge ins Gesicht geschrieben. »Haben Sie mir etwas zu sagen?«

»Ich ... Wann haben Sie das letzte Mal von Lorena gehört?«

»Eben, kurz vor dem Andocken.« Unwillig klemmte sich Lisbeth das Tablet unter den Arm. »Sagen Sie mir jetzt, was los ist?«

»Ich habe einfach kein gutes Gefühl bei diesem Neuzugang«, erwiderte Sam matt und wischte sich den Schweiß von der Stirn.

»Ah, ich verstehe. Sie haben Angst, Ihren Rang als Welpe bei uns zu verlieren?« Lisbeth verzog die

Lippen zu einem Lächeln, doch es erreichte ihre Augen nicht.

Sam starrte sie fassungslos an. Er fühlte alten Jähzorn in sich aufsteigen und hätte nichts lieber getan, als die Frau anzubrüllen und gegen die Wand zu drücken, bis sie ihm endlich zuhörte.

Aber was hatte er schon zu sagen? Was sollte er sagen, ohne sich selbst zu verraten? So weit ging die neuerkannte Nächstenliebe dann doch nicht.

Die Luke öffnete sich mit einem Zischen. Sam hielt die Luft an und machte sich auf ein blutiges Szenario gefasst. Aber nichts dergleichen geschah. Lorena erschien und scherzte mit ihrer Begleitung. Feuerrote Haare und smaragdgrüne Augen, die sich einmal fast in sein Herz gestohlen hatten, tauchten in seinem Blickfeld auf.

Liv. Es war Liv.

Sie fing ihn mit ihrem Blick ein, die Lippen zu einem erfreuten Lächeln verzogen. Schauspielern konnte sie schon immer perfekt. Doch er erkannte das wissende Zucken ihrer Mundwinkel.

Sam machte auf dem Absatz kehrt. Sie schickten Liv. Das war grausamer als ein Arsenal Söldner. Er musste … ja, was? Max warnen? Aber wie? Er rannte los, achtete diesmal nicht auf die Richtung und doch lenkte ihn sein Unterbewusstsein zu dem Büro, von dem er vor einigen Minuten erst ähnlich überstürzt davongeeilt war.

»Max!«, rief er und stolperte hinein.

Sein Pate sprang erschrocken auf. »Was ist passiert?«

»Ich ... ich kenne sie«, gestand er und schnaufte.

»Unseren Neuzugang? Wirklich?«

»Ihr müsst sie fortschicken, sie darf nicht hier sein. Das bringt nur Probleme.«

Max lächelte und kam zu ihm, legte ihm beide Hände auf die Schultern. »Sam, ich verstehe, dass deine Vergangenheit hart war, und vielleicht gehört diese Frau dazu. Aber wir haben doch mal über Chancen gesprochen. Du kannst hier mit ihr alles ins Reine bringen, ihr werdet genug Zeit dafür haben.«

»So meinte ich das nicht ...«

Die Tür öffnete sich erneut, und zwei Männer vom Sicherheitspersonal standen im Eingang.

»Sie hätten sich schon vor zehn Minuten auf dem Observationsdeck einloggen müssen«, sagte einer von ihnen.

Blöder Zeitpunkt! »Kann ich noch dieses Gespräch zu Ende führen?«, bat Sam und blickte seinen Gegenüber flehend an.

Doch der schüttelte den Kopf. »Mach dir keine Sorgen, okay? Wir reden später weiter, wenn du willst.«

Damit war alles gesagt. Sam machte einen Schritt zurück, und als die Sicherheitsleute ihm entgegentraten, vollführte er eine abwehrende Geste. »Kein Grund, hier eine Szene zu machen. Ich gehe ja schon.«

Folgsam trottete er zum Aufzug und seine Wachen mit wenig Abstand hinterher. Wie ein Mahnmal standen sie vor ihm, als die Türen zuglitten und sich der Lift mit einem kaum hörbaren Surren in Bewegung setzte.

Wieder er und die Stille. Der Mond und die Erde. In den letzten Tagen hatte er hier oft über sich und Max nachgedacht. Ein winziger Teil von ihm hatte gehofft, dass die Regierung rasch genug einschritt und die Beweise ernst nahm. Wie sich nun herausstellte, war dies absolutes Wunschdenken gewesen.

Verdammt, er wurde hier genauso weich wie Castus. Er wusste doch, wie die Welt lief. Nichts war gerecht, niemand erhörte verzweifelte Gebete. Statt in Selbstmitleid zu versinken und sich selbst dermaßen auseinanderzunehmen, hätte Sam die Zeit effizienter nutzen müssen, um sich vorzubereiten. Er hätte sich zusammenreißen müssen. Besser, er tat es jetzt. Vielleicht bestand die Möglichkeit, das Schlimmste zu verhindern.

Die Tatsache, dass Liv hier war und Lorena lebte, zeugte immerhin davon, dass seine ehemalige Mitsöldnerin ähnlich Undercover vorgehen wollte wie er. Max war ein hohes Ziel, und so wie Sam, hing auch Liv an ihrem Leben. Sie würde nichts Unüberlegtes tun, sondern sorgfältig planen. Das lag ihr nicht, woraus Sam einen Vorteil ziehen könnte. Mit ihrer Skrupellosigkeit war dafür nicht zu spaßen. Er musste extrem vorsichtig vorgehen.

Vielleicht sollte er sie anlügen. Behaupten, das auf dem Stick wäre nur fake und er würde immer noch hier oben auf den richtigen Moment warten, um Max zu beseitigen. Dass er größer gedacht hätte und alle höheren Positionen vernichten wollte. Mehr Ziele, mehr Planungsnot, mehr Zeit. Und Liv wäre von so einer Unmöglichkeit absolut angefixt, das wusste er.

Sam ging diesmal weiter. Raus auf den transparenten Boden. Er hatte nicht das Gefühl, dass er fiel. Die Spacewalks härteten ihn langsam, aber sicher ab. Irgendwie bereiteten sie ihm Spaß, was jedoch vor allem an Milly lag. Sie war eine Spitzenpartnerin und verstand es, ihn zum Lachen zu bringen.

Als Sam das Ende des Raumes erreicht hatte, legte er sich bäuchlings auf den Boden, das Gesicht seitlich auf die übereinandergelegten Hände gebettet. Es war nicht kalt. Wie überall auf dem Schiff herrschte eine angenehme Atmosphäre, selbst auf dem Fußboden.

Unter ihm war die Mondoberfläche, die Landschaft bot immer wieder etwas Neues für ihn. So öde war sie nicht, die Krater waren wie ein zerklüftetes Narbengeflecht. Er realisierte, wie stark der Mond war, wie er sich stolz und unüberwindbar den Gefahren des Alls stellte. Milly hatte ihm erzählt, dass in der Vergangenheit viele Kometen und Meteore, die die Erde hätten treffen können, von seinem Trabanten abgefangen worden waren. Er war der Schützer der Erde. Was der Mond wohl von dem hielt, was die Menschen taten? Ob er Schmerzen fühlte und Trauer, weil er nicht eingreifen konnte?

Seufzend kam Sam in einen Schneidersitz und lehnte sich mit der Stirn an das Fenster vor ihm. Die Erde ging gerade auf, er sah nur einen winzigen Zipfel blau-weißer Schönheit. Ein Teil von ihm wünschte sich in sein altes Leben zurück, doch der andere wurde mit jedem Tag lauter. Er mochte die Ruhe hier oben, die Zurückgezogenheit. Sam hatte es lange nicht bemerkt, aber ständige Aufmüpfigkeit, andauerndes Infragestellen und immerwährende Skepsis waren sehr anstrengend. Und in vielen Dingen fürchterlich umsonst.

Sollte er wirklich mit dem Feuer spielen? Sollte er wie der Mond werden und alles abfangen, was in Max' Richtung schoss? Ruby würde ihn für solche Gedanken in den Himmel loben. Brachte ihm nur nichts, immerhin war es sein Leben und nicht ihrs. Er musste bestimmen, ob und wie er sich änderte. Seit Inverness hatte er sich nicht mehr derart in einer Schieflage gefühlt – oder er hatte es erfolgreich verdrängt. Er mochte den Sam, der er geworden war. Den harten Kerl. Gleichzeitig war er seiner überdrüssig. Ganz aufgeben musste er ihn sicher nicht, aber es war Zeit für eine Entscheidung.

Zuallererst würde er jedoch mit Liv reden und dann sehen, wohin das führte.

Aktiv nach ihr zu suchen, kam Sam falsch und auffällig vor. Er war sich sicher, dass sie zu ihm kommen würde. Als er jedoch zwei Stunden nach der Zeit auf dem Observationsdeck um die Ecke zu Luke 8 bog, wurde ihm klar, dass seine Lage prekärer war, als er gedacht hatte. Da stand die Feuerkatze, inmitten Sams neuer Freunde. Gerade wickelte sie Troy um den Finger. So was hatte sie schon immer perfekt gekonnt, sogar Sam war mehr als einmal beinah schwach geworden.

Milly drehte sich begeistert um, als Sam nähertrat, und fiel ihm um den Hals. »Guck mal, voll cool! Wir haben noch jemanden ins Team bekommen. Greg ist voll aus dem Häuschen, auch wenn er es nicht so zeigt.«

Der Teamleiter verdrehte die Augen, doch seine Mundwinkel zuckten. »Bleibt abzuwarten, wie sie sich schlägt. Wenn sie nicht kotzt, wäre das schon mal gut.«

Sam verstand diesen Seitenhieb nicht als Beleidigung. Sie hatten sich schon mehr als einmal über seinen ersten Einsatz lustig gemacht.

»Oh, keine Sorge«, antwortete Liv und ließ ihren Blick über Gregs Körper wandern. »Ich kotze nie.«

»Das werden wir ja sehen«, murmelte der und wandte sich zum Umkleideraum. Seine Leute folgten ihm. Troy und Liv bildeten ein Team sowie Milly und Sam. Greg ging mit Zach, welcher ihnen von einem anderen Schweißerteam zugeordnet worden war. Zoe blieb wieder hier, für den Fall der Fälle und um ihre Werte im Auge zu behalten.

Sam ertappte sich dabei, wie er Liv anstarrte, während er in seine Klamotte stieg und Milly um ihn herumschwirrte. Sie ließ sich nicht anmerken, dass sie sich kannten. Katzengleich glitt sie mit ihrem athletischen Körper in den Anzug und hatte nur Augen für Brummi.

»Sie ist hübsch, oder?«, fragte Milly und schenkte ihm einen fragenden Blick.

»Hm? Oh ... ja, sicher«, murmelte er.

Sie sagte daraufhin nichts mehr. Gemeinsam warteten sie darauf, dass sich das Schott öffnete.

Selbstbewusst schritt Liv mit Troy direkt hinter Zach und Greg, während Sam und Milly das Schlusslicht bildeten. Seine frühere Freundin schien überhaupt kein Problem mit den neuen Bedingungen zu haben. Liv besaß für alles ein Talent, und Sam hatte das schon zu oft beneidet.

»Wow, der macht das ja gar nichts aus«, murmelte Milly auf ihrem privaten Partner-Komm-Server, den sie inzwischen benutzen durften.

Sam antwortete nicht und war froh, dass sie sich wenig später ihrer Arbeit widmen konnten. Finn und Cooper brachten eine Platte nach der anderen, und er schaute nur selten auf. Manchmal besah er sich, wie viel sie schon geschafft hatten, seit er hier war, und fragte sich, ob sie jemals fertig werden würden. Das offene Weltall beunruhigte ihn nur noch, wenn er kopfüber stand und unter sich den Mond sah. Das hielt sein Verstand einfach nicht aus. Aber mittlerweile hatten sie sich vorgearbeitet und befanden sich seitlich an der Außenhülle der Arche. Er müsste sich schon sehr verrenken, um den Mond zu sehen. Und wenn er von oben nach unten ging, konnte er sich vorstellen, dass er wie im Film ein Hochhaus herunterkletterte und die Mondlandschaft nur irgendein Fitzelchen Erde war, auf das er zusteuerte.

Dass Milly ansonsten gar nichts mehr sagte, fiel ihm erst nach einer ganzen Weile auf. Sie war sonst munter am Plappern, sie lachten gemeinsam viel und gern. Sam setzte das Schweißgerät ab und sah zu seiner Kumpanin, die konzentriert weiterarbeitete.

»Was ist los?«, fragte er.

Ihre Stimme triefte vor Argwohn. »Was soll schon

los sein?«

»Du bist so still. Eben bist du mir noch um den Hals gefallen.«

Falls Milly mit den Schultern zuckte, konnte er es nicht sehen. Der Anzug verbarg solche minimalen Bewegungen. Jedenfalls antwortete sie nicht.

»Habe ich dir etwas getan?«, wollte er wissen.

Ihr langgezogenes Seufzen ließ das Kommgerät knacken. »Ach, ich mache mir nur Sorgen um dich.«

Sam musste lachen. »Um mich? Wieso denn das?«

»Du bist so seltsam in letzter Zeit. Hier draußen mit mir ist es anders, das weiß ich. Aber so wie du Liv eben angestarrt hast ... Kennst du sie? Hat dein Verhalten mit ihr zu tun? Wusstest du, dass sie kommt?«

Verdammt noch mal ... Milly konnte in ihm lesen wie in einem Buch. Nicht gut.

»Quatsch. Aber sie ist hübsch, hast du ja auch schon festgestellt. Ich glaube, Troy würde sie gern vernaschen.« Vielleicht konnte er mit Klatsch von sich ablenken.

Klappte leider nicht. »Du hattest nicht diesen Blick, den Troy hatte. Der war anders. Nicht fasziniert ... eher lauernd.«

»Können wir einfach das Thema wechseln? Es geht mir gut. Waren deine ersten Wochen auf der Werft nicht ebenfalls turbulent?«

»Mag sein. Trotzdem. Du bist mein Freund, du kannst mit mir reden, egal, was es ist. Wenn du willst, können wir auch mal zusammen eine Observationsstunde machen.« Milly war aufgestanden und visierte ihn direkt an.

Wahnsinn, wie viele Leute sich in der kurzen Zeit

schon Freund nannten und sich für Gespräche anboten. Trotzdem nahm er es Max und Milly sofort ab. Es war wie bei Castus. Liv hingegen ... Sie hatten einiges gemeinsam und doch hatte es immer eine unsichtbare Grenze zwischen ihnen gegeben. Nicht zuletzt war sie für sein Hiersein verantwortlich. Er hatte sie in den letzten Wochen vermisst, verflucht und in manchen kühnen Träumen auch geliebt. Was er für sie fühlte, war pures Chaos. Und Chaos war zerstörerisch.

»Milly, es ist nichts ...«, fing er an.

Zoes Stimme unterbrach ihn. »Genug geredet, ihr Turteltauben. Wenn ihr dabei arbeitet, sage ich ja nichts, aber euer Interkomm leuchtet die ganze Zeit, nur vorwärts bewegt ihr euch nicht.«

»Sorry, Zoe!«, sagte Milly und setzte ihr Schweißgerät wieder an.

Damit war das Gespräch für den Rest des Einsatzes beendet, ganz egal, wie viele Vorstöße Sam unternahm.

Auch nach ihrer Schicht gelang es Sam nicht, den Gesprächsfaden wieder aufzunehmen. Milly hatte einen Schritt auf ihn zugemacht, wie es eine gute Freundin eben tat, und er hatte sie abgewiesen. Er bekam immer mehr das Gefühl, dass seine Fassade, welche er über Jahre hinweg aufgebaut hatte, über ihm zusammenstürzte und dabei Menschen mitnahm, die nichts mit ihm und seiner Vergangenheit zu tun hatten. Was er auch tat, er ließ die im Stich, die ihn brauchten, und folgte nur seinem Ego.

Voller Selbsthass schlurfte Sam zum Quartier, blieb jedoch wie angewurzelt stehen, als er dort eine schlanke Silhouette erblickte. Er wusste ja, sie würde zu ihm kommen. Liv hatte sich rücklings an die Tür gelehnt, die Beine vorn locker überkreuzt. Sanft wippte der Fuß auf und ab, der sie nicht stützte, und ihre Hände waren in den Hosentaschen vergraben. Lässig und cool. So war Liv eben. Doch jetzt, da sie ihn erblickte, bekam sie wieder dieses Katzenhafte, das Sam so lang imponiert hatte.

»Was machst du hier?«, fiel er mit der Tür ins Haus.

»Na, ich besuche dich, Skipper.«

»Lass das«, erwiderte er barsch. »Warum du vor meiner Tür stehst, weiß ich. Ich will wissen, weshalb du hier bist. Auf der Werft.«

Unschuldig blickte sie zu ihm auf, doch ihr Kinn ruckte zu seinem Quartier. »Das sollten wir besser drinnen besprechen.«

Sam gab seinen Code ein und ließ Liv allein aus Selbstschutzgründen den Vortritt. Mittlerweile fand er, dass man den Sträflingen hier oben zu viele Freiheiten gab und nichts gegen das Zusammenrotten von Neulingen getan wurde. Bisher schien es nicht nötig gewesen zu sein, denn bei jedem Häftling, mit dem Sam gesprochen hatte, hatte der Overview-Effekt Wirkung gezeigt. Doch irgendetwas sagte ihm, dass es bei Liv nicht so einfach werden würde. Sie war sturer als er.

Die Feuerkatze ließ sich aufs Bett fallen, ohne die Schuhe auszuziehen, und lehnte sich seufzend an die

Wand. Mit der flachen Hand klopfte sie auf den freien Platz neben sich. Demonstrativ schritt Sam zum Schreibtischstuhl und setzte sich darauf.

»Nicht mal um der alten Zeiten willen?«, fragte Liv und grinste. »Dir hat es doch auch nichts ausgemacht, wenn wir uns aneinander gequetscht Motorradrennen angesehen haben.«

»Ich frage dich jetzt ein letztes Mal. Was willst du hier?«, knurrte Sam.

Mit einem Schlag war das Grinsen fort. Liv konnte ihre Stimmung ebenso abrupt ändern wie eine Katze. »Ich drehe die Frage mal um. Was tust du hier? Auf Kuschelkurs gehen? Däumchen drehen? Zufällig unseren Geldgeber verraten? Sam ... was hast du dir nur dabei gedacht?«

Also hatte er recht. Sie war wegen ihm hier. Er beschloss, zunächst nicht auf ihre Fragen einzugehen, weil er keine Antworten hatte. »Hast du dich absichtlich erwischen lassen?«

Ihre Mundwinkel zuckten. »Klar! Natürlich mit viel Trara, wie sich das gehört. Im Gegensatz zu dir wusste ich jedoch von meinem Glück.«

»Du bist auch die bessere Schauspielerin.« Wenigstens das musste er ihr zugestehen.

»Sind wir jetzt fertig damit, den wichtigen Fragen auszuweichen?«, seufzte Liv und zupfte sich scheinbar verspielt an den Haarspitzen.

»Das mit MiltForge war nicht so geplant«, gab er zu. »Ruby hätte den Stick erst nach der Erledigung meines Auftrages bekommen sollen.«

»Also hast du noch vor, diesen Max umzulegen?« Liv sah ihn abschätzig an.

»Klar«, murrte er, während in seinem Kopf zehntausend Stimmen protestierten.

»Was hindert dich?«

Gute Frage. »Der richtige Zeitpunkt …«

Er erkannte eindeutig, dass Liv ihm nicht glaubte. Sie hatte aufgehört, an ihren Haaren herumzuspielen, und sah ihn mit hochgezogenen Augenbrauen an. »Bist du vielleicht nicht motiviert genug?«

Sam schnaubte. »Ich denke mal, dir hat man mindestens genauso viel Kohle geboten wie mir. Du müsstest wissen, dass man mit so einer Summe erst mal ausgesorgt hat.«

»Erstens beantwortet das meine Frage nicht und zweitens ist deine Annahme falsch.« Sie bleckte die Zähne. »Wir beide, mein Freund, erledigen den Mann gemeinsam. Ich bekomme mein Geld, du dein Leben. Glaub mir, das ist ein perfekter Deal.«

Sam war sprachlos. Er fühlte sich wie ein in die Ecke getriebenes Tier. Von allen möglichen Optionen war das hier die schlimmste. Vielleicht, weil er an so etwas nicht gedacht hatte. Bei einem offensiven Angriff hätte er aktiver reagieren können. Aber das hier … MiltForge spielte gut. Verdammt gut.

Er fragte nicht, ob Liv ihn wirklich töten würde. Im Grunde wusste er die Antwort schon. Allein ihre Abtrünnigkeit auf der Erde, als es um seine Verhaftung gegangen war, war ihm eine Lehre gewesen.

»Wie hat MiltForge es aufgenommen? Den Verrat?«, wollte er wissen, ohne etwas zum Deal an sich zu sagen. Dazu fühlte er sich noch nicht in der Lage. Darüber musste er zuerst nachdenken.

Die Feuerkatze gab die gemütliche Position auf und setzte sich auf den Rand des Bettes. »Nicht gut.«

Sorge machte sich in ihm breit. Etwas zupfte an seinem Verstand, das er bisher noch nicht bedacht hatte. »Hast du was von Castus gehört?«

Liv stand auf und stolzierte auf ihn zu. Zu schnell war sie bei ihm, als dass er zurückweichen konnte. Sie stellte sich auf die Zehenspitzen, ihre Lippen legten sich auf seine. Es war ein süßer Kuss, der dennoch schmerzte. Es war wie Selbstgeißelung mit einer neunschwänzigen Katze – und wie eine kühle Brise an einem heißen Tag. Wie Wolken, die sich vor die brennende Sonne schoben, und wie glühende Kohlen unter den baren Füßen.

Danach trat sie einen Schritt zurück. Ihre Lippen glänzten von dem, was sie eben geteilt hatten. Doch die Worte, die sie bildeten, zogen Sam den Boden unter den Füßen weg.

»Castus ist derjenige, der für deinen Verrat bezahlt hat.«

RUBY

Ruhelos tapste Ruby in der Nacht umher. Um Pan nicht wachzuhalten, war sie irgendwann in ihr eigenes Zelt gegangen. Vorher hatte sie noch den Umweg zu Tevin gemacht und ihn über Pans Begleitung unterrichtet. Nach einem kurzen Zögern hatte er eingewilligt. Danach hatte sie eine Weile vor ihrem Zelt gesessen und zum Mond hinaufgestarrt, die Augen zusammengekniffen, weil sie gedacht hatte, sie könne vielleicht die Werft entdecken. Ob diese einer der Lichtpunkte war? Was Sam wohl gerade machte? Hoffentlich würde sie ihm helfen können.

Seufzend war sie anschließend in ihr Zelt gekrochen und nun lag sie hier und dachte über alles nach, was Tevin und Pan gesagt hatten, stellte es gegenüber und kam einfach zu keiner zufriedenstellenden Lösung. Ja, sie war unfassbar enttäuscht, weil Tevin sie so ins offene Messer hatte laufen lassen. Aber sie verstand mittlerweile, wieso er so gehandelt hatte, auch wenn es ihr sauer aufstieß.

Pans Reaktion konnte sie ebenfalls nachvollziehen und sie fühlte sich mittlerweile nicht mehr ganz so sicher bezüglich der Freundschaft zu Tevin. Pan war bisher nie besitzergreifend oder eifersüchtig gewesen. Bis jetzt. Irgendetwas an dem Staatsmann schien alle seine Alarmglocken läuten lassen, und sie sollte schlau genug sein, das ernst zu nehmen.

Die restlichen Aktivisten im Camp hatten sie glücklicherweise nicht anders behandelt als sonst. Hottie hatte Ruby kurz besucht und ihr sogar angeboten, sie nach Edinburgh zu begleiten. Sie hatte ihm versichert, dass Pan mitkam, und ihn gebeten, auf Crimson aufzupassen. Außerdem hatte sie das Gefühl, es möglichst allein wieder geradebiegen zu müssen. Sie hatte es verbockt und nicht abgewartet. Nicht nachgedacht, wie sie mit den Informationen am besten umzugehen hatte. Sicher wären ihr andere Mittel und Wege eingefallen, um die Hinweise zu verwenden, geschicktere und gewinnbringendere. So war alles verspielt und verpufft, ohne einen größeren Nutzen erzielt zu haben. Sie war ihrem Bruder so viel mehr schuldig als das.

An Sam dachte sie ständig. Sie hatte mal gelesen, dass Kriminelle, die den Klimawandel beschleunigten oder die Maßnahmen sabotierten, die positiv für die Erde waren, zur Werft geschickt wurden, solange es keine dringenden Gründe dagegen gab. Vielleicht sollte man für die ganze MiltForge-Kompanie noch eine zweite Werft bauen – der komplette Haufen gehörte so was von eingesperrt. Allein weil sie Waffen produzierten, weiterhin Wälder rodeten und Wasser dort abzapften, wo es dringend gebraucht wurde.

Firmen wie XFrontier hatten Mühe, mit ihren klimafreundlichen Erfindungen fortzufahren, weil es zu viel Konkurrenz gab. Obwohl sich die Regierung langsam und endlich vom Kapitalismus verabschiedete, weigerten sich Mogule wie Milton Forge, das Feld zu räumen. Und die Regierung war immer noch zu sehr in ihre eigenen Prozesse verstrickt, um schneller Veränderungen herbeizuführen.

Wie man es drehte und wendete: Die Zeit war gegen die Erde. Es ging hier nicht um Pan, Tevin, Sam, die Gaianer oder sie selbst. Es ging um die Menschheit und um das, was sie tun konnten. Mochte sein, dass sie auch egoistische Gründe hatte, nach Edinburgh zu fahren. Doch vor allem wollte sie, dass MiltForge aus dem Nationalpark verschwand und die Beweise gegen die Firma ernst genommen wurden.

Nach vielleicht zwei Stunden Schlaf schreckte Ruby hoch und warf einen Blick nach draußen. Das Camp schlummerte noch, und die Sonne warf am Horizont schon die ersten Strahlen über die Hügel.

Seufzend wühlte Ruby in ihrer Klamottenkiste und stopfte wahllos ein paar Dinge in eine kleine Reisetasche. Für die Fahrt wählte sie eine Jeans und ein grünes Tanktop. Außerdem schlüpfte sie nach einer halben Ewigkeit mal wieder in ihre Chucks und ließ die Sandalen liegen. Komisches Gefühl. In Edinburgh würde sie bestimmt eine richtige Dusche benutzen können. Und in einem ordentlichen Bett schlafen. Sie liebte das Leben im Camp, aber manchen Komfort vermisste sie ab und zu dennoch.

Mit der Tasche in der Hand ging sie zu Pans Zelt und lugte hinein. Weder er noch sein Gepäck waren zu sehen. Sie schaute auch beim Wasserzuber und im Vorratszelt nach ihm. Kein Pan. Ruby versuchte, die aufsteigende Sorge zu unterdrücken, und zog los, um Tevin zu suchen.

Der wartete am Rand des Lagers auf sie. Er rieb sich verschlafen die Augen, nickte ihr aber freundlich zu. »Guten Morgen.«

Ruby erwiderte den Gruß und förderte etwas Pilzcreme und einige Cracker zutage. »Frühstück?«

Sie glaubte, einen angewiderten Ausdruck auf seinem Gesicht zu erkennen. In solchen Momenten fiel ihr auf, wie unterschiedlich ihre Lebensweisen waren. Selbst nach der Zeit, die er im Camp verbracht hatte, schien er sich nicht an das eintönige Essen gewöhnt zu haben. Städter bereiteten sich die Nahrung ganz anders zu als die Gaianer hier über dem Feuer. Dennoch nahm Tevin ihr einen der Cracker ab und tunkte ihn in die Creme. Dann griff er nach ihrer Tasche, was Ruby zum Lächeln brachte. Sie war nicht schwer, trotzdem war sie dankbar für die Geste. Was geschehen war, wurde so wenigstens etwas wettgemacht.

»Ich konnte Pan nicht finden. Hast du ihn gesehen?«

»Vielleicht wartet er am Auto?«, überlegte Tevin.

Ruby glaubte es eigentlich nicht, aber wo sollte er sonst sein? Nervös nickte sie, woraufhin sie wortlos in Richtung Wanderparkplatz schlenderten. Sie kamen auch an dem Lager der Arbeiter vorbei, die in wenigen Stunden mit ihrem Werk fortfahren würden. Die meisten Gaianer hatten ihren Sachen schon gepackt, es blieb nur noch der Abbau der Zelte. Die Leute von MiltForge hatten ihnen das Angebot unterbreitet, den ganzen Kram an die Grenze zum nächsten Grundstück zu karren, und sie hatten es murrend angenommen. Diese offensive Nettigkeit war ein Schlag ins Gesicht, allerdings hätten sie es sonst niemals geschafft, rechtzeitig das Feld zu räumen. Von Sam wusste Ruby, dass die Arbeiter gern mal netter wurden, sobald die Aktivisten klein beigaben, und sie hatte es mehr als einmal selbst erlebt.

Nach einem Fußweg von rund zehn Minuten erreichten sie Tevins Auto. Ruby kannte es schon, denn wenn sie sich verabredet hatten, um neue Pläne zu schmieden, hatte er sie hier abgeholt. Sie waren dann nicht immer bis nach Edinburgh gefahren, sondern hatten es sich auch gern mal im direkten Umland gemütlich gemacht. Die kleinen Siedlungen waren überwiegend verlassen, doch manche hielten sich wacker und freuten sich über jeden Besucher.

Pan war auch hier nicht zu sehen.

»Ich rufe ihn mal an«, sagte Ruby und führte das Handy ans Ohr. Es klingelte einige Male, ohne dass ihr Freund abnahm. »So langsam mache ich mir wirklich Sorgen.«

»Kann es sein, dass er es sich anders überlegt hat?« Tevin kam bekümmert näher.

»Das glaube ich nicht.« Nach allem, was sie am vorigen Abend gesprochen hatten ... Es ergab überhaupt keinen Sinn, dass Pan ausgerechnet jetzt verschwand.

Tevin sah auf die Uhr. »Wir können nicht mehr lange warten. Ich habe einen Termin für uns gemacht.«

»Ich ... ich schaue noch mal nach, vielleicht ist er aufgehalten worden.« Ruby spurtete mit wehenden Locken den Weg zum Camp zurück, befragte diejenigen, die schon wach waren, suchte in jeder Ecke und auch noch mal in seinem Zelt. Nirgends war er zu entdecken. Ruby ging auf die Knie und klappte den Deckel der Kleiderkiste auf. Einige Klamotten und auch seine Reisetasche waren fort. Er war mitsamt Gepäck verschwunden. Aber nicht mit ihr?

Mit pochendem Herzen lief sie zurück zum Parkplatz, wo Tevin immer noch wartete. »Keine Spur von ihm.«

»Warum sollte er sich denn einfach verkrümeln?«

»Keine Ahnung. Die anderen suchen ihn. Ich sollte auch besser hierbleiben.« Rubys Herz war eiskalt vor Sorge.

Tevin war mit wenigen Schritten bei ihr und legte ihr die Hände auf die Schultern. »Hey, ich weiß, dass du dir Gedanken machst. Bestimmt gibt es einen guten Grund, weshalb er gerade nicht hier ist. Aber denk daran, was du in Edinburgh erreichen willst. Die Sache ist für alle wichtig.«

Ruby ließ den Kopf hängen. »Ich weiß.« MiltForge zu überführen, würde allen helfen. Sie musste Vertrauen in ihre Freunde haben, die Pan hoffentlich finden würden. Und wenn sie zurückkam, würde er ihr erklären, was passiert war.

»Setz dich schon mal rein«, schlug Tevin vor, während er den Kofferraum öffnete und ihre Tasche verstaute. Wenig später saßen sie beide drin und das Auto sauste lautlos über den Parkplatz auf den engen Waldweg. Sie würden eine Weile durch die Natur fahren, bevor sie auf eine besser ausgebaute Straße kamen, die zur Autobahn nach Edinburgh führte.

Das Schweigen wurde nach einigen Minuten bedrückend, aber Ruby war gerade einfach nicht nach Reden. Ihr Magen fühlte sich wie ein Eisklumpen an, und es wurde schlimmer, je weiter sie das Camp und ihre vertraute Umgebung hinter sich zurückließ.

Tevin zog mit einer Hand sein Handy aus der Hosentasche hervor. Bisher hatte er diesem nie viel Beachtung geschenkt, wenn sie zusammen unterwegs gewesen waren.

»Erwartest du einen Anruf?«

Statt zu antworten, legte er es nur auf das Armaturenbrett und fuhr stumm weiter.

Nervös rutschte Ruby auf ihrem Sitz herum. Machte sich Tevin auch solche Sorgen oder weshalb war er so wortkarg?

»Ist bei dir alles in Ordnung?«, wollte sie nach weiteren Minuten der Stille wissen.

Der Staatsmann atmete hörbar aus. Sein Telefon vibrierte, aber er ignorierte es. »Ruby ...«, begann er stattdessen, unterbrach sich dann jedoch wieder. »Ach, zum Teufel ...«

Er nahm nun doch das Handy und hielt es an sein Ohr. »Ja, ich bin unterwegs.« Er schenkte ihr ein Lächeln, doch es erreichte seine Augen nicht.

Ruby regte sich darüber auf, dass er ohne Freisprechanlage telefonierte. Unruhig tippte sie selbst auf ihrem Handy herum. Pan reagierte immer noch nicht – weder auf ihre Nachrichten noch auf Anrufe. Sie ertrug diese Ungewissheit einfach nicht. Vielleicht sollten sie besser morgen nach Edinburgh fahren. Gleich, wenn er aufgelegt hatte, würde sie Tevin fragen, ob er sie wieder zurückbrachte.

Der Staatsmann trat wie zum Trotz das Gaspedal durch und schoss die Straße entlang. Sein Gespräch neigte sich offenbar dem Ende zu, denn seine Antworten wurden immer kürzer. Er sah mit einem eisblauen Schimmer in den Augen zu Ruby und nickte. »Okay. Bis dann.« Damit legte er auf.

»Kannst du bitte umdrehen?«, fragte Ruby und war erschrocken darüber, wie schrill ihre Stimme klang.

Tevin schüttelte den Kopf. »Du kannst nicht zurück. Ich muss dir was beichten.«

Ruby unterdrückte das Zittern ihres Körpers so gut es ging, aber das ungute Gefühl breitete sich weiter aus und nahm sie vollends in Besitz. »Was denn?«

»Es wird in Edinburgh kein Gespräch mit der Regierung geben, denn ... ich gehöre nicht mehr dazu.«

Ruby fühlte sich, als hätte man sie mit Eiswasser übergossen. Ihr Magen machte einen Satz, ihr Herz einen schmerzenden Aussetzer. »Du gehörst nicht mehr dazu? Aber der Stick und ...«

Tevin schnitt ihr mit einer Geste das Wort ab. »Ich erkläre es dir. Hör einfach zu, okay? Den Stick habe ich wie versprochen abgegeben. Eigentlich hätte ich ihn verschwinden lassen sollen, MiltForge wollte sich selbst um Sam kümmern.«

»Du arbeitest für MiltForge?«, stieß Ruby aus und unterdrückte ein Würgen. Fieberhaft suchte sie nach einer Möglichkeit, diesem Auto zu entkommen, aber bei voller Fahrt hatte sie keine Chance.

Tevin zog eine schuldbewusste Miene. »Ja. Erst aus absoluter Überzeugung. Doch die Zeit mit dir ... sie hat mich verändert, Ruby. Mich zu einem anderen Mann gemacht. Vorher wollte ich nur Geld und Wohlstand. Ich glaubte nicht daran, dass noch etwas zu retten sei. MiltForge zahlt gut, und ich ... war nicht zufrieden mit dem, was die Regierung tat. Zu viele Beschneidungen, ich war einfach egoistisch. Du warst erst Mittel zum Zweck, ich brauchte Kontakte zu euch Gaianern, um euch zu infiltrieren. Aber ich habe angefangen, deine Sichtweise zu verstehen, mit jedem Treffen ein wenig mehr. Dabei merkte ich, dass ich so nicht weitermachen kann, allerdings ist es nicht so einfach, sich zurückzuziehen, wenn man schon zu tief in alles verwickelt ist. Schließlich ist Sam festgenommen worden. Er hat diesen verdammten Stick in Umlauf gebracht, und du rücktest mehr in den Fokus. Ich habe die Daten trotzdem an die Regierung gegeben, allein für dich. Hab' gehofft, sie würde den Beweisen Glauben schenken. Allerdings ist Milton Forge kein sehr vergebender Mann. Er will Sam und alle Beteiligten zerstören. Also auch dich. Ich musste irgendwas tun.«

»Lass mich raus, Tevin. Bitte!«, flehte Ruby. Sie konnte seinen Anblick nicht mehr ertragen.

Er schüttelte den Kopf. »Ich habe mit MiltForge gebrochen. Nachdem ich den Stick abgeliefert habe, habe ich die ersten Drohanrufe erhalten. Du und ich, wir fahren jetzt nach Edinburgh und klären das. Ich gestehe meine Korruptheit, und du bist aus der Gefahrenzone.«

»Gefahrenzone?«, echote Ruby und bekam das Gefühl, jeden Moment den Kopf zu verlieren.

»Das Camp ... die Arbeiter haben gute Miene zum bösen Spiel gemacht. Ich weiß von einem Freund, dass heute ein Übergriff stattfinden soll. Er hat viel riskiert, um mir das mitzuteilen, weil auch ich dabei eins der Ziele bin. Das eben am Telefon, das war er, wollte wissen, ob wir abhauen konnten. Es tut mir leid, Ruby, aber ich musste uns einfach da rausbringen. Und zwar nur dich und mich. Alles andere wäre zu auffällig gewesen.«

Das war's. Ruby war zu keinen logischen Gedanken mehr fähig. Sie wollte nur zurück zum Camp und ihre Familie warnen. Also tat sie das Erste, was ihr einfiel.

SAM

»Also, Mister Casey«, begann Lisbeth mit ihrer schnarrenden Stimme, die Sam immer wieder an ein strenges Militäroberhaupt erinnerte. »Wird Zeit, dass wir mal Revue passieren lassen, wie es für Sie läuft.«

Unter anderen Umständen hätte Sam sein Missfallen deutlich zur Schau gestellt, aber mittlerweile hatte er sich im Griff. Außerdem hatte er dringendere Sorgen. Liv hatte ihn mit den Nachrichten über Castus' Tod aus den Angeln gehoben, fünfmal auf den Boden gedroschen und ihn dann durch einen Fleischwolf gejagt. Zumindest fühlte es sich so an. Kurzum: Es lief beschissen.

Lisbeth wusste offenbar nicht so recht, wie sie mit einem so wenig widerspenstigen Sam umgehen sollte, denn sie schob sich die absurd pinke Brille zurecht und bedachte ihren Gegenüber mit einem verwunderten Blick. »Nun, wollen Sie zuerst die guten oder die schlechten Nachrichten hören?«

Sam zuckte mit den Schultern.

Lisbeth seufzte. »Man soll ja bekanntlich mit dem Schlechten anfangen, vielleicht muntert Sie das danach Kommende ja wieder auf«, meinte sie und lehnte sich langsam auf ihrem Stuhl zurück. Fehlte nur noch die Katze auf dem Arm oder dass sie ihre Finger in die berüchtigte Rautenposition brachte. Frau Schneider gab wirklich eine hervorragende Autoritätsperson ab.

Sam wandte den Blick ab und fixierte das Tablet der Werftleitung, welches sich noch nicht gesperrt hatte. Ein junger Mann starrte ihm entgegen, es war wohl ein Bewerbungsschreiben. Der Typ schaute durch zwei Brillengläser schüchtern in die Kamera – dunkles, strubbeliges Haar perfektionierte das Bild eines verwirrten Wissenschaftlers. *Jaron Brewster* stand als Name im Kopf des Lebenslaufs. Sam schnaubte und hoffte, dass nicht noch mehr solcher offensichtlichen Waschlappen hier oben beschäftigt waren.

Räuspernd sperrte die Werftleitung das Tablet und sah Sam streng an, der den Blick wieder gehoben hatte. Er wappnete sich gegen das, was ihn jetzt treffen würde, allerdings fühlte er sich emotional ohnehin abgestumpft. Er war voller Trauer und Angst, was seine weniger vorteilhaften Eigenschaften förderte. Ein winziger Teil von ihm wollte jedoch nicht zum Berserker werden. Nicht gerade jetzt.

»Ich habe hier eine Mitteilung der Staatsanwaltschaft«, fuhr Lisbeth fort, und Sam vergrub augenblicklich das Gesicht in den Händen.

Scheiße! Zu früh ... zu früh!

Die Werftleitung sprach unbeirrt weiter: »Offenbar haben Sie etwas an Ihre Schwester geschickt, die versucht hat, MiltForge damit zu belasten. Da Sie ein verurteilter Verbrecher sind, hat sich das Gericht dagegen entschieden, Ihren Dateien zu vertrauen. Sie glauben, dass Sie das nur inszeniert haben und selbst der Drahtzieher verschiedener schrecklicher Taten sind. Ist Ihnen eigentlich klar, dass Sie als Terrorist bezeichnet werden?«

Sam wusste nicht, was ihn härter traf: Dass Ruby keinen Erfolg gehabt hatte oder dass ein Teil von ihm wirklich geglaubt hatte, Milton Forge das Handwerk legen zu können.

Langsam hob er den Kopf. Lisbeth hatte die Brille abgenommen und vor sich auf den Tisch gelegt. Zu seiner Überraschung wurde er nicht etwa anklagend angesehen, sondern besorgt und nahezu freundlich. »Ich für meinen Teil glaube Ihnen. Zwar weiß ich nicht, was für Dateien das waren, aber schon den Versuch, sich mit MiltForge anzulegen, rechne ich Ihnen hoch an.«

»Ist das die gute Nachricht?«, fragte Sam und rieb sich über die Augen.

Ihre Mundwinkel zuckten. »Nein. Doch bevor ich fortfahre, wollte ich mit Ihnen über diese Angelegenheit sprechen. Sie wissen, dass Sie zu mir hätten kommen können?«

Sam lachte auf. »Klar, ich erzähle Ihnen dann einen Schwank aus meinem Leben, wie ich auf die schiefe Bahn geraten und in den Händen von Milton Forge gelandet bin? Ich habe diese Arbeiten viele Jahre freiwillig durchgeführt. Die Idee, den Stick an meine Schwester zu übermitteln, ist aus purem Eigennutz geboren.« Es gab keinen Grund, diesen Teil weiter zu verheimlichen. Den Auftrag bezüglich Max und Livs Pläne verschwieg er. Das würde er selbst regeln, um wenigstens etwas wiedergutzumachen und Castus zu ehren.

»Ich hätte dennoch vorfühlen können. Wenn eine

Umweltaktivistin aufkreuzt, die mit Ihnen verwandt ist ... Es war von vorneherein zum Scheitern verurteilt.«

»Sie hat irgendeinen Kontakt bei der Regierung«, erwiderte Sam achselzuckend.

»Ach? Nun, dann werde ich da noch mal nachbohren. Vielleicht ist er nicht diskret genug vorgegangen«, meinte Lisbeth und setzte ihre Brille wieder auf, um die Zeilen auf dem Tablet eingehender zu studieren.

»Ist doch egal. Weder Sie noch ich können es ändern. Wenn ich der Sündenbock sein soll, bitte sehr. MiltForge wird von der Waffenlobby nach wie vor verehrt und begünstigt, da kommt die Regierung nicht gegen an. Nicht, solange es weiterhin Kriege und Territorialprobleme wegen der Flüchtlingsmassen gibt. Die Lage auf den Britischen Inseln ist ja schon kritisch, aber es gibt Orte, an denen eskaliert die Situation seit Jahren immer mehr. Das ist pures Gold für MiltForge und Gift für XFrontier und alle kleinen Firmen, die auf den grünen Zweig gesprungen sind«, redete er sich in Rage.

»Die Regierung ist nicht alles, und auch die Firmen nicht, wissen Sie? Wir befinden uns an einem Scheideweg. Entweder geht es weiterhin den Bach runter. Selbst das Archenprojekt ist kein Garant für das Überleben der Menschheit. Sehr wohl wird jedoch die Erde, so wie wir sie kennen, enden. Sie hat solche harschen Wandlungen schon oft durchgemacht, sie wird das verkraften. Wir nicht.« Lisbeth beugte sich vor. »Oder wir tun alles dafür, sie wieder zu einem Ort zu formen, an dem die noch vorhandene

Flora und Fauna existieren kann. In der wir uns zwar anpassen müssen, aber in der wir leben können. Bevor überall Anarchie herrscht, muss die Regierung in die richtige Richtung lenken, und das tut sie bereits. Aber auch sie hat Schwächen. Von innen, von außen. Das ist das Problem an Institutionen, da nehme ich keine von aus. Es gibt Fehler. Sie zu finden und auszumerzen, kostet wertvolle Zeit. Dennoch ist es das wert, wenn man die Alternative betrachtet, oder nicht?«

Sam schwieg. Grundsätzlich hatte er sich immer geweigert, wahrhaftig über den Klimawandel und seine Folgen nachzudenken. Man lernte, damit zu leben; kämpfte, verdrängte, verlor oder passte sich an. Er hatte sich spätestens nach Inverness für das Verdrängen entschieden und war lange bestens damit gefahren.

»Ist XFrontier so viel besser? Woher stammen denn die ganzen Rohstoffe für den Archenbau? Sie beuten die Erde doch genauso aus, oder nicht?«, fragte er schließlich.

Lisbeth schüttelte den Kopf. »Wir beuten das aus, was wir gebaut haben. Verlassene und versunkene Städte, Schrottplätze, Mülllager, Weltraumschrott ... wir recyceln, wenn Sie so wollen. Das haben wir schon beim SkyTransit und bei der FTL gemacht. Und wir haben die Mondwerft, außerhalb der Erdatmosphäre. Was wir hier tun, fällt nicht auf unsere Heimat zurück.«

»Es braucht also einfach mehr innovative Ideen und kluge Köpfe?«, fragte Sam skeptisch.

»Nein, damit ist es nicht getan. Es braucht auch

den richtigen Zeitpunkt und den Willen, etwas zu ändern. Wir hätten all das bauen können, ohne dass es jemandem nutzt oder jemand daran glaubt. Das wäre ein Indiz gewesen, dass die Menschheit aufgegeben hat. Hat sie aber nicht. Das sieht man ebenfalls an der Gaia-Bewegung, die stetig wächst. Wenn es so weiterläuft, übertrumpfen die Gaianer bald alle Klimaskeptiker und Kriegstreiber.«

Sam ließ die Schultern hängen. Seine alten Überzeugungen ließen ihn nicht los und die besagten nach wie vor, dass sich ein Kampf nicht mehr lohnte. »Es scheint alles so aussichtslos zu sein. Wie soll man so etwas Großes noch aufhalten? Warum sollten wir besser sein als unsere Vorfahren?«

Lisbeth sah ihn lange an, bevor sie antwortete: »Wir haben keine andere Wahl, als besser zu sein. Sonst gehen wir unter. Man darf nie vergessen, dass wichtige Schritte bereits unternommen wurden. Dass es Erfolge gibt. Wir dürfen uns nicht nur auf die schlechten Nachrichten stürzen, sondern müssen aktiv nach den guten suchen und selbst für solche sorgen.«

Sam schwieg, tat die Worte aber nicht ab. Sie berührten etwas in ihm.

»Und deshalb«, fuhr Lisbeth fort, »kommen wir jetzt auch zum positiven Teil unseres Gesprächs.« Sie schwärmte davon, dass Greg und sein Team kaum noch auf ihn verzichten wollten. Wie begeistert Max von ihm war und ihn und sein Verhalten in höchsten Tönen lobte. Es stimmte, die erfreulichen Dinge zum Schluss zu hören, gab Sam Auftrieb. Seine Lage war nach wie vor aussichtslos, aber zumindest hatte er das Gefühl, hier oben echte Freunde zu haben.

Mit der Beschwingtheit war es allerdings schlagartig vorbei, als Sam das Büro der Werftleitung hinter sich ließ und mit knurrendem Magen zum Speisesaal lief. Er hatte sich gerade einen Teller voll *Brei des Tages* geschnappt und zu den Tischen gedreht, da registrierte er im Augenwinkel eine Bewegung.

Liv. Sie saß allein und winkte ihm zu.

Sam musste jegliche vorhandene Willenskraft aufbringen, um auf sie zuzugehen. »Hey«, begrüßte er sie und stellte den Teller ab. Sie zu ignorieren, hätte keinen Sinn gemacht. Entweder sie hätte sich umstandslos zu ihm gesetzt oder MiltForge berichtet, wie unkooperativ er war. Und dann wäre er tot. Noch hing Sam an seinem Leben, egal, wie wertlos er es mittlerweile fand.

»Es wird Zeit, dass wir mal so richtig reden, meinst du nicht?«, fragte sie ihn und lächelte.

»Klar. Hier in der Kantine. Wo jeder zuhören kann und dein Bodyguard namens Troy wahrscheinlich auch gleich auftaucht.« Wütend stopfte sich Sam einen Löffel voll Brei in den Mund.

Sie winkte ab und lächelte anzüglich. »Um den musst du dir keine Sorgen machen. Der schläft noch.«

Sams Herz schmerzte, und er verbrannte sich beim nächsten Bissen absichtlich die Zunge. »Aha. Schön für euch.«

»Also, erzählst du mir jetzt, wie weit du mit deinen Planungen bist?«

Er seufzte langgezogen und sah sich um. Die umliegenden Tische waren frei, und es war kaum etwas los. Entweder die Leute schliefen noch oder schleppten sich schon zum Schichtdienst. Solange sie nicht zu konkret wurden, war es wohl in Ordnung, darüber zu sprechen. Wenn die Räume hier verwanzt wären, hätte Sam das sicher längst mitbekommen, spätestens nach seinem ersten Gespräch mit Liv.

Langsam beugte sich Sam vor und sprach so leise wie möglich. »Ich habe noch nicht jeden Bereich der Werft erkundet. Tote Winkel ohne Kameraeinblick wären optimal. Hab' sogar daran gedacht, eine der Luken zu benutzen. Könnte man wie einen Unfall beim Spacewalk aussehen lassen.« Die Worte kamen mit deutlichem Widerstand aus seinem Mund, und er hasste sich dafür. Dass er sie dennoch aussprach und dass er diesen Widerstand überhaupt entwickelt hatte.

Liv streckte den Arm über den Tisch und verwuschelte ihm das Haar. »Dein Erfindungsreichtum hat mir schon immer gefallen.«

In Wahrheit war sie es, die mit den verrücktesten Ideen aufwartete, und das wusste sie genau. Das vermeintliche Kompliment ging trotzdem runter wie Öl. Sehr heißes Öl, das Sams Lunge in Brand setzte.

Er hustete und klammerte sich an seinen Löffel. »Er macht aber keine Spacewalks.«

Die Feuerkatze zuckte mit den Schultern. »Kann man trotzdem mal im Hinterkopf behalten. Und sonst?«

»Er schreibt Tagebuch. Wollte es ihm mal stibitzen und schauen, was ich über seinen Tagesablauf herausfinde.« Sam knirschte mit den Zähnen und labte sich an der folgenden Gänsehaut. Er war widerwärtig, weil er derartige Geheimnisse verriet.

Liv lachte laut. »Ich denke, das können wir vernachlässigen. Der Mann ist ein offenes Buch. Du willst doch nur schlüpfrige Details. Was er mit der süßen Lorena im Bett anstellt und so, hm?«

Er schwieg.

»Gibt's hier Waffen?«

»Die Wachen haben welche«, presste Sam hervor. Sie ließen die Häftlinge zwar in Ruhe, aber es gab sichtbare und regelmäßige Patrouillen durch die Werft und auch die Quartiere wurden immer wieder durchsucht.

Liv trommelte mit den Fingern auf dem Tisch. »Dann muss es ja irgendwo ein Depot oder so geben.«

»Das ist mit Sicherheit ebenfalls videoüberwacht. Ich hänge an meinem Leben, wie du weißt.«

Sacht nickte die Rothaarige. »Wir könnten die Waffenbeschaffung abschieben. Troy ist mir absolut hörig, sicher tut er mir einen Gefallen. Ist dann zwar sein Pech, aber wir wären fein raus, sobald es an die Ermittlungen geht.«

Sam schnappte nach Luft und warf seinen Löffel in den Brei. »Wir ziehen keine Unschuldigen mit rein!«

Sie blickte ihm völlig unbeeindruckt entgegen. »Wer ist heutzutage schon unschuldig?«, fragte sie und grinste breit. »Ist doch egal. Hauptsache, wir sind raus, oder? Du hast dir früher bereits die Hände

schmutzig gemacht. Auch mit Blut. Warum zögerst
du jetzt?«

Sollte er einen Vorstoß wagen? Anklingen lassen,
dass sich sein Selbst im Wandel befand, seit er hier
war? »Du warst doch schon auf dem Observationsdeck, oder?«

»Jepp«, erwiderte sie.

»Und?«

»Was, und? Ein Haufen Sterne, eine langweilige
Einöde und eine kleine, verlorene Murmel.« Sie zuckte mit den Schultern. »Die Erde sieht genauso hilflos
aus, wie sie ist. Troy hat mir das mit dem Overview-
Effekt und so erklärt, aber ganz ehrlich? Bei mir
bewirkt es vor allem, dass ich nicht mehr zurückwill.
Wusstest du, dass MiltForge das Archenprojekt übernehmen möchte? Die Plätze bekommen natürlich die
Höchstbietenden. Und so mancher Helfershelfer. Das
ist meine Belohnung.« Ein Grinsen spaltete ihr
Gesicht, und Sam hätte am liebsten reingeschlagen.

»Deshalb wollen sie das Ganze hier sabotieren?«,
fragte er mit deutlichem Schock in der Stimme.

»Sie erhoffen sich ausbrechendes Chaos, wenn wir
unser Ziel erledigt haben. Ein perfekter Zeitpunkt,
um nach der Macht zu greifen. Hab' mich eh schon
gefragt, wann sie den SkyTransit übernehmen.«

Sam traute seinen Ohren nicht. Das war doch absoluter Wahnsinn. MiltForge wollte die Macht ergreifen? Das Ruder komplett herumreißen? Er dachte an
das Gespräch mit Lisbeth, an den Scheideweg, von
dem sie gesprochen hatte. Diese Metapher traf wohl
stärker zu, als ihnen beiden zu dem Zeitpunkt
bewusst gewesen war.

»Also, dann machen wir es so, oder? Ich überrede Troy, in die Waffenkammer einzubrechen, und bis es so weit ist, finden wir heraus, wo ein brauchbarer Ort für den Anschlag wäre.« Liv stand auf. »Ich überlasse es dir, Max dorthin zu locken. Den Rest übernehme ich, keine Sorge. Wir sehen uns, Skipper.«

Damit war sie fort. Eine Weile lang blieb noch ihr Duft, hüllte Sam ein und ließ ihn wortlos zurück.

Inzwischen kannte er das Observationsdeck so gut wie die Sorgenfalten in seinem Gesicht. Er setzte sich im Schneidersitz auf den Boden und fühlte sich dabei wie Buddha, nur dass seine Erleuchtung noch ausstand.

Sam zwang sich, seine Gedanken zu sortieren. Anders würde er nie Herr über sich und seine Gefühle, seine Entwicklung werden. Nach wie vor fühlte er sich wie ein auseinandergerupftes Huhn, das nicht mehr wusste, wo es herkam und wofür es da war. Zur Schlachtbank wollte er sich jedenfalls nicht führen lassen.

Am wichtigsten war die Frage, wie er zu Max stand. Das war der ausschlaggebende Punkt. Wenn er hier Klarheit erlangte, würde ihn das auf den richtigen Weg bringen, wie er mit Liv und seinem Auftrag umgehen sollte. Dass er nun als Terrorist galt und womöglich länger bleiben musste, störte ihn kaum. Ein Teil von ihm hoffte außerdem, dass es ihm gelang, das richtigzustellen.

Diese Tatsache brachte das Kartenhaus zum

Einstürzen. Sam wehrte sich gegen MiltForge. Er wollte aussteigen. Nicht mehr nur aus Rache oder als Plan B, auch nicht ausschließlich wegen dem, was mit Castus passiert war. Sondern weil er zu der Überzeugung oder vielmehr der Einsicht gekommen war, dass diese Firma einen falschen Pfad beschritt und zu viele Menschen mit sich zog. Aus dem einzigen Grund, Profit zu machen. Aus dem Grund, weshalb sich Sam den Söldnern angeschlossen hatte. Für einen schönen Lebensabend. Ein bisschen Luxus kurz vor dem Weltuntergang. Diese Aussicht beflügelte erschreckend viele Menschen.

Wenn er sich wehren wollte, musste er seinen Auftrag boykottieren. Aber vorsichtig. Er konnte nicht einfach umherrennen und allen davon erzählen. Liv war zu raffiniert und zu temperamentvoll. Sie erledigten gemeinsame Spacewalks, bei denen sich genug Möglichkeiten boten, es ihm heimzuzahlen. Und an seinem Leben hing Sam immer noch. Wenn man sie festnahm, würde sie sich wehren. Er hatte keine Ahnung, was die Wachen hier so drauf hatten, aber er wollte nicht riskieren, dass plötzlich ein Kampf losbrach und Unschuldige zu Schaden kamen. Eine Weile sollte er sie also noch in dem Glauben lassen, er wäre MiltForge weiterhin treu.

Lisbeth hatte schon deutlich gemacht, dass sie ihm glaubte, und er hatte es indirekt als Unterstützung verstanden. Vielleicht sollte er zuerst mit ihr darüber sprechen. Max davon zu erzählen, war vermutlich keine gute Idee.

Max – eigentlich hätte das Entknoten seiner Gedanken mit ihm anfangen sollen. Doch es schien,

als würde sich Sam weigern, über das Band nachzudenken, das sie miteinander verknüpfte. Sie
verstanden sich bestens, auch wenn Sam ihn im
Geheimen immer einen Sesselpupser nennen würde.
Er hatte ihm Dinge erzählt, die außer Ruby niemand
wusste. Max hatte ihn von Anfang an ohne Vorbehalte
aufgenommen und sich um ihn gekümmert. War ihm
selbst dann nicht aus dem Weg gegangen, als sich
Sam wie das letzte Arschloch benommen hatte. Max
war ein Freund. Und Freunde tötete man nicht.

Sam japste, als sich der Knoten in seiner Brust
endlich, endlich löste. Er kam auf die Knie und sog
gierig die Luft ein, während in seinem Körper
Tausende Gefühle durcheinanderpurzelten. Hatte sich
Buddha auch so gefühlt? Endlich war alles an Ort und
Stelle gerückt, ergab einen Sinn für Sam. Ihm war
bewusst, dass es nicht einfach werden würde. Immer
noch war er der Anziehungskraft der Feuerkatze
erlegen, und ein Teil von ihm liebte diese Frau weiterhin auf eine selbstzerstörerische Weise. Aber der
Verrat saß zu tief und sein Herz würde eher in Scher-
ben zerspringen, wenn er Max verlor, als wenn er mit
Liv brach. Wenigstens würden dann alle leben. Alle
außer Castus.

Beflügelt stand Sam auf und schritt zu den Fenstern. Seine flache Hand legte er genau dorthin, wo
sich parallel von ihm die Erde befand.

»Danke«, flüsterte er mit einem Lächeln auf den
Lippen.

SAM

Ein letztes Mal noch, dachte Sam, als er Max gegenüber Platz nahm. Er war noch nicht bei Lisbeth gewesen, versuchte derzeit, sich die Worte zurechtzulegen und bei Liv einen auf Komplizen zu machen. Gestern hatten sie in der Nähe der Werkstätten eine Stelle entdeckt, die keinen Kameraeinblick gewährte. Es war riskant, weil es zu jeder Uhrzeit viel Betrieb gab, dennoch fand Liv, dass sie nicht weiter warten sollten. Troy würde eine Waffe besorgen, und dann fehlte nur noch Sams Einsatz mit dem Hinterhalt. Zuvor würde er sich der Werftleitung anvertrauen, also am besten besser heute als morgen. Doch vorher wollte er ein letztes freundschaftliches Gespräch mit seinem Paten genießen. Denn es stand außer Frage, dass sich nach der Beichte einiges ändern würde und das nicht unbedingt ausschließlich zum Guten.

»Hey, was ist los?«, fragte Max und hob eine Augenbraue.

Ertappt blickte Sam auf und kratzte sich am Kopf. »Ähm ... nichts?«

»Komm schon, dein grumpy Face kann ich inzwischen ganz gut deuten. Irgendwas liegt dem armen Sam auf der Seele. Erzähl mal!«

Sams Mundwinkel zuckten, aber er schüttelte trotzdem den Kopf.

»Dann rate ich. Geht es um Ruby?« Max nahm einen Schluck Wasser aus einem Glas und sah sein Gegenüber aufmerksam an.

Dankbar für eine Ausrede, nickte Sam zögernd. »Ich frage mich, wie es ihr geht. Immerhin habe ich nichts mehr von ihr gehört.« Und garantiert machte ihr der Fehlschlag mit dem Stick zu schaffen.

»Vielleicht solltest du ihr eine Nachricht schicken«, schlug Max vor.

»Ja … aber … noch nicht. Ich weiß nicht, was ich ihr sagen soll.«

Sein Pate lächelte aufmunternd. »Du bist doch sonst nie um Worte verlegen, also wird dir schon etwas einfallen. Sag einfach Bescheid, wenn du zur Kommunikationszentrale willst, dann begleite ich dich. Ich kann mir vorstellen, dass das angenehmer für dich ist, als wenn jemand Fremdes zuhört.«

Sam nickte schweigend. Das lief nicht sehr gut, wenn man bedachte, dass dies ein Gespräch werden sollte, wie er es sich vorgestellt hatte. Einseitig war es, weil sich Sam zu wenig einbrachte, und je länger er so war, desto mehr Verdacht würde Max schöpfen. In ein paar Stunden würde sein Freund bodenlose Enttäuschung fühlen, und allein der Gedanke daran trieb Sam die Luft aus den Lungen. Er hatte schon Ruby enttäuscht und es tat ihm in der Seele weh, das auch noch Max anzutun.

»Sag mal … was glaubst du, warum wir nicht früher etwas gegen den Klimawandel getan haben?«, fragte er, um ein neues Gesprächsthema zu finden und sich noch einmal daran zu erinnern, weshalb er das hier überhaupt tat.

Überrascht blickte Max ihn an. »Ich befürchte, es war lange einfach zu abstrakt für die Leute. Wir Menschen reagieren eher auf direkte Bedrohungen, wie Kriege, Pandemien oder Hungersnöte. Der Klimawandel kam schleichend, und vor allem gut situierte Länder haben kaum etwas davon gespürt. Trotz Dürren gab es dort genug Trinkwasser und Nahrung. Trotz Hitzewellen genug Schutz und Kühle. Stürme waren nur für bestimmte Länder gefährlich, die teilweise schon daran gewöhnt waren. Und Wald- oder Torfbrände wie im Amazonas-Gebiet oder in Alaska waren auch zu weit weg für viele.«

»Genau wie das Artensterben. Solange es uns nicht betrifft, ist es uns egal, wenn Massensterben vor unserer Nase stattfindet?«

Max nickte. »Mag sein, dass die Menschen die Letzten sind, die dran glauben müssen. Und wir selbst konnten uns ja auch nur aufschwingen, weil es Artensterben gab. Es ist ein natürlicher Lauf der Dinge, nur ist hier der Unterschied, dass wir bedeutend zum Klimawandel beigetragen haben. Wir haben die Zeit, die wir eigentlich gehabt hätten, wesentlich verkürzt.«

»Ich glaube, viele Menschen haben nichts dagegen getan, weil sie nicht wussten, wie«, überlegte Sam.

»Es war sicher lange so, dass man nur temporär etwas getan hat. Ich vergleiche es gern hiermit: Wenn jemand im näheren Umfeld Krebs bekommt, hat man selbst sofort Angst, dass es einen ebenfalls trifft. Diese Angst ist immer unterschwellig da, doch bestreiten wir unseren Alltag normal weiter. Trifft eine solche Hiobsbotschaft ein, fühlen wir uns unmittelbar bedroht, rennen zu Ärzten oder beäugen unseren Körper kritisch. So ist es mit dem Klimawandel. Brennt ein Wald? Spenden wir für tausend neue

Bäume. Lesen wir von Plastikablagerungen im Meer und toten Korallenriffen? Schreiben wir uns einmalig für eine Müllsammelaktion am nächsten Strand ein. Das, was unsere Vorfahren getan haben, war selten dauerhaft. Zusammenschlüsse wie die Gaia-Bewegung haben mehr Stimmen. Doch wo die Menschen wirklich hinschauen, ist zu den Machthabern. Der Politik und teilweise auch den großen Konzernen. Was tun die, um Schlimmes zu verhindern? Nehmen sie es ernst? Und wenn nicht, sollten wir dann selbst das Ruder in die Hand nehmen?« Max nahm einen weiteren Schluck Wasser, während er seine Worte wirken ließ.

»Die Regierung hat das immerhin geschnallt und sich zusammengeschlossen«, meinte Sam.

Sein Gegenüber nickte. »Es wird nie die perfekte Lösung geben. Wir müssen jetzt mit dem klarkommen, was die vor uns übrig gelassen haben. Aber es gibt Hoffnung – für die Menschen und für das Leben, das noch existiert.«

»Und die Hoffnung soll man bekanntlich nie aufgeben, nicht wahr?«

Max lachte. »Dass ich diese Worte mal aus deinem Mund höre!« Er prostete ihm zu. »Und jetzt verrate mir, warum du ausgerechnet darüber mit mir reden wolltest.«

Sam zuckte mit den Schultern. »Kam mir so in den Sinn. Ich habe einfach lange nicht daran geglaubt, dass wir Menschen schützenswert sind. Vielleicht sollten wir verschwinden, wenn wir so viel kaputtmachen.«

»Diesen Gedankengang kann ich sogar verstehen,

doch eine Antwort habe ich nicht darauf. Wir Menschen kämpfen für unser Leben, das haben wir schon immer getan. Sicher ist es evolutionsbedingt, schließlich trägt jedes Lebewesen einen gewissen Selbsterhaltungstrieb in sich. Doch das Leben ist auch ein Wunder. Dass wir existieren, ist ein Wunder. Und Wunder müssen erhalten bleiben.«

Das Gespräch hatte in einer Umarmung geendet. Es hatte gutgetan, auch wenn es ihm die Seele zerschnitten hatte, zu wissen, dass Max ihn bald anders sehen würde. Mürrisch schritt Sam jetzt den Gang entlang, zu Lisbeth, um diesem ganzen Theater endlich ein Ende zu bereiten.

Liv trat aus einem Seitengang, die Hände lässig in den Hosentaschen versteckt und mit einem wissenden Grinsen im Gesicht. »Skipper, wohin des Weges?«

»Spionierst du mir nach oder warum tauchst du so plötzlich überall auf, wo ich bin?«, knurrte Sam mit pochendem Herzen.

»Du lässt mir ja kaum eine andere Wahl«, hielt die Feuerkatze dagegen und lehnte sich gegen die Wand. »Du scharwenzelst fast pausenlos um diesen Max herum, da fragt man sich schon, ob du auf einer professionellen Ebene bleibst. Troy hat mir erzählt, wie viel du von dem Typ hältst.«

»Ja, damit er keinen Verdacht schöpft. Du müsstest dich doch bestens mit so was auskennen. Immerhin hast du auch einen auf Freundin gemacht, bevor du mich verraten hast.«

Selbst das ließ ihr Grinsen nicht bröckeln. »Ja, aber ich bin nicht du, Sam. Du bist viel zu verbohrt, um Vertrautheit zuzulassen, und wenn du es tust, dann weil du jemanden wirklich schätzt. So wie Castus. Oder mich.« Sie trat näher, bis sich ihre Körper fast berührten. »Oder Max.«

Sam unterdrückte den wilden Drang, Liv gegen die Wand zu pressen und ihren unverschämten Mund mit seinem zu verschließen – oder sie an Ort und Stelle in den Boden zu stampfen. Er wurde solch widersprüchlichen Empfindungen für diese Frau langsam überdrüssig.

»Was willst du?«, knurrte er.

»Ich will ...«, ihre Finger wanderten sanft über seine Brust, »dass du endlich das tust, wofür du hierhergeschickt wurdest. Damit MiltForge übernehmen und wir unseren Platz auf einer der Archen einnehmen können. Du willst mich doch begleiten, oder?« Verheißungsvoll leuchteten ihre roten Lippen im Dämmerlicht des Ganges, aber alles, an das Sam denken konnte, war, was geschehen würde, wenn MiltForge das Projekt kaperte. An die Gespräche mit Max und Lisbeth. An Milly und Lorena. An Greg und die Spacewalks. Und an die Erde.

Nein, nur für eine ungesunde Liebe oder körperliches Verlangen würde er niemals all dem den Rücken kehren. Er musste zu Lisbeth und ihr alles erzählen, nur dann konnte es ein gutes Ende nehmen. Wortlos brachte er mit großen Schritten Abstand zwischen sich und die Feuerkatze.

»Geh mir aus dem Weg«, forderte er.

Sie schnalzte mit der Zunge. »Muss ich dir wirklich noch mehr Motivation geben als dein eigenes Leben?«

Sam knirschte mit den Zähnen und machte sich daran, die Frau zu umrunden und stehen zu lassen. Sollte sie doch reden.

»Deine Schwester ... Wie heißt sie noch mal?«, fragte Liv mit zuckersüßer Stimme.

Er erstarrte und wandte sich halb wieder um. »Was hat sie damit zu tun?«

»Wann hast du das letzte Mal von ihr gehört? Weißt du, dein Verrat hat so einige Steine ins Rollen gebracht. MiltForge sieht in der Gaia-Bewegung eine größere Bedrohung als zuvor. Und dieser Kontakt von ihr, bei der Regierung ... nun, ich würde mich nicht darauf verlassen, dass er so vertrauenswürdig ist.«

Sie hatte Sams volle Aufmerksamkeit. Die Augen zu Schlitzen verengt, fokussierte er sie, die Hände hatte er zu Fäusten geballt. »Und das heißt?«

»Du hast schon mal schneller begriffen. Mit Milton Forge legt man sich nicht an und jetzt ist er richtig sauer. Ich habe ihm gleich gesagt, er solle besser gleich mich hier hochschicken, aber er hat es immer bewundert, dass du dem Weg des Söldners trotz deiner Schwester folgst, und wollte das belohnen. Stattdessen winkt jetzt eine Strafe. Alle bekannten Lager der Gaianer werden ausgeräuchert. Das, was wir bisher getan haben, ist dagegen ein Kindergeburtstag. Du hast es Castus zu verdanken, dass wir wissen, wo deine Schwester ist. Er hat uns, ganz unbedarft, direkt zu ihr geführt.«

Mit schnellen Schritten war er bei ihr, packte sie an

den Schultern und drückte sie rücklings gegen die Wand. Allerdings nicht, um sie wie in seiner Fantasie zu küssen, sondern um sie wütend anzustarren. »Du hast das die ganze Zeit gewusst und mir nichts gesagt? Wann soll das passieren?«

Tapfer blickte sie ihm entgegen, auch wenn sein fester Griff ihr sicher wehtat. »Das war eine kleine Bonusinformation für dich. Für den Fall, dass du das Ziel aus den Augen verlierst, und das tust du ja gerade.«

»Wann?«, herrschte er sie an und schüttelte sie.

»Keine Ahnung. Könnte alles schon gelaufen sein.«

»Ich muss sie warnen ...«, wisperte Sam und ließ von der Feuerkatze ab, wich zurück.

Liv griff nach seinem Arm. »Das kann ich nicht zulassen, und das weißt du. Entweder wir erledigen Max, und zwar sofort, oder du siehst deine Schwester nie wieder.«

Er versuchte, sich loszureißen, doch ihr Griff war eisern. Sie sah klein und zierlich aus, aber er wusste aus eigener Erfahrung, wie kräftig sie war. Kräftig, ausdauernd und gewitzt. Im direkten Kampf würden sie sich ebenbürtig sein.

Doch er konnte nur an Ruby denken und daran, wie wenig er Livs Worten vertraute. Jetzt noch die Sache mit Max durchzuziehen, würde Zeit kosten, die seine Schwester womöglich nicht hatte. Zudem weigerte sich einfach alles in ihm, diesen Weg zu gehen. Max war wichtig für das Projekt, selbst Lisbeth hatte mehrfach betont, dass es allein seinem Organisationstalent zu verdanken war, dass sie überhaupt hier standen. Außerdem schätzte man ihn hier,

Max war der gute Geist dieser Unternehmung. Fällte man diesen Stützpfeiler, würde das Unterfangen in Chaos versinken und MiltForge hätte freie Hand. Um keinen Preis durfte das passieren. Doch war Sam bereit, auch seine Schwester diesem Kampf zu opfern?

»Wenn du mich nicht sofort loslässt, bist du diejenige, die stirbt!«, knurrte er.

»Falsche Antwort!« Mit einem kräftigen Ruck zog Liv ihn zu sich und rammte ihm das Knie ins Gemächt.

Stöhnend ging Sam zu Boden, konnte aber gerade noch einem Schlag ausweichen, der auf sein Gesicht zielte.

»Du willst echt alles für diesen Schnösel opfern? Sogar deine Schwester?«, fragte Liv ungläubig, während sie ihn einmal umrundete.

Sam kämpfte sich wieder auf die Beine. »Ruby ist kein wehrloses, kleines Ding. Und das hier ist größer als wir alle.«

Die Feuerkatze schnaubte. »Dann habe ich jetzt wohl die Ehre, dich aus dem Weg zu räumen. Zu schade. Hatte immer gehofft, wir fänden noch mal zueinander.«

Sam sprang zurück, als Liv nach ihm trat, und preschte vor. Es folgte ein wütendes Gerangel, Blut floss und Gelenke wurden verzerrt. Bis kräftige Hände ihn und Liv voneinander trennten. Einige der Wachen hatten den Tumult bei der Patrouille mitbekommen, Verstärkung geholt und griffen nun ein.

»Sperrt sie weg!«, brüllte Sam und zeigte mit weit aufgerissenen Augen auf seine frühere Gefährtin. »Sie ist eine Gefahr für alle hier.«

»Ihr beide kommt in Einzelhaft«, antwortete eine der Wachen.

»Wartet, ich kann das alles erklären«, begann Sam, doch dann bugsierte man ihn schon durch den Gang. Humpelnd fügte er sich, sein ganzer Körper bestand aus Schmerz. Nur aus dem Augenwinkel sah er Livs selbstgefälliges Grinsen.

Unsanft wurde er auf einen Stuhl gesetzt.

»Kann ich zumindest noch eine Nachricht an meine Schwester schicken?«, fragte er gereizt, während man das Tablet aus seiner Tasche friemelte.

Der Wachmann schüttelte den Kopf. »Zwei Tage absolute Isolation. Ich bringe Ihnen was zu essen, mehr kann ich nicht tun. Wir müssen hier öfter mal Streithähne voneinander trennen, aber Sie beide haben sich ja fast zu Tode geprügelt.«

»Das hatte auch einen Grund. Sie hören mir ja nicht zu! Liv hat etwas vor, und das muss ich verhindern.« Seine Stimme klang überhaupt nicht mehr nach ihm, so hysterisch war er.

»Falls es Sie beruhigt: die Rothaarige wird ebenfalls isoliert. Sie haben jetzt schön viel Zeit, sich zu überlegen, ob Sie Ihren Streit nicht beilegen und wieder an die Arbeit gehen wollen. Also, man sieht sich.« Der Wächter tippte sich kurz an den Armeehelm, dann zog er schon die Tür hinter sich zu.

»Fuck!«, brüllte Sam und schlug mit der Faust gegen die Wand. Den Schmerz spürte er kaum, ihm tat ohnehin alles weh.

Okay, okay ... er sollte sich besser beruhigen. Liv war ebenfalls eingesperrt. Das war gut. Es gab ihm Zeit. Um Max musste er sich keine Sorgen machen, nur um Ruby. Was schon genug war. In zwei Tagen Einsamkeit konnte er sich allerhand Horrorvorstellungen aussetzen, die ihn vollkommen verrückt werden lassen würden.

Unruhig sah sich Sam um. Er war nicht in seinem gemütlichen Quartier, sondern in einer Art Zelle. Um ihn herum war nichts außer sterile Wand. Ein kleines Fenster zeigte nach draußen, damit der Overview-Effekt weiterhin seine Wirkung tun konnte. In der einen Ecke befand sich eine Pritsche, Toilettenschüssel und Waschbecken waren in der anderen. Der Stuhl stand vor dem Eingang, einen Tisch gab es nicht. Da kamen ja wirklich total heimische Gefühle auf.

So langsam rückten die Schmerzen in seinen Fokus. Zeit für eine Bestandsaufnahme. Er betastete sein Gesicht. Hier und da blieben blutige Rückstände auf den Fingern zurück, aber es schien zumindest nichts gebrochen zu sein. Als er das Hemd auszog, entdeckte er einige Schürfwunden und Blutergüsse, mehr würden sicher noch kommen. Sein einziger Trost war, dass er Liv mindestens genauso zugerichtet hatte. Der alte Ehrenkodex, dass man keine Frauen schlug, zählte bei ihr nicht. Wenn man mit einer Feuerkatze wie ihr im Clinch lag und den Schwanz einzog, konnte man sich auch gleich an den nächsten Baum hängen.

Seufzend streckte er sich auf dem Bett aus, ächzte und stöhnte, bis er eine halbwegs passable Liegeposition gefunden hatte. Sich zur Ruhe zu zwingen, war furchtbar schwer. Aber Schlaf war im Augenblick die beste Medizin.

SAM

Niemand kam ihn besuchen außer dem Wachmann. Laut diesem durfte das keiner, obwohl neben Max wohl auch Milly und Greg angefragt hatten. Sogar sein einziger Gesprächspartner, der Wächter (den er Superman getauft hatte), blieb nie für einen längeren Plausch. Er stellte das Essen ab und verschwand wieder. Ein paar Mal hatte Sam mit den Fäusten gegen die Tür getrommelt, doch man hatte ihn nicht erhört. Vielleicht ließ man ihn schlicht verrotten, denn sicher würde auch niemand kommen, wenn etwas Ernsthaftes passierte.

Warum man ihn nicht anhörte, war ihm ein Rätsel. Laut Lisbeth hatte er doch gutes Benehmen vorgezeigt und auch passable Arbeit geleistet. Hatte er durch die Sache mit dem Terroristen und dem Stick wirklich so viel Respekt eingebüßt? Die Werftleitung hatte ihm doch geglaubt. Aber alle, die über ihr saßen, vermutlich nicht.

Sam wusste nicht, wie er die beiden Tage überlebt hatte. Seine Gedanken hatten ständig um Ruby und Max gekreist, er hatte schlecht geträumt und war in einem Zustand unaufhörlicher Panik gewesen. Es war daher wohl kein Wunder, dass er am Ende seiner Einzelhaft Superman beinah umrannte und schnurstracks zum Kommunikationsraum stürzte. Schnaufend kam er dort an. Zwar hatte er versucht, sich mit einigen leichten Fitnessübungen bei Kräften zu halten, aber zwei Tage fast unbeweglich in einer

Zelle zu verbringen, ging dann doch auf die Konstitution.

Sam schnappte sich die junge Frau, die an den Bedienungspulten saß. Es war ihm egal, ob sie gleich Einblicke in seine Abgründe bekommen würde. Er musste zuerst Ruby warnen, dann würde er zu Max gehen, ihm alles sagen und ihn in Sicherheit bringen.

Es dauerte eine gefühlte Ewigkeit, bis die Frau die Einstellungen vorgenommen hatte und ihn schweigend aufforderte, mit seiner Nachricht zu beginnen.

Sam hielt sich mit aller Kraft am Tisch fest, um irgendeinen Ankerpunkt zu haben und nicht vollkommen durchzudrehen. »Ruby!«, schrie er und war über sich selbst erschrocken. Die Panik, die unterschwellig in ihm gewütet hatte, brach sich jetzt Bahn. »Dein Regierungskontakt ist korrupt. Vertrau ihm nicht, in Ordnung? Halte dich von ihm fern. Am besten verlasst ihr euer Lager und zieht euch zurück. MiltForge will euch an den Kragen und diesmal meinen sie es ernst. Bitte melde dich so schnell wie möglich!«

Er nickte der Frau zu, die sichtlich eingeschüchtert von ihm war, und sie drückte auf Senden.

»Keine Sorge, das wird sich gleich alles klären«, sagte er zu ihr und stürzte schon wieder auf den Gang.

Superman war ihm hinterhergerannt und hatte vor der Tür Wache gehalten. »Eigentlich soll ich Sie zur Werftleitung bringen.«

»Keine Zeit! Ich muss zu Max«, ranzte Sam zurück und wandte sich zum Gehen.

Superman kam ihm hinterher. »Sie haben das alles

wirklich so gemeint, was Sie da gefaselt haben?«

Sam schnaubte. »Nein, das habe ich mir nur ausgedacht.«

»Nun, könnte man meinen. Niemand sitzt gern in Einzelhaft!«

Mit den Schultern zuckend hetzte Sam um die nächste Kurve. Gleich! Gleich war er da. Hoffentlich begnügte sich Liv noch damit, ihre Wunden zu lecken. Erst jetzt fiel ihm ein, dass sie garantiert gemeinsam entlassen worden waren. Er beschleunigte seine Schritte so sehr, dass sogar Superman Mühe hatte, mitzuhalten – und der war ein echtes Muskelpaket.

Sam stolperte. Blickte zu Boden. Eiskaltes Entsetzen erfasste ihn.

»Was zum ...«, ertönte Supermans Stimme rau in seinem Rücken.

Ein Wachmann lag vor ihnen – viel zu still, als dass er noch leben könnte. Es war dessen Arm, über den Sam gestolpert war. Ein rötlich glitzerndes Loch zierte seine Stirn, der Helm war ihm weiter den Gang runter vom Kopf gefallen.

Aber dort lag noch jemand. Locken hatten sich über einen beträchtlichen Teil des Bodens ausgefächert. Starre Augen blickten zur Decke. Lorena.

Als der nächste Schuss fiel, stürzte Sam zur Tür, um zu retten, was noch zu retten war.

Der Schuss hallte noch in Sams Ohren nach, als er durch die Tür stürmte. Während er das Büro betrat, folgte bereits der zweite. Liv stand wie eine Rachegöttin im Raum, das Haar war einem Kometenschweif gleich zu einem Zopf gebunden. Hier und da glommen blaue Flecke auf ihrer Haut, und ihre Nase hatte einen krummen Winkel, doch trotzdem war sie so schön wie eh und je. Hinter ihr rutschte ein getroffener Troy die Wand hinab und hielt sich die Wunde am Bauch. Hatte er bemerkt, was er ange-richtet hatte, der liebestolle Saftsack? Hatte er Liv noch aufhalten wollen?

Sams Blick irrte über die Szenerie, bis er endlich Max entdeckte, der durch die Wucht des Schusses auf den Stuhl zurückgeschleudert worden war. Das sonst so makellose Weiß seines Hemdes färbte sich an der Brust zusehends in ein helles Rot, die Lider flatterten und die Hände wanderten kraftlos über die Lehnen, um sich stolz im Sitz zu halten.

Superman erstürmte hinter Sam das Büro, schaltete schneller als sein Begleiter und versuchte, Liv die Waffe zu entwenden.

Katzengleich wich diese dem Angriff aus, bugsierte den Mann mit einem Tritt von sich und schoss. So fiel auch der Dritte im Raum schwerverletzt zu Boden.

Der Lauf zielte auf Sam, doch jetzt zögerte Liv, obwohl sie leichtes Spiel gehabt hätte. »Schön, dass du dich endlich her bequemst.«

»Hau ab«, röchelte Max, wedelte verwirrt mit der Hand und sank dann vornüber auf den Tisch. Der Stuhl rollte nach hinten und hielt ihn nicht länger. Mit einem Rumms polterte Max zu Boden und blieb regungslos dort liegen.

Sam überlegte fieberhaft, was er tun sollte. Er kannte Livs Motivation und hatte begriffen, dass er nicht an ihre Vernunft oder Nächstenliebe appellieren konnte. Die einzige Möglichkeit war, sie schnell zu entwaffnen und auszuknocken. Oder zu hoffen, dass jemand den Tumult mitbekommen hatte und der Spur aus Leichen folgte.

»Du erschießt jeden hier, ohne mit der Wimper zu zucken, außer mich?«, fragte er in dem Versuch, Zeit zu gewinnen.

Liv grinste. »Na ja, du bist mein Ausweg. Ich schiebe dir schön alles in die Schuhe und stelle mich als Opfer dar. Das kann ich besonders gut.« Sie zeigte auf Brummi, dessen Hand von der Wunde abgelassen hatte. Sein Brustkorb bewegte sich nicht mehr auf und ab, zumindest nicht sichtbar. »Und es gibt niemanden mehr, der das Gegenteil bezeugen kann. Unser kleiner Fight vor zwei Tagen kommt mir da echt zugute. So wissen alle, dass du mich angegriffen hast.«

»Was ist mit den Kameraaufnahmen?«, fragte Sam. »Bestimmt ist schon Sicherheitspersonal auf dem Weg hierher.«

Livs Grinsen wurde breiter. »Wenn ich hier fertig bin, habe ich genug Zeit, die Aufnahmen zu vernichten. Mir soll bloß niemand in die Quere kommen.«

Falls Sam noch einen Beweis gebraucht hatte, hier war er. Die Frau war vollkommen verrückt.

Superman versuchte, sich aufzurichten. »Du falsche Schlange«, röchelte er, doch Liv brachte ihn mit einem Kopfschuss zum Schweigen.

Sam stöhnte auf und stolperte vorwärts.

»Egal, was du tust. MiltForge wird sich den Sky-Transit und die Werft unter den Nagel reißen. Die

Starken siegen über die Schwachen, so wie es sein sollte«, erklärte Liv und beobachtete offensichtlich belustigt Sams Qualen.

Er rannte los, blind vor Wut. Die Schmerzen seiner Verletzungen spürte er kaum, durfte sie nicht spüren. Liv zog die Pistole hoch, legte den Finger um den Abzug. Drückte in dem Moment ab, in dem sich Sam auf sie warf. Verfehlte ihn, die Waffe fiel klappernd hinunter.

Gemeinsam landeten sie auf dem Boden, rollten zweimal übereinander, bevor schließlich Sam über seiner ehemaligen Kameradin kauerte. Die Hände schlossen sich um ihren zierlichen Hals. Ihre Smaragdaugen funkelten ihn ungläubig und doch immer noch so verflucht selbstsicher an. Würgend und keuchend strampelte sie unter ihm.

Blitzender, blanker Stahl fuhr in seine Flanke, tief und jegliche Faser durchtrennend, Organe streifend und sich drehend. Einen Schmerzensschrei ausstoßend fiel Sam zur Seite, robbte vorwärts – weg, einfach nur weg.

Gleich würde Liv ihm das Ende bereiten und es würde nicht nur sein eigenes sein.

Er drehte sich schwerfällig, tastete nach der Waffe. Bekam sie zu greifen. Liv war über ihm, das Messer zum letzten Stoß erhoben.

Sam schoss. Ungläubig weiteten sich ihre Augen, bevor sie brachen. Mit dem Oberkörper fiel sie auf seinen. Sam hustete und ließ entkräftet die Pistole los. Sein Sichtfeld flackerte, dann kam gnädige Schwärze.

Wenigstens musste er der Welt nicht mehr beim Untergang zusehen.

RUBY

Als Ruby erwachte, bestand ihr Körper aus flammenden Schmerzen. Ein dumpfes Stöhnen kam über ihre Lippen, als sie sich regte und mit flatternden Lidern die Augen öffnete. Vor ihr erstreckte sich ein Trümmerfeld. Zerbrochenes Glas, zerfetzte Solarplatten und die Reste eines Airbags auf ihrem Schoß. Es dauerte einen Moment, bis sich das Puzzle zusammensetzte. Sie war mit Tevin unterwegs gewesen …

Langsam und vorsichtig wandte sie den Kopf. Jeder Zentimeter schmerzte, aber es war wichtig, dass sie sah, ob er da war.

War er. Mit geschlossenen Augen saß er neben ihr, einige Schrammen auf Stirn und Nase, sonst scheinbar unversehrt. Zumindest äußerlich. Sein Handy war ihm aus den Fingern gerutscht und lag mit schwarzem Display im Fußraum.

»Fuck!«, fluchte Ruby und versuchte, sich abzuschnallen. Nach und nach sickerte in ihren Verstand, was Tevin ihr erzählt hatte und … Sie hielt inne.

Ruby hatte wohl nicht mehr alle Krater auf dem Mond. Dieser Unfall war ihre Schuld, jetzt erinnerte sie sich wieder. Aus lauter Panik hatte sie dem Mann ins Lenkrad gegriffen, sie waren von der Straße abgekommen und dann war es schwarz geworden. Aber es war für sie die einzige Möglichkeit gewesen, den Wagen zu stoppen, denn nichts, was sie gesagt, gebrüllt oder getan hatte, hatte Tevin bewogen, anzuhalten. Ständig hatte er wiederholt, wie leid es ihm tat und dass er sie retten wollte. Dass er den Schock verstehe, aber um keinen Preis umdrehen würde.

Was hätte sie denn tun sollen?

Hustend fiel sie auf den Asphalt. Sie musste hier fort, bevor Tevin aufwachte. Und vor allem durfte sie nicht schlappmachen. Aufstehen, atmen, einen Fuß vor den anderen setzen, im Wald verschwinden. Das war schon mal die halbe Miete.

Sie hielt sich links und rechts an den eng stehenden Baumstämmen fest. Spätestens jetzt machte sich bezahlt, dass sie die nähere Umgebung des Camps gut kannte. Für andere mochte es überall im Wald gleich aussehen, sie wusste jedoch genau, wo sie sich befand. Sie folgte den Findlingen und bäumischen Freunden bis zu einem kleinen, ausgetrockneten Flussbett. Eine uralte Steinbrücke führte darüber. Wie oft hatte sie mit Pan hier gestanden und über ihren Ursprung nachgedacht, wer sie wohl errichtet hatte und wie lange das her war. Was die Probleme der damaligen Leute gewesen waren. Vermutlich die Unabhängigkeit von England. Kriege. Immer gab es Kriege. Doch die Steinbrücke hatte auch diese überlebt.

Vorsichtig überquerte Ruby das Bauwerk und bemühte sich, ruhig zu atmen. Ihr Kopf und Nacken pochten, ihr war übel und ein wenig Blut tropfte auf ihr Tanktop. Forsch wischte sie es weg, krempelte den unteren Bereich ihres Oberteils zusammen und presste es sich auf die Nase. Hoffentlich versiegelte sie damit den Blutstrom. Im Gehen tastete sie nach ihrem Handy, doch fand es nicht. Hatte sie es beim Unfall verloren? Ihre Tasche lag im Kofferraum, sofern der überhaupt noch heil war. Jetzt noch mal auf gut Glück zurückzulaufen, traute sie sich nicht und es würde auch zu viel Zeit kosten. Weiter vorwärts war die Devise, so schnell wie möglich zu ihren Freunden, um sie zu warnen.

Es ging ihr alles zu langsam. Sie versuchte, nicht an Tevin zu denken, doch ein Teil von ihr hatte ein schlechtes Gewissen, ihn so zurückgelassen zu haben. Was, wenn der Angriff auf das Camp schon im Gang war? Sie durfte nicht zu spät kommen, die Sorge um ihre Freunde brachte sie vorwärts. Ruby wusste genau, was anderen Lagern der Gaianer passiert war. Auch, was Sam bereits angerichtet hatte. Ausräucherung, als wären sie ein verdammter Wespenstock. Und Warnschüsse – sie trieben sie umher wie Tiere. Und in ganz üblen Fällen wurden sie einfach über den Haufen geschossen. Ruby würgte, als sie daran dachte, und blieb kurz stehen, bis sie sich wieder gefangen hatte.

Sie waren schon zu weit gefahren, zu weit weg vom Camp. Es dauerte eine halbe Ewigkeit, bis sie endlich in heimischen Gefilden war – noch länger, als es gedauert hätte, wenn sie fit gewesen wäre. Wie eine Schnecke fühlte sie sich, und mit jedem Schritt wurden die Kopfschmerzen grässlicher. Immer wieder musste sie vor Übelkeit Pausen machen oder weil der Schwindel sie übermannte.

Sie durchstreifte den abgeholzten Teil des Waldes. Träumte davon, Baumsetzlinge zu pflanzen, wenn MiltForge hier fertig war. Sie würde nie den Schatten der daraus wachsenden Bäume genießen können, doch alles, was sie bei den Gaianern taten, war für die Zukunft und die nächsten Generationen. Trotzdem zerschnitt es ihre Seele, während sie über den Friedhof wankte.

Sie erstarrte, als sie in der Ferne das Chaos sah. Abgerissene, brennende Zelte. Schreiende Menschen. Bewaffnete Truppen, die mit Gewehren knatterten. Die Schüsse peitschten durch die Luft, viel zu oft gefolgt von Schmerzensschreien. Alle, die fliehen konnten, suchten den Schutz des Waldes, doch bis dahin war es ein weiter Weg, auf dem einen nichts vor willkürlich fliegenden Kugeln schützte. Ein Leichenteppich säumte das schlammige Seeufer.

Wie in Trance taumelte Ruby näher. Sie war zu spät. Mit einem Mal fühlte sie sich müde. So unendlich müde. In ihrem Kopf schrillten die Alarmglocken, doch sie waren zu leise. Ihre Füße bewegten sich automatisch immer weiter in Richtung Herz des Chaos. Sie passierte die ersten Zelte, trat auf Asche und Kleidung, über Arme und Beine hinweg, und blieb schließlich stehen. Die Söldner hatten sie noch nicht bemerkt, waren zu sehr damit beschäftigt, in die Schlafstätten zu kriechen, um zu sehen, ob sich jemand versteckte oder etwas Wertvolles zurückgelassen hatte.

Kurz flackerte Rubys Blick in Richtung Waldrand. Man folgte den Gaianern nicht. Aber es hatten nicht alle geschafft, das war eindeutig.

Ein Ruck ging durch ihren Körper, als jemand nach ihrem Arm griff und sie mit sich zog. Ihr wurde schwarz vor Augen, vor Schmerz und Schwindel.

Schwach wie sie war, ließ sie es einfach geschehen. Sie stellte sich vor, dass es Tevin war, der sich für ihre Tat rächte und sie in eine dunkle Ecke bugsierte. Doch als sie wieder Herrin über ihre Sinne wurde, erkannte sie Pan. Um seinen Nacken lag Crimson, der sich mit aller Macht an seinem Pulli festkrallte und am ganzen Leib zitterte.

Pan ... fast wurden ihre Knie weich vor Erleichterung. Ihr Freund sah nicht zurück und zog sie unnachgiebig zum rettenden Waldrand, der sie schützend umschloss wie eine Mutter.

Ruby wusste nicht, wie lange sie schon unterwegs waren. Der Fußmarsch zum nächsten Camp dauerte mindestens zwei Stunden. Wie gut es war, dass sie trotz dieses unerwarteten Anschlags Vorlaufzeit gehabt hatten. Sie würden ein paar Zelte haben, in denen sie schlafen konnten, Kochutensilien und Kleidung. Aber das verblasste gegen die Menge der Toten, die sie zu beklagen hatten. Ruby hatte nicht zählen können, dafür war sie zu sehr im Schock gefangen gewesen. Niemals würde sie den Leichenteppich vergessen, den sie gesehen hatte. Für sie fühlte es sich so an, als wäre ihre halbe Familie ermordet worden.

Tränen liefen ihr über das Gesicht, während sie Pan folgte. Sie wollte ihn fragen, wo er gewesen war, doch sie hatte keinen Atem dafür. Immer noch hielt er ihr Armgelenk umklammert, bot mehrmals an, sie zu tragen, wenn sie würgte oder sich den Kopf stützte. Sie lehnte ab. Für Ruhe war später Zeit. Sie mussten das neue Camp erreichen und ihre Lage abschätzen. Schritte einleiten. Ihre Toten bestatten. Irgendetwas tun. Irgendetwas!

Nun war es jedoch Pan, der anhielt. Benommen torkelte Ruby weiter, bevor ihr Freund sie sanft zurückzog und an den Schultern nahm. Eindringlich sah er sie an. »Ich muss es jetzt wissen. Was ist passiert?«

Es dauerte einen Augenblick, bis Ruby ihn fixiert hatte. »Dasselbe könnte ich dich fragen.«

»Du warst nicht im Camp und trotzdem bist du voller Blut«, sagte Pan. Seine Stimme überschlug sich vor unüberhörbarer Sorge.

Knapp erklärte sie, was passiert war, und wischte sich Blut und Tränen aus dem Gesicht. »Warum haben wir nicht bemerkt, dass Söldner im Wald sind?«

Pan zog sie an sich und umschloss sie fest mit den Armen, bettete sein Kinn vorsichtig auf ihrem Kopf. »Sie müssen in der Nacht angekommen sein. Würde doch passen, oder? Oh, dieser verdammte Penner, wenn ich den erwische. Hoffentlich ist er im Auto verreckt.«

»Wo warst du?«, hauchte Ruby und klammerte sich an ihm fest.

»Tja, ich wurde heute Morgen von einer Schaufel begrüßt. Ich wette, es war Tevin. Er hat mich wohl ein Stück in den Wald getragen, und als ich wieder aufgewacht und zurück ins Lager getorkelt bin, wart ihr bereits weg. Kate hat sich meine Kopfwunde angesehen und mir erzählt, dass du mich gesucht hast. Und dann ging das Chaos schon los.«

Rubys Kopf ruckte hoch, und sie musterte ihren Freund besorgt. Er hatte Blut im Gesicht und auf der Kleidung, aber sie hatte gehofft, es sei nicht sein eigenes. Teilweise war es das wohl doch. »Du musst höllische Kopfschmerzen haben.«

Pan zuckte mit den Schultern. Rubys Herz flatterte, weil er ihr trotzdem hatte helfen wollen, sie sogar getragen hätte. Andererseits vergrößerte Pans Verletzung ihre Sorge. »Wir brauchen Ärzte. Richtige. Aber wie ...«

Pan löste sich von ihr und trat einen Schritt zurück. »Erst mal müssen wir uns in Sicherheit bringen, dann können wir eine Bestandsaufnahme machen.«

»Da waren so viele ... Leichen!«, würgte Ruby. Immer wieder schoben sich die Bilder vor ihr inneres Auge.

Als Pan nickte, fiel ihr auf, wie blass er war. Crimson sprang auf den Boden und sah zwischen ihnen hin und her.

»Komm, wir müssen weiter«, sagte Pan.

Der Fuchs flitzte voraus, doch Ruby und Pan gingen etwas langsamer nebeneinanderher.

»Ich weiß nicht, was ich von all dem halten soll«, meinte sie schniefend.

Ihr Freund schwieg.

»Ich bin so eine Idiotin! Er war die ganze Zeit so freundlich und hat uns geholfen. Das ergibt doch überhaupt keinen Sinn. Ich verstehe es nicht«, faselte sie ungebremst weiter. »Ich hätte auf dich hören sollen. Du hast eine gute Menschenkenntnis. Na ja, bis auf mich vielleicht, weil ich offensichtlich zu nichts zu gebrauchen bin ...«

»Ruby!«, ermahnte Pan sie und nahm ihre Hand. »Hör auf, dir Vorwürfe zu machen. Tevin hatte die ganze Zeit eine Schwäche für dich, und zwar nur für dich. Aber seit der Sache mit den Beweisen war er komisch, oder? Allein diese Rede und die Beschuldigungen gegen dich. Hab' mich schon gefragt, was das sollte. Jetzt verstehe ich es, er hatte Schiss. Wollte vielleicht sich selbst überzeugen, dass er noch auf der richtigen Seite steht.«

»Er hätte einfach vorher mit mir reden können«, meinte Ruby. Klar, sie wäre auch dann ausgerastet und das Vertrauen wäre gebrochen gewesen. Aber sie hätten noch etwas tun können, vielleicht gemeinsam auf eine Idee kommen können. Jetzt war es zu spät.

Pan zuckte mit den Schultern, also dachte sie weiter über seine Worte nach.

»Ich war auch sauer auf ihn, aber es kam mir richtig vor, nach Edinburgh zu fahren«, erklärte sie erneut, um ihre Intentionen vor sich selbst zu rechtfertigen. Es fühlte sich an, als hätten Sam und sie mit den Beweisen eine riesige Sache angestoßen, was zumindest ihr bewusst gewesen war. Nur hatte sie fest damit gerechnet, dass man ihnen Glauben schenken und helfen würde. Doch stattdessen war alles den Bach runtergegangen und Menschen gestorben.

Das Camp barg nichts mehr von einem Heimatgefühl. Die Leute hatten sich schlicht dort auf den Boden geworfen, wo sie angekommen waren, und ließen ihren Gefühlen freien Lauf. Einige weinten lautlos, andere wippten vor und zurück. Manche rannten unruhig durch das Lager, warfen immer wieder einen Blick zum Wald – wahrscheinlich aus Angst, dass ihnen doch Söldner gefolgt waren.

Ruby entdeckte Jim und Kate, die beide verletzt waren. Hottie war nirgends zu entdecken, wie so viele andere. Ruby fragte sich unwillkürlich, ob sie sich zurückwagen und die Leichen bergen konnten. Sie mussten doch beerdigt werden, sie waren Familie. Und wie lange sollten sie warten, ob noch mehr nachkamen, bevor sie annehmen mussten, dass sie tot waren?

»Wir müssen zurück«, raunte sie Pan zu, der sie ungläubig ansah. »Vielleicht sind da noch Verletzte, die unsere Hilfe brauchen.«

»Nein«, sagte Kate tonlos. »Ich habe gesehen, wie sie die erschossen haben, die sich noch regten. Wer jetzt nicht hier auftaucht, ist tot.«

Schweigen legte sich erneut über das Camp. Ruby erlaubte es sich ebenfalls, sich zu setzen und die schmerzenden Glieder auszustrecken. Pan ließ sich neben ihr nieder, und Crimson rollte sich vor ihnen ein. Seufzend bettete sie ihren Kopf auf Pans Schulter und schloss die Augen. Das Adrenalin sackte ab, Müdigkeit legte sich bleiern auf ihren Körper. Am liebsten wollte sie schlafen und beim Aufwachen feststellen, dass alles nur ein schlechter Traum gewesen war.

Aus halb geöffneten Augen beobachtete sie, wie sich einige der Heilkundigen um die Verletzen kümmerten. Sie hatten zwei, drei Leute dabei, die Medizin studiert hatten, und jeder Gaianer war dazu angehalten, sich mit Erster Hilfe und den noch wachsenden Kräutern aus Wald und Wiese zu befassen. Ihr Medikamentenvorrat war allerdings im alten Camp geblieben. Diesen hatten sie noch nicht hierher transportiert, falls sie ihn bei akutem Auftreten von Krankheit oder Blessuren brauchen würden.

Pan strich ihr sanft über die Locken, vielleicht war sie auch kurz eingeschlummert. Sie regte sich erst wieder, als Stimmen im Lager laut wurden.

»Was sollen wir denn jetzt tun?«, fragte Jim und hielt seinen Arm ausgestreckt, damit ein provisorischer Verband angelegt werden konnte.

»Tevin ist schuld«, krächzte Ruby und räusperte sich sofort. »Ich ... ich meine, die ganze Sache mit dem Stick und so. Er hat für MiltForge gearbeitet und wollte die Seiten wechseln. MiltForge will Rache und dabei zwei Fliegen mit einer Klappe schlagen.«

»Aber wieso?«

»Ihn drankriegen und uns loswerden. Ist doch klar.« Ruby schloss wieder die Augen, die Müdigkeit tief in den Knochen.

Ihr Körper vibrierte sanft, als Pan die Stimme erhob: »Wir sollten die Armee rufen. Oder die Polizei. Irgendwen von der Regierung.«

»Wenn schon dieser Tevin korrupt ist, wie sollen wir dann anderen von der Regierung glauben?«, fragte Lilly, eine blasse und winzige Frau in Rubys Alter.

»Wir haben sonst niemanden, an den wir uns wenden können. Die Armee hat auch bei Loch Lomond aufgeräumt und meinen Bruder verhaftet. Ich erkenne keinen Grund, gleich alle über einen

Kamm zu scheren«, erwiderte Ruby immer noch mit geschlossenen Augen. Sie wollte nichts und niemanden sehen, es war für ihren Kopf zu anstrengend. Vielleicht auch für ihren Geist.

»Also rufen wir da jetzt einfach an, und die lösen das für uns?«, hakte Jim nach.

»Willst du Selbstjustiz ausüben?«, fragte Pan mit einer so kalten Stimme, dass Ruby fröstelte.

»Wieso nicht, verdammte Scheiße? Uns hilft doch keiner, wir sind nur Zecken und Dreck für die. Und die haben unsere Freunde getötet, das ... das können wir nicht akzeptieren.« Seine Stimme brach.

»Wenn du einfach ins offene Feuer rennen willst, nur zu ...«, erwiderte Pan und seufzte.

»Du hast mir gar nichts zu sagen!«, blaffte Jim ihn an und sprang auf, taumelte kurz, vielleicht vor Schmerzen.

»Verdammt noch mal, seid beide still!«, rief Ruby. Sie hatte die Lider längst aufgerissen, um die Männer anzustarren. »Hier tut keiner was, bevor wir nicht mit der Regierung gesprochen haben. Ich erledige das, ihr wartet hier!«

Pan hielt sich nicht daran und folgte ihr in das Zelt. »Wen genau willst du anrufen? Doch nicht die Zentrale, oder?«

Ruby zuckte mit den Schultern. »Ich rufe in Edinburgh an und frage mich durch. Irgendwer wird ja hoffentlich etwas über Tevin wissen.« Sie langte in die Hosentasche. »Shit, ich habe mein Handy beim Unfall verloren. Kann ich deins haben?«

Pan reichte es ihr, lehnte sich mit Crimson im Arm zurück und wartete, während Ruby ein paar Mal fast abgewimmelt, dann aber zwischen drei Sachbearbeitern herumgereicht wurde. Schlussendlich verband man sie mit Brenda MacKenzie, der schottischen Regierungsleitung. Ruby befand sich jetzt also auf höchster Ebene. Offenbar ahnten die Leute, dass es sich hier um einen ernsten Fall von Amtsmissbrauch handelte. Wurde aber auch Zeit.

Da es jetzt so richtig interessant wurde, schaltete Ruby den Lautsprecher ein und legte das Handy zwischen sich und Pan. Noch läutete es, und es kam ihr wie eine Ewigkeit vor, bis jemand abnahm. Ihr Kopf pochte, und am liebsten hätte sie sich einfach hingelegt und eine Woche durchgeschlafen. Aber gerade jetzt durfte sie nicht schlappmachen, Schleudertrauma hin oder her.

»Ich mache mir Sorgen um dich«, wisperte Pan und legte seine Hand auf ihre. »Wir müssen dich irgendwie in ein Krankenhaus bringen.«

»Nicht nur mich.« Ruby schüttelte unwirsch den Kopf, was eine erneute Schwindelattacke mit sich brachte. Da knackte es hörbar in der Leitung und eine Frau meldete sich. Ein weiteres Mal erzählte Ruby, was vorgefallen war.

Zunächst war ein langes Seufzen zu hören. »Ich erinnere mich an Mister Shaw. Als er den Stick beim Gericht abgeliefert hat, bin ich hinzugerufen worden. Er machte einen vernünftigen Eindruck, und ich habe ihm keine weitere Aufmerksamkeit geschenkt. Vielmehr habe ich mich um die Sache mit Sam Casey gekümmert.«

»Tja, Sie hatten nicht dieselbe Zeit wie ich, ihn kennenzulernen. Und mir ist ja auch nichts aufgefallen«, meinte Ruby schwach und biss sich auf die Unterlippe.

»Machen Sie sich keinen Vorwurf. Ich werde Untersuchungen einleiten lassen und sehen, was wir herausbekommen. Sie haben doch nichts dagegen, dass meine Mitarbeiter Ihren Anruf zurückverfolgen, damit wir wissen, wo Sie sind, oder? So schnell es geht, schicke ich Ihnen ärztliche Unterstützung und Truppen zu Ihrem Schutz.«

Erleichterung durchflutete Ruby, und sie drückte sich unbewusst stärker an Pan, der über ihre Locken strich. »Okay, machen Sie das. Aber ... was wird aus Tevin? Ich habe ihn einfach zurückgelassen. Und ... ich habe Angst, dass er hierherkommt und mich holen will.«

»Wir suchen ihn. Machen Sie sich keine Gedanken, bleiben Sie bei Ihren Leuten«, erwiderte MacKenzie ruhig.

»Okay. Beeilen Sie sich bitte.«

»Wir geben unser Bestes. Halten Sie durch, in Ordnung? Ich möchte Sie gern noch persönlich kennenlernen. Auf bald!« Damit trennte die Frau die Verbindung.

»Ich sage den anderen Bescheid«, raunte Pan und half Ruby, sich auf die Seite zu legen. Crimson rollte sich neben ihrem Kopf zusammen und strahlte eine wohltuende Wärme aus.

»Geh nicht«, bat Ruby.

»Sie sitzen doch da draußen wie auf glühenden Kohlen. Ich sage ihnen nur, dass in ein paar Stunden Hilfe da ist, dann komme ich zurück zu dir«, erwiderte er mit einem leisen Lächeln.

Widerstrebend ließ sie ihn ziehen und beruhigte sich damit, dem Fuchs das Fell zu kraulen. Sie fühlte sich, als würde sie jeden Moment einschlafen, doch das Gehörte zupfte an ihrem Verstand und verhinderte ein Wegdämmern. Wieder und wieder dachte sie an den Unfall und wie Tevin so friedlich auf dem Sitz gesessen hatte. Ob er noch lebte? Hatte sie seine Atmung kontrolliert?

Und die Leute von MiltForge, die waren sicher in der Nähe. Mit viel Pech würden sie sie finden und ausmerzen, so wie es schon mit unzähligen Freunden passiert war.

Tränen liefen über Rubys Gesicht, als das Rascheln der Zeltplane Pans Rückkehr ankündigte.

»Hey, hey ... Löckchen. Du sollst schlafen, nicht weinen«, raunte er und legte sich ihr gegenüber. Sanft strich er die salzigen Tropfen fort.

»Ich mache mir Vorwürfe. Immerhin war ich es, die ihm vertraut und ihn hergebracht hat. Ich war ein Mittel zum Zweck und habe es noch nicht einmal gemerkt. Egal, ob er am Ende die Seiten wechseln wollte. Nichts davon wäre passiert, wenn ich vorsichtiger gewesen wäre«, wisperte Ruby.

Crimson schleckte ihr über die Stirn.

»Vorwürfe bringen nichts. Außerdem haben die anderen ihm auch vertraut.«

»Alle außer dir. Hätte ich doch nur früher auf dich gehört ...«

Pan lächelte. »Mein Misstrauen hatte auch andere Gründe. Zudem wolltest du helfen. Und es gab Zeiten, da hat der Mann uns unterstützt, ob nun unabsichtlich oder mit Hintergedanken.«

Das stimmte. Ruby erwiderte sein Lächeln automatisch.

Pan rutschte näher zu ihr heran, vorsichtig legte er die Hand an ihre Wange. Als er sich mit seinem Gesicht näherte, schloss sie die Augen. Seine Lippen berührten die ihren, und für einen Moment war die Welt wieder in Ordnung.

🌲🌲

Als Ruby erwachte, war das Pochen hinter ihren Schläfen etwas erträglicher geworden. Neben sich spürte sie den warmen Körper von Pan und über sich das flauschige Fuchsfell. Wären das ganze Drumherum, die Trauer und die Angst nicht, dann hätte dies ein guter Tag werden können.

Sie schlug die Augen auf und blickte in Pans Gesicht. Ihr Ruhepol. Sich auf ihn zu fixieren, war ganz einfach. Der Gedanke an Tevin zupfte dennoch an ihrem Verstand. Warum sie so blind gewesen war. Eine Frage, auf die sie wohl nie eine Antwort finden würde.

Ein Schrei beförderte Ruby vollends aus dem Dämmerzustand. Pan riss die Augen auf und kam auf die Knie, während der Fuchs mit einem hustenden Bellen antwortete und sich enger zusammenrollte. Nur noch seine zitternden Ohren waren zu sehen.

Als sich Ruby aufrichtete, wurde ihr schwindelig und übel. Stöhnend kämpfte sie sich hoch. Pan drückte sie schützend an sich, während draußen mehr Schreie und Stimmen ertönten.

»Ich gehe nachsehen«, raunte er.

Ruby wollte den Kopf schütteln, doch der Schwindel erlaubte es ihr nicht. »Ich komme mit«, würgte sie und taumelte ihm hinterher. Pan musste es genauso dreckig gehen wie ihr, sie würde also auch nicht schlappmachen.

Er blickte mit Sorgenfalten auf der Stirn zu ihr, sah aber wohl ein, dass mit ihr nicht zu diskutieren war. Stattdessen stützte er sie und hielt die Zeltplane auf, damit sie gemeinsam ins Freie treten konnten.

Einige der Überlebenden hatten sich am kargen Waldesrand versammelt. Manche kauerten auf dem Boden, weinend und verzweifelt. Ein oder zwei übergaben sich geräuschvoll in die Büsche. Der Rest stand nur da und starrte.

Als Ruby erkannte, was sie da angafften, war es um ihre Beherrschung geschehen. Sie hatte seit über vierundzwanzig Stunden nichts mehr gegessen und würgte nur bitter schmeckende grüne Galle hervor. Pan hielt sie fest, und das Entsetzen in seinen Augen ließ ihren Magen nochmals schmerzhaft krampfen.

Es gab keine Überlebenden mehr, auf die sie warten könnten. Wie Schmutz aufeinandergestapelt, lagen hier die verstorbenen Gaianer – in einer letzten, gemeinsamen Umarmung. Absolut surreal zeichneten sich die Gesichter von Freunden ab, von Familie und Liebschaften. Auch Hottie war unter ihnen und so viele mehr, die sie am Vorabend vermisst hatten. Sogar ...

»Castus?«, hauchte Ruby und hob die zitternde Hand vor den Mund. Hatte sie seinen massigen, halb verwesten Körper gerade wirklich zwischen den anderen Leichen entdeckt? Eine Träne perlte über ihr

Gesicht, und sie schüttelte den Kopf. Sie wagte es nicht, noch einmal hinzusehen.

»Wer tut so was?«, flüsterte Jim.

»MiltForge, wer sonst?«, antwortete Pan.

Ruby hob den Blick. »Als wollten sie eine sichtbare Grenze ziehen«, raunte sie und hustete. Ihr Hals tat entsetzlich weh, und ihr Schädel pochte jetzt grausamer als gestern.

»Mir reicht's! Ich haue ab«, brüllte Jim und zog Kate mit sich.

Einige andere begannen, ebenfalls zusammenzuräumen.

»Hey!«, rief Pan. »Habt ihr vergessen, dass wir Hilfe und medizinische Unterstützung bekommen?«

Jim winkte ab. »Schon auf Mister Shaw war kein Verlass. Ihr solltet euch auch überlegen, auf eigene Faust abzuhauen. Als Nächstes ermorden sie uns noch im Schlaf. Das ...«, er wies auf den Leichenberg, »... machen doch keine Menschen. Was stimmt mit diesen Typen nicht?«

Erschöpft ließ sich Ruby ins Gras sinken. »Also ich gehe keine zehn Schritte, sonst sterbe ich.«

»Und ich lasse dich garantiert nicht zurück«, bekräftigte Pan und setzte sich neben sie.

Seufzend schloss sie die Augen und versuchte, das eben Gesehene zu verarbeiten. Dieser Anblick würde sie noch ewig verfolgen.

🌲🌲🌲

Bald war die Gruppe der Gaia-Aktivisten des Nationalparks um rund die Hälfte geschrumpft. Ruby hoffte, dass ihre Freunde es zu den Straßen und hier fortschafften, ohne von MiltForge überrascht zu werden. Wenigstens hatte es über Nacht keine weiteren gruseligen Veränderungen in der Umgebung gegeben. Vielleicht war die Armee schon da und drängte die Söldner zurück? Oder war es bloß die Ruhe vor dem Sturm?

Sie versuchte, nicht allzu viel darüber nachzudenken und sich auszuruhen. Im Moment war sie ein Wrack und niemandem eine Hilfe. Kopfschmerz und Schwindel wurden mal besser, mal schlechter, und sobald sie sich aufregte, wurde ihr übel. Auch Pans Adrenalin schien nachzulassen, er wurde blasser und wirkte oft abwesend.

Die anderen hatten begonnen, Gräber für die Verstorbenen auszuheben. Bis das erledigt war, hatten sie leere Zelte abgebaut und über die Leichen gestülpt. Es zollte ihnen wenigstens etwas Respekt und verschonte außerdem den Rest vor deren Anblick. Dennoch mussten sie sich beeilen, denn Aas lockte Tiere an und sobald der Verwesungsprozess begonnen hatte, war es ohnehin eine Tortur, totes Fleisch um sich zu haben – egal, ob von Freund oder Feind.

Sie hatten beschlossen, die Umgebung nicht aus den Augen zu lassen, um vor weiteren Attacken gewarnt zu sein und auch um das Eintreffen der Regierung frühzeitig zu bemerken. Gegen einen Angriff konnten sie freilich nichts ausrichten, immerhin waren sie eine friedliche Bewegung und besaßen keine Waffen. Aber vielleicht würde ihnen dann wenigstens die Zeit zur Flucht bleiben.

»Sie sind da«, wisperte Pan irgendwann und half

Ruby beim Aufstehen.

»Die Regierung?«, fragte sie und bemühte sich, geradeaus zu gehen.

Pan musste gar nicht antworten, sie sah auch so das Aufgebot der Armee. Allen voran stand eine kleine, ältere Frau im Hosenanzug.

»Miss MacKenzie«, stellte Ruby fest, immerhin kannte man die schottische Regierungsleitung aus vielen Medienberichten.

Die Angesprochene nickte knapp. »Und Sie sind mein Telefonkontakt? Schön, dass wir uns doch noch kennenlernen. Ihr Bruder hat sich ebenfalls mit einer Warnung gemeldet, leider etwas zu spät.« Sie stemmte die Hände in die Hüften und sah sich um. Besonders das Konstrukt mit den Zeltplanen und teils offenen, teils bereits befüllten Gräbern, bedachte sie mit einem längeren Blick. Seufzend schüttelte sie den Kopf. »So viele sinnlose Tode.«

Ruby pflichtete ihr im Stillen bei und freute sich, dass Sam die Gelegenheit gehabt hatte, sich zu melden. Vielleicht durfte sie später die Nachricht hören, das würde ihrer Moral ein wenig Auftrieb geben.

»Wie geht es jetzt weiter?«, fragte Pan.

»Nun, wir werden diese Söldner finden. Wissen Sie, Mister Shaws letzte Amtshandlung war der Verkauf des Grundstücks, auf dem Sie Ihr Lager hatten. Er ist nicht rechtens. Die Weltregierung gibt nicht einfach Land in die Hände der kapitalgierigen Geldsäcke.« MacKenzie spie diese Worte geradezu aus und wurde Ruby somit noch sympathischer.

»Haben Sie ihn denn gefunden?«, fragte sie voller Furcht und wusste nicht, welche Antwort sie sich wünschen sollte.

Die Regierungsleitung sah sie aufmerksam an und seufzte schließlich. »Er hatte schlimme innere Blutungen. Die Ärzte konnten nur noch seinen Tod feststellen. Tut mir leid. Ich kann verstehen, wenn Sie mit ihm hätten reden wollen.«

»Schon okay. Denke ich. Ich ... Irgendwie hätte ich mir gewünscht, dass er noch mal eine Chance bekommt. Obwohl ich ihm die Schuld an diesem Desaster gebe.« Ruby schüttelte den Kopf. »Sie halten mich wahrscheinlich für verrückt.«

»Ganz und gar nicht«, erwiderte Brenda Mackenzie und wies ihre Leute an, die Umgebung zu beobachten.

»Können wir irgendwie helfen?«, fragte Ruby.

Die Schottin schüttelte den Kopf. »Sie bleiben hier. Wir haben ein paar Feldärzte dabei, die Ihre Verletzten stabilisieren können. Sobald die Umgebung sicher ist, werden wir sie hier rausschaffen und in ein Krankenhaus bringen. Danach schauen wir weiter.« Sie bedachte Ruby mit einem abschätzigen Blick. »Mir scheint, auch bei Ihnen sollte jemand nach dem Rechten sehen?«

Nach einem kurzen Wink von ihr schwärmten einige Frauen und Männer in das Camp und fingen an, die zahlreichen Verwundeten zu verarzten. Auch Ruby und Pan wurden auf ihre Lager gebettet, bekamen Medizin und einen kühlenden Verband an Stellen, wo ihnen keine Verletzung bewusst gewesen war. Vor allem der Saft gegen die Übelkeit war eine Wohltat. Die nächste Nacht schlief Ruby durch und wähnte sich in Sicherheit.

SAM

Er träumte von Feuerkatzen und brennenden Archen. Einer Erde, die in Schatten versank, und einem grünen Mond, dessen üppige Vegetation die neue Hoffnung der Menschen war. Er sah sich selbst, in zwei Hälften gespalten. Die eine blutig und fahl, die andere leuchtend und vor Energie pulsierend. Mehr als einmal trat seine Schwester vor sein inneres Auge und wurde von einer toten, madenzerfressenen Lorena abgelöst. Schuld hallte in jeder Faser seines Körpers nach, schmerzte über die zu ertragende Grenze hinaus und erstickte jegliches positive Gefühl im Keim. Die Pflanzen auf dem Mond verwelkten, just bevor die Sonne explodierte und sich alle Welten ihres Systems einverleibte.

Das war der Moment, in dem Sam aufschreckte. Ein kratziges Stöhnen kam ihm über die Lippen, als er einen reißenden Schmerz in der rechten Seite bemerkte. Hustend fiel er zurück in weiche Kissen, ein penetrantes Piepen ertönte um ihn herum. Schnelles Fußgetrappel und Stimmengewirr kamen näher.

Moment, weiche Kissen? Müsste er nicht tot sein?

»Er ist wach!«

»Greg, guck doch mal!«

»Wir müssen Miss Schneider holen!«

In sein Blickfeld schob sich Millys bunter Haarschopf und ein besorgtes Augenpaar. »Wie geht's dir?«

»War schon mal besser«, knurrte er und wagte

einen neuen Versuch, sich aufzurichten.

Greg tauchte an seiner anderen Seite auf und stopfte ihm zwei Kissen hinter den Rücken, damit er es gemütlicher hatte. »Zoe holt die Werftleitung.«

»Was ist passiert?«, wollte Sam wissen. Er konnte nicht warten, bis Lisbeth hier war.

Seine Kameraden schauten betreten zu Boden, Milly schniefte und drehte sich weg. Ihre Schultern zuckten verräterisch.

»So viele Tote, Sam ... Wie konnte das nur passieren? Wieso ist das passiert?«, raunte Greg.

»Ist ... Max ...«, krächzte er und krallte sich mit aller Macht an seiner Decke fest.

Das Schweigen war Antwort genug. Sams Eingeweide zogen sich zusammen, sein Herz drohte, in tausend Teile zu zerspringen. Sein Hirn begriff es nicht, konnte es nicht. Alles, was Sam anfasste, endete in einem Desaster. Überall ließ er tote Freunde zurück. Erst Castus, jetzt Max. Und Lorena, Brummi, Superman ...

Lisbeth rauschte in das Krankenzimmer und scheuchte Milly und Greg davon. Als sie allein waren, schaute sie Sam forschend in die Augen. Er konnte ihren Blick kaum erwidern.

»Ich ... ich wollte es Ihnen sagen. Dann ging alles den Bach runter!«, stotterte er.

Die ältere Frau setzte sich neben ihn auf das Bett und legte ihre Hand auf seine bebende Schulter. »Max würde nicht wollen, dass Sie sich seinetwegen so quälen. Sein Verlust schmerzt, aber wir geben das Archenprojekt auf keinen Fall auf.«

Sam nickte, etwas anderes konnte er nicht tun.

»Zu Hause werden MiltForges Truppen bereits zerschlagen, der SkyTransit ist gesichert. Dennoch ist es damit nicht zu Ende. Es wird sich einiges ändern.« Lisbeth seufzte. »Es war die ganze Zeit am Brodeln, dieses Feuer. Die Bemühungen, sie waren ehrenhaft, aber nicht genug. Der Scheideweg, von dem ich sprach, den haben wir hinter uns gelassen. Jetzt werden die Weichen gestellt und wir marschieren in eine bestimmte Richtung. Ich hoffe nur, dass es in die richtige geht.«

»Solange es die Archen gibt, gibt es doch Hoffnung, oder nicht?« Es war das Letzte, an das sich Sam klammern konnte. Max' Erbe. Etwas, das er noch tun konnte, um diesen Mann zu ehren, und Castus und alle anderen, die dem sinnlosen Kampf zum Opfer gefallen waren. Und um seine eigenen Fehler wieder auszugleichen.

Lisbeth lächelte sanft. »Ja. Hoffnung gibt es immer.« Sie stand auf. »Wir bestatten die Toten morgen. Gönnen Sie sich Ruhe und seien Sie dabei, okay?«

Als sie sich zum Gehen wandte, hielt Sam sie zurück. »Moment! Was ist mit Liv?«

»Wir haben Sie zur Erde zurückgeschickt. Dort wird man sich um sie kümmern.«

Sam presste die Lippen zusammen. Wie ungerecht, dass sie weiterleben durfte, aber er sprach es nicht aus.

Wer war er schon, dass er über Leben und Tod urteilte?

Seine Nachricht hatte Ruby zwar nicht rechtzeitig erreicht, aber er hatte mitgeteilt bekommen, dass es ihr den Umständen entsprechend gut ging. Als sich Sam endlich wieder einigermaßen bewegen konnte, suchte er den Kommunikationsraum auf, um sich selbst davon zu überzeugen. Er wünschte sich Max an seine Seite, doch jetzt saß eine Unbekannte neben ihm und hörte mit. So gut es ging, versuchte er, sie auszublenden.

»Sam, bist du das?«, kam Rubys Stimme aus den Lautsprechern.

»Verlass dich drauf«, antwortete er und grinste. Es war so befreiend, endlich direkt mit seiner Schwester reden zu können.

»Wie geht es dir?«, fragte Ruby, sie klang jedoch genauso erschöpft wie er.

»Wenn ich das wüsste. Ich fühle jede Menge widersprüchliches Zeug. Schuld und Erleichterung, Trauer – all das, was ich sonst immer verdränge. Zur Abwechslung versuche ich mal, es zuzulassen.«

»Hm, ist wohl besser so. Was ist dir da oben nur zugestoßen?«

Sam erzählte alles, was sich hier zugetragen hatte, und als er bei Max' Tod angekommen war, zitterte seine Stimme. Die Beerdigung war hart gewesen, und er wusste noch nicht, wie er mit seiner Schuld deswegen leben sollte. Er verstrickte sich immer wieder in ›Was wäre wenns‹ oder ›Hätte ich dochs‹. Dass das alles nichts brachte, wusste er, aber er konnte einfach nicht aufhören, sich Vorwürfe zu machen.

»Ich habe ebenfalls Freunde verloren«, erwiderte

seine Schwester mit ebenso schwerer Stimme. Auch sie erzählte nun alles, was vorgefallen war.

Dann schwiegen sie für einen Moment, bis Sam schließlich sagte: »Es tut mir leid.«

»Was denn, Sam? So eine Eskalation war schon lange überfällig, ich wünschte nur, es wären nicht so viele in den Abgrund gezogen worden.«

»Das meine ich nicht. Alles, was nach Inverness passiert ist. Ich verstehe nicht, wie du weiter zu mir halten konntest.«

Ruby seufzte. »Du bist mein Bruder. Ich werde dich niemals einfach abschreiben, egal, was passiert. Ja, unsere Beziehung war in den letzten Jahren sonderbar und schwierig. Ich habe dich oft vermisst. Vielleicht war es auch hilfreich, dass ich nicht genau wusste, was du getan hast. Nach den ganzen Aufzeichnungen auf dem Stick ... da habe ich schon kurz gestrauchelt und mich gefragt, ob ich dir das verzeihen kann. Aber dann ist alles schiefgelaufen und ich habe gehofft, dass dir die Zeit auf der Luna-Werft hilft.« Sie stockte. »Ich weiß nicht, wie ich es dir erklären soll. Ist wahrscheinlich einfach so ein Familiending.«

»Ja, vielleicht«, antwortete Sam erschöpft. »Aber dann bist du darin besser als ich. Du baust auf, ich zerstöre.«

»Das war einmal, Sam. Jetzt bauen wir beide auf, okay?«

»Okay«, meinte er und lächelte matt.

Sam saß vor dem Monitor in dem Beobachtungsraum und entspannte sich nach Wochen der Hiobsbotschaften und Ängste endlich wieder etwas. Um Max würde er noch sehr lange trauern, aber wenigstens ging es seiner Schwester gut und er war frei von MiltForge. Sie hatten einen wichtigen Sieg errungen, und jetzt galt es, dafür zu sorgen, dass die Opfer nicht umsonst waren.

Sam drehte die Erdkugel immer zuerst so, dass er die Britischen Inseln erkennen konnte. Von Irland ragten nur noch zerklüftete Hügel oder so manche uralte Ruine aus dem Wasser, während von den ganzen kleineren Inseln nichts mehr zu sehen war. Auch England hatte deutlich an Landmasse eingebüßt, und nicht wenige behaupteten, dass zwei Inseln aus der großen entstehen würden und sie in der Mitte durch eine Meeresstraße geteilt werden würde. Jetzt deutete sich das schon an.

Aber Sams Blick heftete sich sofort auf den Norden, auf Schottland – dort, wo seine Schwester war. Immer noch blinkten zwei unterirdische Brände auf, einer davon ganz in der Nähe des sogenannten ›Central Belts‹ zwischen Glasgow, Edinburgh und Dundee. Dort war lange Zeit ein Kohleabbaugebiet gewesen, bis sich Schottland aus dem Kohlegeschäft verabschiedet hatte.

Jetzt fiel Sam endlich ein, was beim letzten Mal so an seinem Verstand gezupft hatte. Er japste und klammerte sich an dem Tisch fest. Erinnerungen überfielen ihn, an den ersten Auftrag, den er für MiltForge übernommen hatte. Es war darum gegangen, alten Atommüll zu verscharren, weit weg von Amerika, irgendwo, wo es niemandem auffiel. In Schutzanzüge gezwängt hatten sie das erledigt – in einem Wald, fern der Zivilisation. Aber wenn Sam nicht alles täuschte, ganz in der Nähe dieses Pünktchens dort.

»So eine Scheiße«, raunte Sam. Sein erster Wunsch war, zu Max zu rennen und ihn zu fragen, was sie jetzt noch tun konnten. Laut Milly waren diese Brände kaum einzudämmen. Er erinnerte sich nicht mehr genau daran, wo sie den radioaktiven Müll verscharrt hatten. Vielleicht hatte MiltForge darüber Daten?

Was passierte, wenn sich Radioaktivität und Feuer trafen? War dort entzündliches Material dabei? Wurde es von dem Brandherd weiter ins Land getragen? Würde das alles in die Luft fliegen, so wie ein Reaktor der jetzt stillgelegten Atomkraftwerke? Konnte man Schottland dann überhaupt retten?

Tief in seinem Inneren kannte Sam die Antwort auf diese Fragen schon. Das Szenario würde alles verändern. Ihr Sieg wäre nichts mehr wert, Ruby nicht mehr in Sicherheit und Fluten nicht mehr Britanniens größte Probleme.

Alles, was in den letzten Wochen passiert war, wäre umsonst gewesen. Es war, als würde die Natur sagen: »Egal, was ihr für vermeintliche Meilensteine erreicht, es ist zu spät.«

Sam sprang entschlossen auf und jagte zu der Werftleitung. Er war nicht so weit gekommen, um sich hiervon zurückwerfen zu lassen. Sicher konnten sie noch etwas tun. Irgendeinen Weg gab es immer.

Aufgeben war niemals eine Option.

NACHWORT

Du hast nicht wirklich auch ein Buch über den menschengemachten Klimawandel geschrieben, oder?

Nun - doch, das habe ich. Weil das Thema wichtig ist und für mich das wahrscheinlichste Szenario, in dem die Erde für uns irgendwann unbewohnbar sein wird. Nicht umsonst habe ich es als Grund für meine Archen-Bücher genommen, aus dem die Menschheit ihren Heimatplaneten verlassen muss.

Wenn ich eines mit dieser Geschichte tun möchte – dann wachrütteln und die Hoffnung aufleben lassen, dass man noch etwas ändern kann. Anders als die Protagonisten in *Erdfeuer* sind wir noch nicht an diesem gewissen Scheideweg angekommen. Und ich glaube auch daran, dass jede noch so kleine Tat hilft. Jeder kann etwas bewegen. Natürlich wird es nie perfekt sein – niemand von uns ist das.

Mehr will ich dazu gar nicht sagen, denn letztlich sind wir alle für unsere Taten selbst verantwortlich. Aber wenn ich den ein oder anderen zum Nachdenken anregen konnte, habe ich mein Ziel schon erreicht. Es hilft sicher auch, ab und zu den Blick nach oben zu richten, und sich darauf zu besinnen, dass das Leben auf der Erde nur durch einen Zufall entstanden ist. Und was für ein Wunder es ist, dass wir hier sind. Kaum jemand wird das Glück haben, die Erde aus dem Orbit aus betrachten zu können. Aber ich schaue mir die Bilder und die Videos aus der ISS tatsächlich sehr oft an. Es gibt einem eine ganz andere Perspektive auf die Dinge und ich kann jeden Astronauten verstehen, der voller Ehrfurcht in seine Heimat zurückkehrt.

So - hier mache ich aber mal einen Punkt. :-) Was nicht fehlen darf, ist natürlich eine kleine Danksagung. Dieses Buch haben eine Menge Leute testgelesen und ich danke jedem einzelnen für die unbezahlbaren Kommentare und Anmerkungen. Das Endprodukt ist ganz anders als mein erster Entwurf, was ich genau dieser Phase des Projekts zu verdanken habe. Jetzt habe ich ein Buch, hinter dem ich vollends stehe und das ausdrückt, was ich sagen will.

Feinschliff und wertvolles Feedback kamen von meiner Lektorin Melina Coniglio, die wie immer ihr ganzes Herzblut hineingesteckt hat und mir Mut geschenkt hat, dieses Buch wirklich zu veröffentlichen.

Das Cover hat Marie Graßhoff kreiert, wie auch schon jene zu den anderen Archenbüchern. Es ist ein Kunstwerk, das genau zur Geschichte passt – vielen Dank dafür.

Erdfeuer hat mir eine Menge Bauchschmerzen bereitet und es gab eine lange Zeit, in der ich es in der Schublade verschwinden lassen wollte. Immer wieder Mut gemacht, hat mir meine Mutter. Überhaupt sind meine Familie und mein engster Freundeskreis mit Dank zu überhäufen, da sie sich meine Monologe, Zweifel und Ängste ständig anhören und mir beistehen - genau, wie sie sich mit mir freuen und jubeln und mich feiern, weil ich meinen Traum verfolge.

Und zu guter Letzt danke ich dir, liebe:r Leser:in –
dafür, dass du *Erdfeuer* gelesen hast. Ich hoffe, dir hat
es gefallen. In jedem Fall würde ich mich über eine
Rezension freuen.

Alles Liebe,
R. M. Amerein